Libby Purves

Die Kunst, (k)eine perfekte Mutter zu sein

Libby Purves

Die Kunst, (k)eine perfekte Mutter zu sein

ERNST KABEL VERLAG

Titel der englischen Originalausgabe:
How (Not) to Be a Perfect Mother
The crafty mother's guide to a quiet life
Fontana/Collins, London

Aus dem Englischen
von Eva Malsch

Für meine Kinder und für Paul

Umschlag: Theodor Bayer-Eynck
Satz: hanseatenSatz-bremen, Bremen
Herstellung: Carl Ueberreuter Druckerei Ges. m. b. H.,
Korneuburg
ISBN 3-8225-0060-7

Inhalt

Danksagung

Herzlichen Dank für Rat und Unterstützung an:

Joyce und Virginia Ash
Janet Bellis
Clare Brindley
Judy Brooks
Anna Carragher
Tina Clubb
Belinda Devenish
Helen Fraser
Jill Freud
Nikki Freud
Sarah Gleadell
Valerie Grove
Sandy Guertin
Fiona Hamilton
Lynn Hurst
Wendy Jobson
Priscilla Lamont
Wiz Mosson
Tina Potter
Lorraine Price
Judy Purves
Debbie Pyn
Natasha Quested
Jenny Rogers
Anna Southall
Penny Steel
Sheridan Steen
Caroline Stevens
Heather Taylor
Lynn Templeton
Valentine Thornhill
Teresa Walsh
Nicky Wilson
Sally Wright

... und viele andere.

Und natürlich meiner Mutter

Libby Purves

Vorwort

Die Pflichten einer Mutter liegen klar auf der Hand – sie muß perfekt sein. Wie wir alle wissen, sind Mütter überirdische Wesen, zärtliche, liebevolle, fürsorgliche, selbstlose Madonnen. Sie sind immer da, verfügen über einen weichen Busen und unerschöpfliche Geduld. Eine Mutter gleicht dem legendären Pelikanweibchen, das sich die Brust aufreißt, um ihr Junges zu füttern. Jede Mutter würde ihr Leben für ihr Kind hingeben ...

Nun ja, das stimmt. Auch ich bin eine Mutter, und ich würde tatsächlich mein Leben für mein Kind hingeben; aber ich sehe keinen Grund, das Tag für Tag zu tun. Hinter der Maske jeder Mutter steckt ein ganz gewöhnlicher, hin und wieder mürrischer Mensch. Es gibt keine Spezialfabrik, die Heilige produziert, sanftmütige Madonnen, die sich für die Kinder aufopfern. Jedes sorglose, abenteuerlustige, selbstsüchtige Mädchen von nebenan geht das Risiko ein, den Heiligenschein einer Mutter verordnet zu bekommen. Und der Übergang vom gesunden Egoismus einer normalen erwachsenen Person zum Status eines mütterlichen Engels kann schmerzlich sein. Dabei fühlt man sich wie ein Schmetterling, der in die Larve zurückzukriechen versucht. Dieses Übergangsstadium in den Anfangsjahren der Mutterschaft ist das Thema des vorliegenden Buchs.

Die Natur unterstützt den Prozeß: In den ersten Tagen verspürt man das starke Bedürfnis, die Pelikan-Rolle zu spielen. Wenn ein Baby geboren wird, entwickelt die Durchschnittsfrau eine chronische Uneigennützigkeit. Da liegt das winzige Kind im Krankenhausbettchen und hypnotisiert sie mit blauen Kulleraugen. Und obwohl sie überall Schmerzen hat und ihr immer noch der Kopf schwirrt – die Willenskraft des Babys zwingt sie, ihre Erschöpfung zu überwinden und seine Forderungen zu erfüllen. Eifrig saugt es an den Brüsten, stellt seinen eigenen Terminplan für die Schlafenszeit auf, ohne die Bedürfnisse anderer Menschen zu beachten, macht die Windeln naß, wann immer es ihm beliebt, und ernährt sich in exzentrischen Abständen – dreimal pro Stunde und dann erst wieder nach einer halben Ewigkeit. Legt man dem unerbittlichen Willen des Babys ein kleines Hindernis in den Weg, brüllt es in einer sorgfältig programmierten Lautstärke, um sich den sofortigen mütterlichen Gehorsam zu verschaffen. Es verlangt Zuspruch um Mitternacht, schläft aber inmitten von Großmamas schönsten Kinderreimen unverschämterweise ein. Das Baby hat keine Manieren, kennt keine Rücksichtnahme, kein Verantwortungsgefühl. Es wächst nur – das ist seine ganze Leistung.

Mit diesem Tyrannen konfrontiert, läßt man alles stehen und liegen und schwimmt mit dem Strom, bedient das Baby und vergißt, daß man früher eigene Interessen hatte. Zunächst erfüllt das einen guten Zweck, und in den ersten Monaten nach der Geburt darf man nicht mehr erwarten, als einfach nur zu überleben und sich manchmal in aller Ruhe einen Drink vor dem Fernseher genehmigen zu dürfen. Das Problem liegt darin, daß diese Phase der Selbstverleugnung zu lange dauert und durch unsere sentimentalen Vorstellungen von der Mutterschaft immer wieder gefördert wird. In gewissen Fällen wird dieses vernünftige „Füttern auf Verlangen" unvernünftigerweise achtzehn Jahre lang befolgt und schließt später auch noch Aufräumarbeiten nach mitternächtlichen Teenagerpartys und die Gepflogenheit ein, das Familienauto an jedem Samstagabend zur Verfügung zu stellen. Selbst in frühen Phasen übertreiben wir die Opferbereitschaft: Bei klirrender Kälte packen wir die Kinder ein wie Eskimos, verlassen mit ihnen das Haus und vergessen vor lauter Fürsorge, unsere eigenen Mäntel anzuziehen. Jedes Gespräch unterbrechen wir fünfmal pro Minute, um Nasen zu putzen und auf hartnäckige hohe Stimme in Kniehöhe zu reagieren. In Schneestürmen laufen wir meilenweit, um Fingerfarben zu kaufen (jedenfalls habe ich es gemacht – einmal). Nach ein paar Jahren gehen wir in Sack und Asche und entschuldigen uns immerwährend, denn die extrem selbstlosen Mütter, die sich selber kein Vergnügen gönnen, leiden zumeist unter den schlimmsten Schuldgefühlen und Depressionen.

Es ist wundervoll, Mutter zu sein, ein Baby wachsen und lächeln zu sehen, sprechen zu hören, zu beobachten, wie es mit alten Gummischläuchen und Sandkasteneimern verrückte individuelle Spiele zu erfinden beginnt. Aber es ist auch harte Knochenarbeit und eine *unvermeidliche* noch dazu. Selbst professionelle Kindermädchen, die zum erstenmal ihr eigenes Baby betreuen müssen, brechen bei der Erkenntnis, daß es von nun an keine Freizeit mehr gibt, in Tränen aus. Der Arbeitstag einer Mutter kann achtzehn Stunden und noch länger dauern, wenn sie es zuläßt.

Aber warum sollen wir das zulassen: Wenn wir's uns ein bißchen leichter machen können, ohne jemandem weh zu tun, warum machen wir es uns dann nicht einfacher? Warum ordnen wir die Rechte des Babys nicht ab und zu unserer eigenen Bequemlichkeit unter? Darf eine Madonna nicht mal die Beine hochlegen, ein Bier trinken und ein Buch lesen?

Dieser Leitfaden erklärt, wie normale, fehlbare Mütter den Alltag *wirklich* bewältigen können. Es gibt zahlreiche Handbücher über den Umgang mit Babys. Manche sind ausgezeichnet, andere erwekken den Eindruck, ein Baby zu baden, wäre so kompliziert, wie den Motor eines Kampfflugzeuges auseinanderzunehmen. In der Tonart wirken sie alle perfektionistisch. Dieses Buch ist *nicht* perfektionistisch, und was die Tendenz betrifft, sich alles ein bißchen leichter zu machen, verspüre ich keinerlei Schuldgefühle.

Natürlich hat man sich um Babys und Kleinkinder zu kümmern. Es fällt einem auch schwer, das zu unterlassen, wenn man bei jedem angstvollen Wimmern und beim Anblick zitternder Lippen vor Mitleid zerfließt. Aber mit ein bißchen List kann man einen Teil seines Privatlebens zurückerobern, ohne dem Kind zu schaden. Die Soldaten haben das folgende Prinzip schon immer begriffen: In einem Krieg muß man kämpfen und vielleicht sein Leben opfern, aber zwischendurch sollte man das System ein wenig zurechtbiegen, eine Extratafel Schokolade in den Tornister schmuggeln und hinter der Küchenbaracke ein Schläfchen halten, während ein anderer die Kartoffeln schält. Bei Hochverrat und Fahnenflucht hört es natürlich auf, aber gewisse Vorschriften lassen sich umgehen.

Vielleicht leidet Ihr Image auf dem Weg von der Madonna zum Feldwebel Schummel, aber wenn man sich an letzterem orientiert, hat man's einfacher, und es macht viel mehr Spaß. Manchmal tut man trotzdem genau das, was die Perfektionisten wollen, aber aus etwas anderen Gründen. Wenn ich anfange, mein Baby zu stillen, und dabei die schlimmsten Schwierigkeiten habe, wenn mich der Gedanke an den theoretischen Nutzen für das Kind keineswegs für die Schmerzen entschädigt, sage ich mir folgendes: Je mehr Muttermilch ich dem Baby jetzt gebe, desto geringere Gefahr besteht, daß es ernsthaft krank wird. Oder nehmen wir einmal die Disziplin: Eines Tages schaute ich zu, wie zwei Mütter Tee tranken, die beide von ihren Kleinkindern belästigt wurden. Die eine sagte immer wieder: „Faß die Tasse nicht an, Liebling. Die ist heiß, du könntest dich verbrennen." Die zweite drückte sich anders aus. „Faß die Tasse nicht an, Liebling, die gehört *Mama*." Ich beobachtete, wie es der letzteren gelang, ihren Tee zu trinken, das kleine Biest mit einem Arm abzuwehren und ihre Rechte zu verteidigen; während die erstere ihre Tasse auf einem hohen Regal in Sicherheit brachte und keinen Tropfen zu sich nahm. Dann ging sie, müde und durstig, um eine weitere entnervende Badestunde mit kreativen Wasserspielen mittels guten Zuredens zu meistern. Ich glaube, die selbstsüchtigere und weniger „perfekte" Mutter (die während des Badetermins zweifellos die Chance nutzte, ihre Zehennägel zu lackieren, wobei das Kind ungestört planschte) war glücklicher. Und was die Kinder betrifft – ich nehme nicht an, daß es für sie einen großen Unterschied machte.

Dieses Buch behandelt die ersten drei Jahre – oder ein bißchen mehr, das hängt von Ihrem Kind ab. Ich hielt es schon immer für sinnlos, alle Kinder im Vorschulalter über einen Leisten zu scheren. Es sind die ersten drei Jahre, wo die größte Verwirrung gestiftet wird, wo sich die Dinge am schnellsten verändern. Ein Baby ist gelandet, fremdartig wie ein UFO, seltsam wie ein Traum. Langsam verwandelt es sich in ein Wesen, das etwas größere Ähnlichkeit mit einem menschlichen Erwachsenen aufweist, und wenn das vierte Jahr beginnt, hat das Kind bereits eine lange Strecke auf dem Weg zu diesem Ziel zurückgelegt. Mit dreieinhalb ist es ein kleines Individuum, das die Sprache der Menschen in ausreichendem Maße versteht, so daß man vernünftig mit ihm reden kann, das weiß (auch wenn es vielleicht nicht zustimmt), was Fairneß ist und welche Anweisungen es befolgen soll. Man braucht ihm nicht mehr endlos lange zuzureden, damit es sich auf den Rücken legt, weil man die Windeln wechseln will. Es kann sich mit fremden Leuten verständigen und mit Messer und Gabel essen.

In diesem Alter entwickeln sich die Kinder zu grundverschiedenen Menschen. Nicht daß sie vor der Vollendung des dritten Lebensjahres keine Individuen wären, aber in dieser Phase überwiegen die gemeinsamen Eigenschaften gegenüber den Unterschieden. *Alle* sechs Monate alten Babys grapschen nach dem Löffel, wenn man sie füttern will. *Alle*, die gerade gehen gelernt haben, ziehen Gegenstände vom Tisch und auf ihre Köpfe herab. Auch die Spezialitäten der Zweijährigen (die Koffern voller Gelatinedynamit bei einem Eiertanz gleichen) sind ziemlich universell. Aber nach vier Jahren hat man's mit einem harten Revolverschwinger oder einer zimperlichen viktorianischen Jungfer (beiderlei Geschlechts) zu tun, mit einem Intellektuellen oder einem Athleten oder einem Salonlöwen. Deutlich voneinander getrennt stehen sie da, jeder auf seinem privaten Podest, er schaffen aus Erbanlagen, Zufällen und Umweltein flüssen. Deshalb erschien mir das reife Alter von drei Jahren als guter Schlußpunkt für dieses Buch. Um Lücken zu füllen und die vielen erfindungsreichen Varianten mütterlicher Stilmittel einzufangen, konsultierte ich fünfzig Freundinnen mit insgesamt sechsundachtzig Kindern. Einige gehören meiner Generation an andere sind älter oder jünger – teils berufstätig, teils Hausfrauen, teils alleinstehend. Ihnen allen bin ich sehr dankbar für ihre Ratschläge Geständnisse, Ermutigungen und gelegentlichen kritischen Anmerkungen.

Schwanger, stolz und voller Panik

Als ich zum erstenmal schwanger war, schilderte ich allen Leuten, die mir über den Weg liefen, haarklein die winzigsten Regungen in meinem Körper. Eines Tages aß ich bei einer Freundin zu Mittag, die bereits zwei Kinder hatte, beide unter zwei Jahre alt. In meinem ganzen rundlichen Glanz saß ich da, die Hände über meinem riesigen Bauch gefaltet, während sie Gesichter abwischte, umstürzende Stühle auffing, hoffnungslose Erklärungen zu den Themen abgab, warum Teddy seine Möhren aufessen mußte und warum der Schuh mit dem Häschenkopf *wirklich* nicht im Milchbreiteller liegen sollte. In diesem Augenblick kam mir zum erstenmal der Gedanke, daß die Schwangerschaft eine lausige Vorbereitung auf die Mutterschaft ist.

Wenn man schwanger ist, kauft man neue Kleider, denkt über die Diät nach, hebt keine schweren Gegenstände, legt die Beine hoch und stellt endlose Betrachtungen über jede Veränderung des eigenen kostbaren Körpers an. Man besucht Kurse über innere weibliche Organe, beobachtet ängstlich die Finger, um nach Symptomen von Ödemen zu fahnden, und bekommt erzählt, daß man stolz auf sich sein soll. Und was passiert, wenn das Baby da ist? Man legt nie mehr die Beine hoch, lebt von weggeworfenen Keksen, trägt alte Hemden mit Flecken von erbrochenen Bananen und muß den ganzen Tag eine vollbeladene Babytragetasche herumschleppen. Was die edlen inneren Organe betrifft – man würde es nicht einmal merken, wenn man eine Blinddarmentzündung hätte; jemand anderer auch nicht. Im Grunde bereitet einen die Schwangerschaft nur auf die Geburt vor – die, so mühsam sie auch sein mag, immerhin ein Ereignis ist, in dessen Mittelpunkt man steht. Die Leute stopfen einem Kissen unter den Rücken, und alle sagen, wie brav man sich benimmt („Um sechs Zentimeter erweitert! Gut gemacht, Mutti!"). Man denkt gar nicht dran, sich auf all die Jahre *nach* diesen aufregenden Stunden vorzubereiten, auf die Jahre, wo man nur noch als entnervter Putzlumpen im Hintergrund des Babys herumhängt und nie mehr gelobt wird, sondern nur noch Vorwürfe wegen mangelnder Sauberkeit, blauer Flecken, heftiger Wutausbrüche und umgeworfener Bierdosen hört. Es gibt ein paar Kurse unter dem Titel „Vorbereitung auf die Elternschaft", aber keinen, wo man lernt, sich durch einen Irrgarten aus Babyspielzeug zu schlängeln und gleichzeitig eine Schüssel mit Apfelmus zu balancieren, irrwitzige Fragen zu beantworten und kein Auge von dem angespannten Dialog zwischen dem Zweijährigen und der Katze zu wenden.

Frauen wie meine Freundin, die bereits Kinder haben, bringen wenig Geduld für die Vorgänge während der ersten Schwangerschaft einer anderen auf. Ich erinnere mich noch, wie ich der Redakteurin einer Zeitschrift mein sehr emotionales „Tagebuch der neun Monate" anbot und erklärte, wie faszinierend es gewesen wäre, daß ich mich am Anfang verletzlich und doch wie eine Beschützerin und im dritten Monat – nun ja – wie eine Beschützerin aber auch verletzlich gefühlt hätte; und wie nützlich Spuckbeutel aus Flugzeugen in der U-Bahn wären. Die Redakteurin hatte selbst ein Kind, also wurden ihre Augen ein bißchen glasig; aber sie erklärte sich tapfer bereit, den Quatsch zu drucken. Als ich zum Ende meines Tagebuchs kam, war mein Sohn geboren und ich verstand nicht, warum man soviel Aufhebens gemacht hatte.

Nun lege ich etwas zaghaft ein Kapitel über die Schwangerschaft und ihre Probleme vor. Ich kann nur sagen daß sie mir damals ebenso gewaltig erschienen wie mein Bauch.

Der nützlichste Nebeneffekt der Schwangerschaft ist der Freundin Elisabeth-Komplex (Lukas 1, 39-41!). Man verspürt den überwältigenden Drang, andere schwangere Frauen zu besuchen und Vergleiche anzustellen. Dabei findet man gute Freundinnen, die man später noch brauchen wird. Frauen, die gemeinsam auf die Geburt warten, werden unweigerlich furchtbar intim miteinander; wir erzählen uns erstaunlich offen von unseren Membranen und Bedürfnissen, als wollten wir uns schon auf die ungeheure Schamlosigkeit in der Wöchnerinnenstation vorbereiten (wenn dort zwei Fernsehmechaniker in weißen Kitteln erscheinen, beginnt sich ein halbes Dutzend frisch gebackener Mütter die Klinikhemden vom Leib zu reißen, um über Brustwarzen, Hämorrhoiden und die Stiche zu diskutieren, wo sie genäht wurden).

Da Begegnungen mit Müttern jene Schuldgefühle hervorrufen, wie ich sie beim chaotischen Lunch mit jenen zwei Babys empfand, sollte man sich an andere schwangere Frauen halten, wenn man Gesprächspartnerinnen für Debatten über die verschiedenen aufregenden Entwicklungen unter dem Kittelkleid braucht. Man kann ihren naiven Idealismus über Kinder teilen, der andere Frauen, die bereits den Frondienst der Mutterschaft leisten, ständig zu erzürnen scheint. Wenn Sie eine Geburt im Stehen unter Mozartklängen planen – oder unter Wasser, mit einer alternativen Hebamme an der Seite, die Ihnen Himbeerblättertee serviert, können Sie solche Theorien stundenlang mit

Ihrer Elisabeth erörtern. Wenn Sie das Genie Ihres Neugeborenen mit Diavorträgen wecken oder es fünf Jahre lang stillen wollen – wunderbar, erzählen Sie ihr davon. Wenn Ihnen Visionen von perfekt gebügelten Volants rings um eine zierliche Wiege vorschweben, in einem blumengeschmückten Raum mit Regalen voller schneeweißer daunenweicher Handtücher und Windeln, erzählen Sie ihr auch das; und sprechen Sie sich mal so richtig über Weichspüler aus. Streiten Sie mit ihr über Kindermädchen, über die Einmischung des Staates in Erziehungsfragen, über die Bedeutung von Kunstgegenständen in der Nähe des Babys, über den moralischen Wert von „Rotkäppchen". Lächeln Sie alle Leute strahlend an, geben Sie sich Ihren Träumen hin; erklären Sie, wie widerwärtig Sie den Titel meines Buches finden, und planen Sie ein Leben voll heiterer Selbstaufopferung. Bald werden Sie zu uns anderen zurückkehren, auf den Boden der Tatsachen, und lernen, wie sich eine kluge Mutter das Leben erleichtert. Willkommen!

Aber zunächst müssen Sie sich mit den Wehwehchen und Ärgernissen der Schwangerschaft auseinandersetzen. Das ist so ähnlich, als würde man von einer fremden Macht überfallen und belagert. Plötzlich haben Sie einen wichtigen, verletzlichen, energischen kleinen Passagier im Bauch, der – gemütlich zusammengerollt, Ihren Magen und Ihre Blase dahin und dorthin schiebt und sich ohne Ihre Erlaubnis nimmt, was er braucht. Sie werden zum Beispiel eher an einer schweren Anämie leiden, bevor es dem Baby an Eisen mangelt. Das Baby ist der Boß. Und Sie können nur dafür sorgen daß es nicht gezwungen wird, etwas zu sich zu nehmen, das es nicht bekommen sollte, wie Zigarettenrauch, Alkohol oder Drogen. Mit jedem neuen Forschungsergebnis wird es schwerer, diesen

Lastern zu frönen; kaum hat eine Schar gestrenger Ärzte entschieden, „ein einziges Glas Wein pro Tag" könnte dem Fötus schaden, marschiert schon eine weitere Horde herbei und behauptet, das Ungeborene würde sich „in grausigen Ängsten winden", wenn seiner Mutter auch nur der flüchtige *Gedanke* an eine Zigarette vorschwebt.

Es gibt Bücher mit breiterer medizinischer Grundlage als dieses, die Ihnen das eine oder das andere empfehlen. Ich habe nur meine eigenen selbstsüchtigen Überlegungen zu bieten, die dazu führten, daß ich mich zweimal neun Monate lang mit ein paar Gläsern Wein pro Woche begnügte und kein einziges Paracetamol nahm. Dabei half mir die Erkenntnis, dieses Baby müßte besonders groß und stark zur Welt kommen und hart im Nehmen sein, weil es eine lausige Mutter haben würde. Diese Taktik funktionierte. Jeder abgelehnte Drink, jede zurückgewiesene Zigarette erschien mir wie eine Art Versicherung, die mich vor einem reizbaren, kränklichen Baby schützte. Vor Gericht könnte ich solche Gedankengänge nicht verteidigen, aber sie machten mich in meinen zwei Schwangerschaften rundum glücklich und verhalfen mir zur Enthaltsamkeit.

Der Verzicht auf Alkohol und Nikotin ist aber nur ein geringfügiges Problem. Andere physische Schwierigkeiten sind viel aufdringlicher. (Ich kann mich nur an eine einzige gütige Schicksalsfügung erinnern: wenn die Fußknöchel so stark angeschwollen sind, daß man ihren Anblick kaum erträgt, ragt der Bauch so weit heraus, daß man sie ohnehin nicht sieht.) Hier ein paar Kommentare über Schwangerschaftsbeschwerden und einige Heilmittel:

Schwangerschaftsvorsorge im Krankenhaus. Es mag seltsam wirken, diese als „Schwangerschaftsbeschwerde" einzustufen, aber nach ein paar Routineuntersuchungen in einer großen Klinik werden Sie das verstehen. Mag ein Krankenhaus eine noch so gute Entbindungsstation haben – man muß damit rechnen, daß es über eine gräßliche Abteilung für Schwangerschaftsberatung und -Vorsorge verfügt. Zahllose Schwangere bekommen den gleichen Termin, so daß die Frauen (manche mit unglücklichen, quengeligen Kleinkindern) oft stundenlang warten müssen. Meine persönliche Bestzeit waren zwei Stunden und fünfundfünfzig Minuten. Und danach erlebt man nicht viel mehr als einen Bluttest, gefolgt von einer längeren Sitzung, gefolgt von einem Urintest und einem Sprung auf die Waage; dann noch eine Sitzung, und schließlich eine kurze Unterhaltung mit einer Lernhebamme. Es lohnt sich übrigens, schon beim ersten Besuch festzustellen, wie man die einzelnen Schwestern auseinanderhält – Lernschwestern, frischgebackene und dienstältere Hebammen tragen meist verschiedenartige Hauben, Broschen o. ä. Verschwenden Sie Ihre kostbare Zeit nicht, indem Sie einer achtzehnjährigen Lernschwester Fragen stellen; schnappen Sie sich jemanden, der aufgrund langjähriger Erfahrung ein ehrwürdiges „Abzeichen" erworben hat.

Bei meinem allerersten Besuch saß ich da und platzte vor ängstlichen Fragen, während eine in der Tat sehr junge Schwester mühsam ein Formular ausfüllte. „Also", begann sie streng, „hatten Sie Kontakt mit Daten?" Daten? Daten! Wann hatte ich zuletzt einen Computer in der Hand gehabt? Die sind doch nicht giftig? Bewirken Daten abnorme Entwicklungen im Fötus? O nein! „Kontakt mit Daten?" wiederholte das Kind mit gezücktem Bleistift und tat mich offensichtlich als eine jener neurotischen werdenden Mütter ab, die zum Lernstoff der Schwesternschule zählen. „Nun?" Ich fand mein inneres Gleichgewicht wieder, riß ihr das Blatt aus der Hand und las. RÖTELN (RUBELLA), KONTAKT MIT, DATEN: Sie hatte eine Zeile ausgelassen. Solche Konfrontationen sind nicht dazu angetan, die Nerven einer Primagravida zu beruhigen.

Zahlreiche Leute haben Kampagnen organisiert, um die Schwangerschaftsvorsorge in diesen Massenbetrieben zu verbessern, und sie macht langsame, aber sichere Fortschritte. Unhöflichkeit, Gefühllosigkeit und Unaufmerksamkeit werden regelmäßig von pflichtbewußten Medien angeprangert. Gelegentlich muß ein Krankenhaus seine Arbeitsmethoden der Lächerlichkeit oder dem Abscheu preisgeben, worauf man in den anderen die Ärmel um ein paar Zentimeter höher krempelt. Besonders gefiel mir die Geschichte von einer Frau, die eine Fehlgeburt hatte und behauptete, sie wäre immer noch schwanger. Sie verlangte einen Ultraschalltest, der ihr verweigert wurde. Schließlich wurde sie gegen ihren Willen in eine Klinik für Geistesgestörte eingeliefert, weil sie von ihrem Phantombaby besessen war. Als sie die Flucht ergriff und sich endlich untersuchen lassen konnte, stellte sich heraus, daß sie tatsächlich immer noch schwanger war. Sie hatte nur einen ihrer Zwillinge verloren. Das Baby kam gesund auf die Welt, und da „entschuldigte" sich die Krankenhausleitung. Sie hat sich entschuldigt! Man hätte sie lieber einsperren sollen.

- Bevorzugen Sie deshalb grundsätzlich die Schwangerschaftsvorsorge bei Ihrem Haus- oder Frauenarzt. Falls Sie den nicht mögen oder falls er beim Gedanken an Geburtshilfe und Säuglinge mürrisch dreinschaut (manche dieser Herren bevorzugen es, gemütlich über Arthritis und Golf zu plaudern), wechseln Sie um Himmels willen den Arzt, und zwar schleunigst. Ein Arzt, der schwangere Frauen nicht ausstehen kann, wird später wohl kaum begeistert sein, wenn Sie ihm einen Säugling voller mysteriöser Flekken präsentieren oder wenn Sie eine wochenlange Keuchhustenphase durchmachen. Suchen Sie sich einen neuen! Sofort! (Entsprechendes gilt natürlich für eine Ärztin ...)

- Wenn Sie doch in eine Schwangerschaftsambulanz gehen, sehen Sie zu, daß Sie in der Klinik immer den allerersten Termin am Morgen bekommen, und seien Sie zwanzig Minuten vorher da. Dann kann niemand sagen: „Der Doktor hat heute so viel zu tun, daß es etwas später werden kann."

- Nehmen Sie sich Lektüre mit. Der Klinikvorrat an zwei Jahre alten, mit geheimnisvollen Flekken übersäten Zeitschriften kann Ihre Moral ernsthaft gefährden.

- Oder stricken Sie. Jede Frau strickt im Wartezimmer der Schwangerschaftsvorsorge, und manchmal kriegt man einen ganzen Pullover fertig, bevor man vom Halbgott in Weiß empfangen wird. Autoritären Schwestern in Gesundheitsschuhen können Sie den Wind aus den Segeln nehmen, indem Sie in einem eleganten Kleid erscheinen und sich Ihrer Petit-Point-Stickerei widmen. Bringen Sie keinesfalls Ihr Radio mit Kopfhörer mit, sonst verpassen Sie womöglich den magischen Augenblick, in dem Ihr Name gemurmelt wird, und müssen noch eine

Stunde warten.

- Wenn Sie dem Arzt gegenübersitzen, erwähnen Sie, wie lange Sie gewartet haben, falls es sehr lange war. Vielleicht interessiert ihn das, und in der ausgeprägten Klassengesellschaft einer Klinik übt er große Macht aus. Sagen Sie ihm, es wäre kein Wunder, daß Sie einen zu hohen Blutdruck hätten.

- Notieren Sie sich Ihre Fragen, ehe Sie ins Sprechzimmer gehen. Wenn man halbnackt auf einem hohen Bett von einem abgehetzten fremden Mann und einer ungeduldigen, gelangweilten Hebamme traktiert wird, neigt man zur Vergeßlichkeit. Bleiben Sie trotz allem immer freundlich; geben Sie der Hebamme zu verstehen, Sie wüßten ihre Erfahrungen und Ansichten ebenso zu schätzen wie die des Arztes, wenn nicht sogar noch mehr.

- Wenn die Hebamme hinausgeht, bevor Sie sich ausziehen, und Ihre Karteikarte auf dem Tisch liegengelassen hat, lesen Sie um Himmels willen jedes Wort. *Natürlich* ist das keine Schnüffelei.

- Falls Sie sich ernsthaft sorgen, machen Sie kein Hehl daraus. Bei meiner zweiten Schwangerschaft war ich unvernünftigerweise überzeugt, daß da irgendwas nicht stimmte. Aber ich absolvierte alle Vorsorgetermine, fast zweiunddreißig Wochen lang, mit steifem Rückgrat. Als sich mein Arzt nach der üblichen Fünfundvierzig Sekunden-Untersuchung zum Gehen wandte, öffnete er mit einer beiläufigen, freundlichen Bemerkung meine Tränenschleusen. Das rettete mich. Er kam zurück, befahl der Schwester einen Lautsprecher zu holen, damit ich Roses Herzschläge hören konnte, gab mir ein Formular, in das ich eintragen mußte, wie oft sie gegen die Bauchdecke tritt, und schickte mich nach Hause, wo ich zum erstenmal seit Wochen friedlich eine ganze Nacht lang schlief. Die geschäftsmäßige, abrupte Art gewisser Leute in medizinischen Berufen erweckt manchmal den Eindruck, sie würden einem etwas ganz Schreckliches verheimlichen. In Wirklichkeit denken sie nur an die nächste Gehaltserhöhung oder überlegen, ob es der umwerfende Dr. Gupta von der Intensivstation ernst meint, wenn er sagt, er würde am Freitag zum Tanzabend ins Schwesternheim kommen.

- Lesen Sie alle Bücher über Schwangerschaft und Geburt, die Sie verkraften können. Belegen Sie, wenn möglich, Kurse über dieses Thema. Wenn Sie Begriffe wie Placenta, Membrane und Gebärmutterhals benutzen, wird Ihr Arzt oder das Klinikpersonal Sie vielleicht wie einen gleichberechtigten Menschen behandeln. Das ist in etwa die Methode, die man anwendet, um einen gönnerhaften jungen Automechaniker zum Schweigen zu bringen, der einem Vorträge über die Regulierung des Lenkungsspiels hält.

- Wenn man nicht mit Ihnen reden will, kämpfen Sie. Die jüngsten Ärzte benehmen sich oft am schlechtesten. Denken Sie stets daran, um wessen Baby es geht. Hier gebe ich eine selbsterlebte Szene wieder:
  JUNGER ARZT (*stürmt herein*). Frau – eh – ah – Heiney. Eh ... (*wendet sich an die Hebamme*) ... Klagt sie über irgendwelche Beschwerden?
  ICH: Ich habe Sodbrennen und Krämpfe in den

Beinen, Doktor.

JUNGER ARZT (*immer noch zur Hebamme gewandt*): Ach ja (*schreibt ein Rezept aus*)... Geben Sie ihr das (*versucht zu gehen*).

ICH: Bleiben Sie da, Doktor, verzeihen Sie, wofür ist dieses Rezept?

JUNGER ARZT (*als würde er mich plötzlich bemerken*): Gehen Sie damit in eine Apotheke, dort wird man Ihnen ein Medikament geben (*versucht wieder zu gehen*).

ICH: Den Teufel werde ich damit in eine Apotheke gehen! Ich zeige das meinem Hausarzt und bitte *ihn* um eine höfliche Antwort. Warum soll ich was schlucken, wenn Sie nicht mal dreißig Sekunden erübrigen können, um mir zu erklären, ob es gegen das Sodbrennen oder gegen die Krämpfe in den Beinen wirken soll? (*Doktor geht, aber seine Ohren überziehen sich mit einer für mich sehr befriedigenden Röte*).

HEBAMME: Tut mir leid, daß er sich so benimmt, aber was können wir schon tun?

Solche kleinen Szenen werden in den Schwangerschaftsvorsorgeabteilungen unserer Krankenhäuser landesweit und tagtäglich aufgeführt. Passen Sie bloß auf, daß Sie eine Sprechrolle bekommen! Und tragen Sie's mit Fassung, wenn Sie sich mit dem Personal verfeinden; die fragmentarische Schwangerschaftsvorsorge bedeutet wenigstens, daß man denselben Arzt oder dieselbe Schwester nur ganz selten zweimal sieht, geschweige denn von jemandem entbunden wird, dessen Namen man kennt. Also dürfen Sie sich getrost behaupten, ohne das Risiko einzugehen, ihrem Gegner das nächstemal im fortgeschrittenen Wehenstadium wiederzubegegnen. Falls das trotz allem passiert, können Sie's mit der Bemerkung ausbügeln: „Oh, wie schön! Endlich jemand, den ich kenne!"

Natürlich wäre es besser, wenn sich solche Kämpfe vermeiden ließen. Ich sage nur, daß es wahrscheinlich nicht Ihre Schuld ist, falls es zu Streitigkeiten kommt, und ich hoffe, Sie werden siegen.

Was die üblichen körperlichen Unannehmlichkeiten während der Schwangerschaft betrifft, so kann man einiges dagegen tun, aber diese Ratschläge wurden schon so oft wiederholt, daß ich sie hier nicht noch einmal aufzählen will. Wenn mir noch eine wohlmeinende Person erzählt, ich soll eine Scheibe Brot essen, bevor ich aufstehe (um mich zu übergeben), gerade dastehen (um den Rückenschmerzen entgegenzuwirken) und Magnesiamilch gegen das Sodbrennen schlucken, werde ich sie niederschlagen und mich auf sie setzen. Eine meiner Bekannten behauptete, Himbeerblättertee würde gegen Übelkeit, Rückenschmerzen, Sodbrennen und Krämpfe in den Beinen helfen, und die Zigeunerinnen, die ihn trinken, hätten bei den Wehen niemals Probleme. Daß er wie zerfetzte Lastwagenreifen schmeckt, spielt offenbar keine Rolle.

Aber es gibt ein paar Weisheiten, die ich gern schon früher gekannt hätte.

Übelkeit. Wenn Ihnen schlecht ist, ist Ihnen schlecht. Die üblichen Medikamente nützen vielleicht nichts. Wenn Sie sich schon übergeben müssen, tun Sie's wenigstens mit Würde; Verlegenheit und Nervosität sind schlimmer als das Erbrechen selbst. Veranlassen Sie Ihre Bekannten, saubere Spucktüten aus Flugzeugen für Sie zu sammeln, und tragen Sie stets einen Vorrat bei sich, dazu Gummibänder zum Verschließen, einen feuchten Lappen und Papiertaschentücher. Bewahren Sie

Ihren Humor, wenn die Leute auf der Straße glauben, Sie wären betrunken. Falls Sie Ihr Frühstück ausgespuckt haben, so schadet es nichts, wenn Sie noch mal essen, damit Sie sich später nicht schwach und elend fühlen. Einmal frühstückte ich dreimal, zweimal erfolglos, und moderierte um neun Uhr morgens eine Live-Sendung im Radio. Das erlöste mich seltsamerweise genauso effektvoll von meiner Übelkeit wie bei anderen Gelegenheiten von meinem Schluckauf.

Sodbrennen in der Nacht. Schlafen Sie aufrecht, vier Kissen hinterm Rücken, wie El Cid, der mausetot aber kerzengerade auf seinem Pferd saß, weil er so gut festgebunden war.

Krämpfe in den Beinen. Die bekämpft man am besten, indem man weitere vier Kissen unter die Beine schiebt. Dann fühlt man sich wie eine Banane. Das zweite probate Heilmittel ist ein Bettgenosse, der darauf trainiert ist, sich beim leisesten Stöhnen auf Ihre Waden zu stürzen und den Krampf wegzumassieren. Meiner ist so gut abgerichtet, daß er sich heutzutage nach zwei Schwangerschaften sofort auf meine Beine wirft, wenn ich mich auf die andere Seite drehe.

Vor allem müssen Sie hin und wieder vergessen, daß Sie schwanger sind. Bei meiner ersten Schwangerschaft hatte ich alle oben genannten Symptome, fuhr aber am Ende des siebenten Monats im Auftrag einer Zeitung vierzehn Tage lang den Mississippi hinab. Das war eine beschwerliche Reise in Schleppkähnen, und dann spazierte ich auch noch allein im Vieux Carré von New Orleans herum. Interessanterweise verschwanden meine Beschwerden während dieses Trips. Sobald ich nach Hause kam, kehrten sie vollzählig zurück.

Wenn Sie zum erstenmal schwanger sind, können Sie ein paar nützliche Dinge tun, auch wenn die besten Aktivitäten darin bestehen, Reisen zu unternehmen, Urlaub zu machen und sich was dazuzuverdienen, denn auf all das muß man nach der Geburt verzichten. Wenn Sie also unbedingt einer nützlichen Beschäftigung nachgehen wollen, treffen Sie minutiöse Vorbereitungen, verzieren Sie die Wiege, und legen Sie winzige Jäckchen bereit, Sie können sogar schon Windeln besorgen. Ich ertrage so was nicht. Es kommt mir so vor, als würde ich das Fell des Bären verkaufen, bevor ich ihn habe. Ich ziehe es vor, im Krankenhaus zu liegen, während mein armer Ehemann sich abhetzt, um unsere Zink- und Kastorölvorräte aufzustocken, und die wackelige alte Wiege wieder zusammenleimt. Sollten Sie meine abergläubischen Ängste teilen, aber trotzdem das Bedürfnis haben, sich nützlich zu betätigen und Vorsorge für die Zukunft zu treffen – hier sind ein paar allgemeine Ratschläge, die Sie befolgen können, ohne das Schicksal am Ende des neunten Monats herauszufordern:

Inspizieren Sie Ihre Wohnung. Ist es dort warm? Läßt es sich leicht heizen? Gibt es Räume, wo Sie sich oft aufhalten, zum Beispiel die Küche, und wo es immer kühl und zugig ist? Wenn ja, befindet sich der kalte Raum in der Nähe eines warmen, so daß das Baby in seinem Körbchen dösen oder in einem Stuhl sitzen und Sie durch eine offene Tür sehen kann? Ist Ihr Zuhause gemütlich genug, so daß Sie es dort einen ganzen Tag lang aushalten und nicht bloß ein Ort, wo Sie nach der Arbeit alle Viere von sich strecken? Vielleicht wollen Sie das Kinderzimmer noch nicht herrichten, aber es lohnt sich, Wohn-, Schlafzimmer, Bad und Küche hübsch zu gestalten, denn Sie werden wahrscheinlich nie mehr so viel Zeit daheim verbringen wie in der Gesellschaft Ihres Babys.

Glauben Sie bloß nicht, ein Baby wäre ein winziges Wesen, das wenig Platz braucht. Auch in der Umgebung eines sparsam ausgestatteten Kindes sammeln sich Unmengen von Sachen an. Jedenfalls braucht es eine eigene Kommode. Haben Sie Platz dafür? Wenn nicht, was werfen Sie raus?

Ihr Auto. Wenn Sie sich einen neuen Wagen anschaffen wollen, ein Modell mit vier Türen würde sich lohnen. Es ist unglaublich, welche Kräfte sogar ein winziges Baby entwickeln kann um sich an der Türkante festzuklammern, wenn man es in den Fond eines zweitürigen Autos bugsieren will.

Ihre Kleider. Umstandskleidung dürfte kein Problem mehr sein. Klagen über Viskosesäcke mit „interessanten Details am Kragen" sind nicht mehr en vogue. Bei einigen Firmen (achten Sie auf Kleinanzeigen in Zeitungen) kann man Sachen per Nachnahme bestellen, und das vereinfacht das Leben schwangerer Landbewohnerinnen erheblich. Spezialgeschäfte für Umstandsbekleidung werden Ihnen für teures Geld zumindest *ein* Kleid verkaufen, in dem Sie bis zur letzten Minute hübsch aussehen. Es lohnt sich, eines dieser Kleider zu besitzen. Ansonsten genügen lose Oberteile, die man auch nach der Geburt noch brauchen kann, und diese fürchterlichen Hosen, deren elastische Vorderfront immer weiter wird wie die Bäuche toter Tropenfische. Sie mögen ein Greuel sein, aber sie sind billig, und man kann sie später wegwerfen. Schikke, teure Umstandshosen werden nur herumhängen und Sie ständig an Ihren Leichtsinn erinnern. Mit BHs werden Sie vielleicht Ärger bekommen.

Wenn Sie einen kleinen Busen haben, brauchen Sie nur immer größere, gute konventionelle BHs zu kaufen. Aber wenn Sie schon mit großen Körbchen beginnen, werden Sie vermutlich der Stillbüstenhalterbranche zum Opfer fallen. Die meisten Still-BHs sehen deprimierend und unförmig aus, sind unbequem und treiben Sie beinahe in den Wahnsinn.

Aber wie gesagt, im großen und ganzen stellt die Umstandskleidung kein Problem mehr dar. Abgesehen von offiziellen Umstandskleidern gibt es schicke Kittel, hausgemachte Zelte, Herrentrainingsanzüge in Übergrößen und Segelpullover, die Jeans des Ehemanns, die man mit einer Sicherheitsnadel schließen kann, und all die wallenden Folkloregewänder aus Baumwolle. Am einfachsten haben es die fröhlichen, stilbewußten Frauen mit Humor. Die Journalistin Valerie Grove erinnerte sich verschwommen an ein Zeltkleid von Monsoon, das während der siebziger Jahre acht Schwangerschaften verschiedener Mütter in der Literaturszene im Londoner Norden überstanden hat und schließlich an ihrer Schwester in Sydney, Australien, auseinandergefallen ist. Die Verlegerin Helen Fraser erwähnt mysteriöserweise die Tugenden von „Armee-Restbeständen", was faszinierende Visionen von schwerfälligen Guerillas in Tarnkleidung heraufbeschwört, die wie ein übergewichtiges Heeres-Kommando die Entbindungsstation stürmen. Eine BBC-Mitarbeiterin machte ihre halbe Abteilung verrückt, indem sie einfach ihren alten Schulturnanzug herauskramte (sie war eine pummelige Zwölfjährige, die zu einem schlanken Schwan herangewachsen war) und wie eine Statistin in einem Film umhersprang.

Wenn das Baby geboren ist, haben Sie ganz bestimmte Bedürfnisse, und da lohnt es sich, vorzusorgen. Sie brauchen pflegeleichte Kleidung, Kittel, die man beim Stillen leicht hochziehen kann (ein gutes Kleidungsstück für die ersten Wochen ist, mit oder ohne Winterpullover, ihre alte Lieblingsumstandsbluse, über langen Hosen getragen. Dann kann das Baby draufspucken, ohne ein schikkes Modell zu ruinieren). Vor dem Klinikaufenthalt macht es sich bezahlt, daheim ein paar bequeme, praktische Sachen an einem Ort zu deponieren, wo man sie mühelos finden kann. Ich hatte oft Sehnsucht nach einem riesigen Strampelanzug mit angestrickten Socken.

Noch eine letzte Bemerkung zu Kleidungsstükken: Ich war schrecklich wütend auf Strumpfhosen, die ständig über den runden Bauch nach unten rutschten, obwohl sie eigens für schwangere Frauen hergestellt worden waren. Als ich meine Freundinnen fragte, wie sie damit zurechtkamen (Ich habe Ihnen bereits erzählt, daß Schwangere sehr intime Gespräche miteinander führen), fand ich heraus, daß alle mit demselben Problem kämpften. Einige wechselten zu Socken über, andere trugen Strümpfe mit Strumpfhalter und bekamen davon Krampfadern, manche kauften die Strumpfhosen eine Nummer größer und drehten das Hinterteil nach vorn, und ein paar schnitten sie einfach vorn auf und zogen Schlüpfer darüber an (wie Superman; nun wissen wir, was mit ihm nicht stimmte. Er war schwanger!).

Babykleidung. Wenn Sie diesbezüglich vor der Geburt nichts unternommen haben, können Sie Ihre Freundin oder den Ehemann in den nächstbesten Laden schicken, mit dem Auftrag, fünf Strampelanzüge und fünf Jäckchen zu kaufen, und ein paar Wochen mit dem neuen Baby überleben, wobei Sie nur noch Wegwerfwindeln und eine kleine warme Decke besorgen müssen. Falls Sie über strickende Großmütter, Tanten und Freundinnen verfügen, lohnt es sich, deren Aktivitäten in eine bestimmte Richtung zu steuern: Spitzenjäckchen sind ein Graus, weil die Babyfinger ständig in den Löchern steckenbleiben; außerdem haben die meisten Jäckchen viel zu enge Ärmel, was das An– und Ausziehen erschwert. Große Pullover mit weiten Ärmeln sind praktischer und sehr schick. Am besten animieren Sie die Strickerinnen zu Pullundern. In Streifen, pastellfarben oder bunt sehen sie wundervoll aus, man kann sie in Sekundenschnelle über Strampelanzüge oder Pyjamas oder Pullover ziehen,wann immer es das Baby etwas wärmer haben muß, und braucht sich nicht mit Ärmeln abzuplagen.

Wenn Sie einen guten Second-hand-Laden finden, wo Sie Sachen leihen oder kaufen können, dann nichts wie rein!

Mutterpflichten. Die können einem gewaltig oder vage vorkommen, und manchmal hat man auch das Gefühl, daß man sie unmöglich erfüllen kann. Wenn man zuviel über Babypflege und die Bedeutung früher Einflüsse auf das Kind liest, gerät man leicht in tränenreiche Panik. Diese Lektüre weckt mitunter die deprimierende Vorstellung, das künftige Leben würde sich nur noch im trostlosen Einerlei von Wickeltisch und Sterilisierapparaten abspielen – unterbrochen vom ernsthaften Kaffeeklatsch mit anderen Müttern, im Chaos häßlicher Spielsachen. In den Krankenhäusern bekommt man Flugblätter mit dem beängstigenden Titel „Tagesplan", zum Beispiel:

6 Uhr 30: Die Mutter füttert das Baby und legt es ins Bettchen zurück. Sie bereitet für den Ehemann und sich selbst ein nahrhaftes Frühstück vor. Dann

wäscht sie die in der Nacht beschmutzten Windeln und hängt sie zum Trocknen auf.

7 Uhr 30: Die Mutter frühstückt, füttert das Baby, füllt die Waschmaschine, wechselt die Windeln, macht die Küche sauber, bereitet das Gemüse für das Mittagessen vor.

Und so weiter. In keiner einzigen Zeile steht: Die Mutter liest Zeitung, wandert durch den Garten, geht zum Friseur, betrinkt sich beim Lunch mit einer Freundin. Fatalerweise kann man das Baby angesichts solcher Terminpläne leicht mit dem Badewasser verwechseln: die tägliche Routine, winzige Jäckchen, Morgenkaffee, die Verarbeitung von nahrhaftem Gemüse für Ehemänner – das ist alles nur Badewasser. Was *wirklich* zählt, ist die Tatsache, daß Sie nun die Verantwortung für eine kleine, sehr unterhaltsame, erstaunlich tolerante und selbstgenügsame Person tragen.

Ihre einzige Pflicht besteht darin, diese Person zu füttern, zu säubern, warm anzuziehen und zu amüsieren. Es gibt keinen Grund, warum Sie ständig daheim bleiben, Leintücher bügeln oder Kuchen backen müßten wie eine „richtige" Mutter, wenn Sie das nicht wollen. Neugeborene sind leicht zu transportieren, und es interessiert sie nicht, wo sie schlafen oder wachen oder gefüttert werden, solange Sie in der Nähe sind. Später ändert sich das, aber bis dahin werden Sie ausreichende Erfahrungen gesammelt haben, um die jeweiligen Situationen Ihren Wünschen anzupassen. Eine normale Mutter, die weder unter Alkoholeinfluß noch unter Drogen steht, wird ihrem Baby nur sehr selten schaden. Solange es gefüttert, sauber- und warmgehalten wird und einen ruhigen Platz zum Schlafen hat, wird es prächtig gedeihen und wahrscheinlich nicht allzuoft schreien.

Übrigens, wenn Sie bezweifeln, daß Sie Ihr Baby

lieben werden, weil die Kinder anderer Leute scheußliche, quakige, verrotzte, ständig feuchte rosa Dinger sind, machen Sie sich keine Sorgen. Es ist durchaus möglich, eigene (süß duftende, vollkommene und brillante) Babys zu haben und andere abscheulich und widerwärtig zu finden. Die Natur ist sehr raffiniert. Und die Babypflege ist gar nicht so schlimm, sobald es um ein richtiges Baby geht. Falls Sie sich von Elternkursen abgestoßen fühlen, wo man mit grinsenden Plastikpuppen und fransenbesetzten Frotteewindeln arbeitet – Sie werden es trotzdem genießen, ihr eigenes, lebendiges, strampelndes Baby zu baden und zu wikkeln.

Auch der Vater des Babys muß das alles wissen. Er könnte sich ebenso unsicher, aufgeregt und nervös fühlen wie Sie. In diesem Buch habe ich die Väter absichtlich vernachlässigt – nicht weil sie im Hintergrund stehen müßten oder weil ich meinen eigenen Mann dahin verbannt habe, sondern weil eine Mutter meistens in jenen einsamen Augenblicken Hilfe braucht, wo der Vater weit weg ist. Der Arbeitstag im Büro oder in der Fabrik bringt eine lange väterliche Abwesenheit mit sich. Im ersten Jahr, sogar in den ersten drei Jahren, bewirken die biologischen Impulse, daß die Mütter ihren unpäßlichen Kindern blitzschnell zu Hilfe eilen, selbst wenn sich der Vater in die gleiche Richtung bewegt (wenn der Vater nachts aufsteht, um das Baby zu versorgen, liegt die Mutter – wie von vielen solchen Paaren berichtet wird – wach im Bett, bis er zurückkommt). Eine angeborene Toleranz scheint es Frauen leichter zu machen, Geduld mit Schreihälsen, Klammeraffen, Vandalen und Lebewesen aufzubringen, die Nahrungsmittel um sich werfen. Eins steht allerdings fest – je stärker ein Vater von Anfang an einbezogen wird, desto größere Freude wird er an seinem Baby finden, desto weniger werden Sie das Gefühl haben, isoliert zu sein und die alleinige Verantwortung zu tragen.

Die Männer bevorzugen in der Babypflege einen anderen Stil. Ich habe von meinem Mann noch kein Kind vollständig zurückbekommen, also mit derselben Anzahl von Schuhen, Socken, Mützen, Handschuhen etcetera, die es vor der Übergabe trug. Wenn er dem Typus angehört, der das Baby schon in der Klinik badet, mit ihm spielt, es in die Luft wirft und mit ihm herumtobt, das erste Lächeln einheimst und rund um die Uhr voller Selbstvertrauen so einen Winzling betreut, sind Sie ein Glückspilz, er auch und das Baby erst recht. Aber so was kommt nur selten vor. Ich schreibe hauptsächlich über Kinder unter drei Jahren, und einige Männer können nicht viel mit ihnen anfangen, oder sie wollen es nicht. In diesem Fall müssen die Babys trotzdem von irgend jemandem versorgt werden, und Sie müssen wohl oder übel dran glauben. Deshalb habe ich dieses Buch für Mütter, über Mütter, und mit der Hilfe von Müttern geschrieben. Jeder Vater, der sich nützliche Tips heraussucht, ist mir willkommen, und jeder Vater, der es verächtlich in die Ecke schleudert, zeigt zumindest Interesse; ich wünsche ihm viel Glück.

Wenn Sie immer noch Angst vor Ihrer Zukunft mit dem Baby haben, lenken Sie sich mit nützlichen Kleinigkeiten ab. Gehen Sie aus, kaufen Sie eine unzerreißbare Angelschnur, und ziehen Sie alle Ihre Lieblingsperlenketten darauf. Dann haben Sie etwas, womit das Baby spielen und woran es sich festhalten kann, während Sie es herumtragen; und Ihre Lieblingsperlen können so nicht verloren gehen.

Oder verdienen Sie sich ein bißchen dazu, oder verkaufen Sie irgend etwas und richten damit einen Babyfonds ein; in keiner anderen Phase Ihres Lebens werden ein paar zusätzliche Scheine einen größeren Unterschied machen. Eine Freundin kombinierte die Probleme Platzmangel und fehlende Ersparnisse, mietete einen Marktstand, plünderte das Haus und nahm an einem einzigen Nachmittag über fünfhundert DM ein. Sie glaubt immer noch, der Anblick einer hochschwangeren Frau, die auf einer Orangenkiste stand und ihre Waren anpries („... ein Beatles-Sammelalbum aus den sechziger Jahren ... ein Radio ... ein Wok ..."), hätte die Bevölkerung von Süd-London dermaßen eingeschüchtert, daß sie alles kaufte. Außerdem war es ein Abenteuer. Obwohl das größte Abenteuer im Leben einer Frau auf Sie zukommt, können Sie ruhig auch noch ein paar kleinere genießen.

Harte Arbeit – Die Geburt

Mein erstes Kind wurde im November geboren, als auf den Straßen künstliche Mohnblumen für den Volkstrauertag verkauft wurden. Ich war längst überfällig. An einem düsteren Nachmittag rief meine Schwiegermutter an und verlangte einen Zustandsbericht. „Hat man dich noch nicht weggebracht?" fragte sie in schmerzlichem Ton. Auf die Information, daß man das noch nicht getan hatte, gab sie eine ungemein aufmunternde Antwort. „Nun", sagte sie, wobei das Wissen von mehreren Generationen alter Frauen in ihrer Stimme mitzitterte, „gestern habe ich eine Mohnblume gekauft. *Dabei dachte ich an dich.*" Und so hatte sie auf unvergeßliche Weise meinen künftigen Krankenhausaufenthalt mit dem Schmutz, dem Blut und der Sterblichkeit aller Schützengräben in beiden Weltkriegen verquickt und überließ uns dem Schicksal, inmitten heulender Winterwinde und kalter, wogender Nebelschwaden, die vom Fluß herüberzogen, weiterzuwarten.

Wir freuten uns sehr über diesen Zwischenfall. Das war eine nette Abwechslung zum atemlosen Optimismus der Schwangerschaftskurse, wo eine amüsante Lehrerin die kommenden Ereignisse in meinem Unterleib aller Mysterien beraubt und uns darauf trainiert hatte, niemals an den Begriff „Schmerz" zu denken und unsere Erwartungen möglichst hoch zu schrauben. Beglückt hatten wir einer ungeheuer interessanten, nur geringfügig ermüdenden Lebenserfahrung entgegengeblickt, und es wirkte heilsam, an die Kehrseite der Medaille erinnert zu werden – an die brüllenden, sich aufbäumenden und am Bettpfosten festklammernden Frauen, die uns aus zahlreichen historischen Romanen vertraut sind, die Torturen, von denen ganze Großmüttergenerationen (mit drastischen Gesten) berichten.

Jahrelang erzählten sie uns, wenn die „Zeit" einer Frau heranrückt, wird sie stöhnen und die Hand ihres Gatten ergreifen; darauf folgt ein Zwischenspiel voll dunklem Grauen, Geschrei, Schweiß, Schmerz und Mühsal; schließlich das Stadium der Erschöpfung, das die junge Mutter für einen Monat ans Bett fesselt, und letzten Endes ein Besuch im nächsten Tempel, wo sie von ihrer Fäulnis gereinigt wird. In den Waschsalons schwatzen alte Schachteln immer noch genüßlich von Tante Helen, die nach ihrer zweiten Niederkunft nie wieder ganz die alte wurde, von „unserer Brenda", die niemals einen schmerzfreien Tag erlebte (und seit sie aus der Klinik entlassen wurde, standen zwei Einzelbetten im Schlafzimmer, bis zu dem Tag, wo *er* endlich das Zeitliche segnete, der schweinische Kerl); von Sturzgeburten und Muskelrissen, von Spezialisten, die so etwas seit vierzig Jahren nicht gesehen hatten. Der Vorteil dieser Legenden lag vermutlich darin, daß die jungen Frauen – wenn sie dann tatsächlich niederkamen – das bei weitem nicht so entsetzlich fanden wie erwartet und in ihrer Erleichterung die geringfügigen Schmerzen im Wochenbett gern ertrugen. Der Nachteil bestand (und besteht) darin, daß die Mutter um so Schlimmeres erleiden muß, je heftiger sie sich fürchtet; aber das erhält die Legende am Leben, mit immer neuen verfeinerten Details („Ooooh, Sie hätten meine Stiche sehen sollen! Ich war fast zehn Zentimeter weit aufgerissen. Der Arzt sagte, so was hätte er noch nie gesehen ...").

Durch neue Geburtsmethoden wurde der großen Legende eine empfindliche Niederlage beigebracht. Natürliche Geburt – Geburt ohne Angst, wie immer man es nennt, die besonderen Merkmale sind so ziemlich die gleichen. Dazu gehören ein erfrischendes Quantum an technischem Wissen, die Weigerung zuzugeben, daß es weh tut, und in extremen Fällen beispielsweise die Behauptung von Sheila Kitzinger, eine Geburt wäre „das aufregendste sexuelle Erlebnis im Leben einer Frau" (ich meine, das hängt von ihren anderen diesbezüglichen Erfahrungen ab). Für die neuen Prophetinnen ist „gebären" ein aktives Verb, und sie bewundern Leboyers Vision von einem Kind, das bei sanfter Musik und gedämpftem Licht in eine Welt voller Liebe und warmem Wasser gleitet. Enthusiastisch weisen sie auf Michel Odents nackte Mutter in Hockstellung hin, auf die athletische Tätigkeit der Väter bei Pithuer, und veröffentlichen Bücher mit Anleitungen, wie man jeden einzelnen Muskel trainiert und dehnt. Detailliert schildern sie ihre eigenen traumhaften Wehen im Kreis ihrer Freundinnen, die Gitarre spielten, und berichten, wie sie mit Honig- und Himbeerblätterinfusionen nach uraltem Rezept ernährt wurden und wie das Ereignis dann im fröhlichen Verzehr der Plazenta in einem mit Eisen angereicherten Eintopf gipfelte.

Diese Methode hat – ebenso wie konventionelle Methoden – gewisse Nachteile für die nervöse, körperlich träge, verwirrte Primagravida. Es ist jedoch nützlich, sich einige Kentnisse anzueignen und bei den Wehen zu wilder Aktivität gedrängt zu werden. (Man sollte Pingpongtische in den Krankenhäusern aufstellen. Vielleicht würden die Ehemänner ihre Frauen ausnahmsweise gewinnen lassen, während sich diese einer Erweiterung von fünf Zentimetern nähern, und es wäre weniger langweilig, als auf einem Bohnensack herumzuturnen.) Und die Verachtung, die sich über Schmerzmittel ergießt, hält das Ärztepersonal wenigstens davon ab, die Frauen mit Pethidine vollzuspritzen, damit sie zu stöhnen aufhören. Andererseits erzürnt die Lobeshymne auf die Natur jene große Minderheit, deren Babys das Licht der Welt nicht auf natürliche Weise erblicken wollen. Die Opfer von Kaiserschnitten, Tropfinfusionen, örtlichen Narkosen und Zangen beklagen sich bitter, weil sie um die „Erfahrung der Geburt betrogen" wurden, was die Märchentanten, die von lautem Geheul und umklammerten Bettpfosten unken, kaum glauben können. Das ist doch genauso, als wäre man um Folterbank oder Daumenschrauben „betrogen" worden. Fast genauso schlimm sind die Schuldgefühle von Frauen meiner Sorte, denn die müssen befürchten, daß kein Baby eine sanfte, ruhige, magische Leboyer-Entbindung erleben kann, wenn die allerersten Geräusche, die an seine winzigen schleimigen Ohren dringen, die mütterlichen Flüche sind, die einem Marktweib alle Ehre machen würden.

Sie können sich aussuchen, welcher Lobby Sie vertrauen wollen. Im großen und ganzen ist es günstiger, Bücher über Geburtsmethoden zu lesen, als die Zigeunerwarnrufe der Schwiegermutter zu beachten. Als beste Informationsquelle über Krankenhäuser dient das Untergrundnetz der Müttergruppen oder die Gerüchte, die Ihre Kursgefährtinnen bei den Atemübungen vernommen haben. Auf diese Weise habe ich zum Beispiel erfahren, in einer gewissen Klinik würde ein schwuler Geburtshelfer arbeiten, der den Anblick weiblicher Brüste nicht ertragen kann; ein anderer würde im Kreißsaal Country- und Westernmusik laufen lassen (wenn die Babys zum Vorschein kommen, fühlt es sich ohnehin an, als würden sie auf dem Kopf Stetsons aus Beton tragen, also braucht die Phantasie nicht durch solche Klänge angeregt zu werden); und in einem weiteren Krankenhaus herrscht die Gepflogenheit, sechs Medizinstudenten gleichzeitig herbeizuholen, die auf Ihren Damm starren und vor lauter Staunen über Ihre Äußerungen nach Luft schnappen. (Die Frau, die mir das erzählte, hatte sich in der Pause zwischen zwei Preßwehen tatsächlich auf einem Ellbogen aufgerichtet und von der gaffenden Menge zu ihren Füßen Eintrittsgeld verlangt. Zwei Studenten waren so perplex gewesen, daß sie tatsächlich in den Taschen ihrer weißen Kittel nach Münzen gesucht hatten.) Wenn Sie das alles wissen, sind Sie wenigstens vorbereitet.

Vor der Geburt zu Hause wurde ich besonders eindringlich gewarnt. Die ist für eine Erstgeburt in Großbritannien so schwierig zu organisieren, daß ein Ehepaar zwei Monate brauchte, um zu intrigieren, Ärzte zu wechseln, mit Engelszungen zu reden und Feldzüge zu inszenieren, bis es die Erlaubnis schließlich erhielt. Sobald die erste Freude über den Erfolg nachließ, kamen den beiden Bedenken. Etwas beschämt gestand die Frau, in ihrem eifrigen Bestreben, das System zu besiegen, hätte sie kein einziges Mal an die Arbeit und die Unruhe gedacht, die das alles mit sich bringen würde – nicht für das medizinische Personal, sondern für ihren eigenen Haushalt. An dem Tag, wo sie die amtliche Liste der Gegenstände bekam, die sie besorgen mußte (zum Beispiel hohe Holzklötze, auf die das Bett gestellt werden mußte, und eine Plastikabdekkung für den ganzen Schlafzimmerteppich) hätte sie am liebsten alles abgeblasen; doch dazu fand sie nicht den Mut. Ihr Mann verbrachte die halbe Entbindungsnacht mit Aufräumarbeiten. Am nächsten Morgen spülte er das Dutzend Teetassen und Kekssteller, die die Gemeindehebamme benutzt hatte (der Arzt hatte nach der Geburt den Großteil des Whiskybestands konsumiert). Manchmal denken diese Eltern immer noch wehmütig an schöne saubere Krankenhäuser mit unbegrenzten Wäschevorräten und professionellem Teeservice. Mein eigener Mann, der mich bei zwei Klinikentbindungen aufheiterte und im Bewußtsein schwelgte, daß jemand anderer saubermachen würde, vertritt nun die Meinung, solche Vorgänge sollten sich besser im Freien abspielen, in jenen Gehegen, wo die Lämmer geworfen werden, und dabei müßten alle Anwesenden Gummistiefel tragen. Also darf man wohl nur den Schafen Hausgeburten gestatten.

(Ich muß allerdings zugeben, daß ich, was Hausgeburten betrifft, keineswegs objektiv bin. Bei meiner ersten Niederkunft stellte ich schamrot fest, daß ich krankenhaussüchtig bin; ich genieße jeden Augenblick eines solchen Aufenthalts, gehöre nach zwei Tagen mehr oder minder zum Inventar, und muß nach acht Tagen gewaltsam hinausgezerrt werden, wobei ich mich bitter beschwere. Monatelang träume ich noch voller Sehnsucht von einer Rückkehr in die gemütliche Entbindungsstation. In einer ermüdenden Nacht, als Rose zwei Monate alt war, gab ich diese Wünsche bekannt, und mein Mann fragte: „Um Himmels willen, was ist denn so besonders an diesem Krankenhaus?" Schluchzend stieß ich hervor: „Um Punkt neun Uhr abends schieben sie einen Wagen mit Abführmitteln und Schlaftabletten herein. Ich nehme nie was von dem Zeug, aber allein das Bewußtsein, daß jemand da ist, der sich um einen kümmert." Worauf sich mein armer verwirrter Mann angewöhnte, mir jeden Abend kurz vor den Neun-Uhr-Nachrichten ein Abführmittel anzubieten, um zu beweisen, wie sehr er sich um mich sorgte, aber irgendwie war das nicht dasselbe.)

Jede Geburt ist anders, und im Grunde kann ich Ihnen nur raten: Hüten Sie sich vor Legenden und albernen Kampagnen.

Legenden

Eine Frau weiß immer, wann die Wehen beginnen.

O nein, das weiß sie nicht. Manche treffen zwei Minuten vor der Geburt im Krankenhaus ein und fragen sich immer noch vage, ob irgendwas nicht stimmt; und unzählige andere erscheinen vierzehn Tage zu früh, mit Verdauungsstörungen und Nervenflattern. Bleiben Sie gelassen, und lassen Sie sich nicht von einem spektakulären Schluckauf zum Narren halten, den Sie bei „Dallas" bekommen.

Ihre Fruchtblase wird ohne jede Vorwarnung platzen, wenn Sie gerade im Supermarkt einkaufen, und Sie in schreckliche Verlegenheit bringen.

Das könnte passieren. Es wäre möglich. Aber deshalb lohnt es sich nicht, in wochenlanger Angst zu leben und Supermärkte zu meiden. Kurz vor Roses Geburt fuhr ich los, um die Sonntagszeitungen zu holen, und plötzlich saß ich auf einem nassen Autositz. Ich geriet in Panik, fuhr vorsichtig nach Hause, spürte alle zwei Minuten vermeintliche Wehenschmerzen und schrie nach meinem Mann, nach einem Babysitter für meinen Sohn, nach Pethidine oder einem Kaiserschnitt oder der Gemeindehebamme oder sonst jemandem. Paul sprang auf den Fahrersitz, hielt inne und begann laut zu lachen. „*Meine* Fruchtblase ist *auch* geplatzt", japste er. Bevor eheliche Gewaltaktionen beginnen konnten, erklärte er: Irgend jemand hatte das Auto mit offenem Fenster über Nacht im Regen stehenlassen. Das Wasser war tief in die Schaumgummipolsterung eingedrungen. Wenn man die Sitzfläche anfaßte, war sie trocken, aber sobald man sich drauf niederließ, wurde sie vom Regenwasser durchtränkt. Allgemeines, wenn auch von meiner Seite gequältes Gelächter.

Wenn der Geburtsvorgang begonnen hat oder wenn das Baby schon überfällig ist, können Sie es auf natürliche Weise in Bewegung setzen, indem Sie Ihre Brustwarzen massieren.

Angeblich produziert das nützliche Hormone. Aber nur, wenn man's ein paar Stunden lang macht. Und es gibt nur wenige Dinge, die eine Hochschwangere mit noch geringerem Vergnügen tun würde, als den ganzen Tag ihre Brustwarzen zu massieren. Glauben Sie mir.

Eine holprige Fahrt wird die Geburt einleiten.

Die müßte schon sehr holprig sein, wenn zwanzig Meilen auf Nebenstraßen in Lincolnshire, im Beiwagen eines überholten russischen Armeemotorrads jede Wirkung auf meine Schwägerin verfehlten, die sich in der einundvierzigsten Woche ihrer Schwangerschaft befand ...

Wenn es soweit ist werden Sie den überwältigenden Drang spüren, fest zu pressen.

Nie hätte ich gewagt, dieser weitverbreiteten Überzeugung zu widersprechen, wäre mein zweites Baby nicht auf die Welt gekommen, ohne daß ich auch nur das geringste Bedürfnis verspürt hätte zu pressen. Danach traf ich andere Frauen, die heimlich aufs Pressen verzichtet hatten, und brachte sie dazu, das einzugestehen. Wir alle drückten unsere Babys einwandfrei heraus, warteten auf die Kontraktionen und machten dabei mit, empfanden aber keinen Drang, nur eine dumpfe Langeweile angesichts des ganzen Vorgangs und den Wunsch, ihn möglichst schnell hinter uns zu bringen. Niemand sollte sich herumkommandieren oder aufgrund der biologischen Beschaffenheit „aller Frauen" stereotypisieren lassen.

Beim Anblick des neugeborenen Babys, das auf Ihrem Bauch liegt, werden Sie von Liebe und Ehrfurcht überwältigt sein.

Falsch. Das kann zwar passieren. Bei einer meiner beiden Geburten war es so. Bei der anderen fühlte ich mich elend und hätte mich eher für eine Tasse Tee als ein für schleimiges Baby begeistern können. Das ist keine Tragödie. Mein Mann nahm jedes unserer Babys gleich nach der Geburt in die Arme, während ich langsam wieder zu mir selbst fand, und unser Seelenleben erlitt keinen Schaden. Was zur allergefährlichsten Legende führt:

Es ist überaus wichtig für die Bindung zwischen Mutter und Kind, daß sie es sofort in den Armen hält und stillt. Wenn eine Mutter davon abgehalten wird, könnte sie im Wochenbett schwere Depressionen bekommen und keine Beziehung zu ihrem Baby finden.

Es ist grauenvoll, so etwas zu einer Mutter zu sagen die noch unter der Wirkung eines Betäubungsmittels steht, die sich krank fühlt oder deren schwaches Baby im Brutkasten liegt. Was soll sie tun? Eine Beziehung zum Teewagen neben dem Bett aufbauen? Menschliche Wesen haben nicht nur Körper, sondern auch ein Gehirn, das zu denken vermag. Und es wird Zeit, daß die Lobby, die mit solchen Behauptungen für die Mutter-Kind-Bindung kämpft, das zugibt.

Noch schlimmer ist es, dergleichen einer Mutter zu erzählen, die keine medizinischen Probleme, aber einfach keine Lust hat, ihr Baby nach stundenlangen anstrengenden Wehen und einer monatelangen anstrengenden Schwangerschaft sofort in den Arm zu nehmen. Warum zum Teufel sollte sie? Als meine lebhafte, kerngesunde, unbeschwerte Tochter – jetzt mein Augapfel – geboren wurde, warf ich einen Blick auf sie und sagte: „Mein Gott, sie sieht ja aus wie ein blutiger Hai." (Was den Tatsachen entsprach; sie hatte ein fliehendes Kinn und eine seltsam eingedrückte Nase). Das erste Geturtel überließ ich meinem Mann. Nach zwanzig Minuten stillte ich sie, recht erfolgreich. Dann schlief sie ein, und ich wurde in eine andere Abteilung gebracht. Aufgeregt eilten die Schwestern herbei und erklärten, der Raum, wo ich jetzt lag, wäre zu kalt für ein neugeborenes Baby; sie könnten kein Heizgerät finden; würde es mir etwas ausmachen, wenn meine Tochter bis zum Morgen auf der warmen Babystation blieb? „Nein", sagte ich. Und Rose, die tief und fest schlief, verbrachte ihre erste Nacht nicht neben meinem Bett. Nach der Geburt meines Sohnes haben wir beide nebeneinander gelegen und uns sechs Stunden lang hellwach angestarrt; auch das war auf gewisse Weise schön gewesen. Aber für die „Bindung" zwischen Mutter und Kind spielte es keine Rolle. Natürlich ist es bedauerlich, wenn ein neugeborenes Kind sofort in den Brutkasten oder für mehrere Stunden auf die Babystation verfrachtet wird; aber es ist ebenso bedauerlich, wenn von einer müden, mißgelaunten, schläfrigen Frau erwartet wird, daß sie nun die große Schau ihrer heißen, sofort entbrannten Mutterliebe abzieht, obwohl ihr nicht danach zumute ist. Bei vielen Frauen entsteht die Liebe etwas langsamer; und man kann eine junge Mutter schrecklich deprimieren, wenn man ihr das Gefühl gibt, ein herzloses Monstrum zu sein, nur weil sie nicht unentwegt gurrt und ins Babybettchen schaut.

Alberne Kampagnen. Nichts gegen die Leute, die Kampagnen organisieren. Aber es gibt gewisse, früher sicher großartige Bewegungen, die größer geworden sind als die Probleme, die sie lösen sollten. Vor meiner ersten Niederkunft wurde ich von Pionierwerken über die natürliche Geburt inspiriert und vom feministischen Geist beflügelt. Bei meinem ersten Besuch in der Klinik lauteten die beinahe ersten Worte, die ich zu der verblüfften Hebamme sagte: „Ich lasse mir keinen Einlauf geben, wissen sie." Ich gelobte, mich eher selbst ans Treppengeländer zu ketten, ehe ich mich einer Rasur unterziehen würde (dieser „rituellen Demütigung der Frauen"), ich diskutierte schon im zweiten Monat über Scheidendammschnitte und rezitierte vor jeder verblüfften Schwester, die zuzuhören bereit war, die Statistiken über die grausigen Nebenwirkungen einer künstlich eingeleiteten Geburt. Auf Partys trieb ich Geburtshelfer in die Enge, die gerade Würstchen auf Zahnstocher zu spießen versuchten, und spottete über die Apparate, die man zum Abhören der Fötusherztöne benutzt, oder über die Zangengeburt. Ich war eine gräßliche, gräßliche Langweilerin.

Natürlich bekam ich meine wohlverdiente Strafe. Aus unangreifbaren medizinischen Gründen wurde meine Niederkunft künstlich eingeleitet, man hängte mich an einen Tropf und verpaßte mir eine örtliche Narkose, um meinen Blutdruck zu senken; und ein nur milde beunruhigtes Baby wurde gerettet, kam dank eines Scheidendammschnitts und einer Zange gesund und wohlbehalten zur Welt. Davor hatte ich mir willig einen Einlauf geben und mich rasieren lassen weil ich die ziemlich obszöne extravertierte alte Hebamme mochte, die mir beides offerierte. Was die rituelle Erniedrigung der Frauen betrifft – Schwester Hubbard hätte sich mit dergleichen keine Sekunde lang abgegeben. (Es war wundervoll, ihre eigene Taktik der rituellen Erniedrigung von arroganten jungen Ärzten zu studieren.)

Ironischerweise sagte ich bei der zweiten Geburt in einer sehr liberalen, auf natürliche Geburtsmethoden eingestellten Klinik andauernd: „Wie wär's mit einer örtlichen Narkose, wann, Schwester? Sind Sie sicher, daß ich nicht rasiert werden muß? Ich glaube, ein kleiner Scheidendammschnitt würde die Prozedur beschleunigen ... Wenn jetzt die Fruchtblase platzt, Doktor ... Vielleicht sollte ich jetzt einen Einlauf bekommen ..." Kurz gesagt, ich war eine noch schlimmere Langweilerin. Ich bekam überhaupt keine Narkose, abgesehen von einem kurzen beglückenden Zwischenspiel mit einem Gas-Luft-Zylinder, ein wundervolles, berauschendes Erlebnis für eine Frau, die neun Monate ohne Drink hinter sich hat. Und statt eines Scheidendammschnitts hatte ich einen Riß und spürte nachher keinen besonderen Unterschied.

Die Moral dieser Geschichte – entspannen Sie sich. Oder seien Sie eine Langweilerin, wenn Sie das wollen. Der besondere Vorteil einer Geburt liegt darin, daß Sie sich dabei zum letzten Mal abscheulich benehmen, fluchen, alle Regeln mißachten, kreischen, stöhnen und Ihren Mann in die Brust boxen können und daß man Ihnen alles verzeihen wird. Sie sind der Star, die Primadonna – nutzen Sie das aus. Sobald der neue Star eintrifft, begleitet von Ihrem letzten wütenden Fluch, müssen Sie sich wieder anständig benehmen und Sanftmut und Opferbereitschaft zeigen. Genießen Sie ihren letzten Temperamentsausbruch.

Die praktischen Dinge. In den Krankenhäusern gibt man Ihnen eine Liste der Gegenstände, die Sie mitbringen müssen. Papierunterhöschen werden nie erwähnt. Packen Sie zwanzig Stück ein, Sie werdens nicht bereuen. Verständlicherweise wird man Sie nicht dazu ermutigen, allzuviel in den Kreißsaal mitzunehmen, aber verschiedene Organisationen empfehlen Amüsements und Annehmlichkeiten vom feuchten Schwamm bis zur leichten Lektüre. Hier zähle ich ein paar weniger konventionelle Sachen auf, die manche Frauen in den Kreißsaal mitgebracht haben und froh drum waren.

- Dicke Wollsocken (heißes Gesicht, kalte Füße).

- Ein Frischluftspray. (Eine Freundin sagte: „Ich furzte die ganze Zeit wie verrückt, und der Geruch war mir sehr peinlich." Verzeihung ...)

- Eine kleiner Wasserzerstäuber für Topfpflanzen, für den Fall, daß es Ihrem Mann zu langweilig ist, Ihr Gesicht ständig mit dem feuchten Schwamm abzuwischen.

- Ein Kassettenrecorder. (Aber da müssen Sie aufpassen. Als sich der Geburtshelfer mit der Zange näherte, um mein erstes Baby ans Licht der Welt zu befördern, ließ Paul in unserem Recorder – um mich abzulenken – das Seemannslied „Haul away Joe" (Zieh es, Joe) laufen. Nicht sehr geschmackvoll, aber der Doktor mußte lachen.)

- Einen Fotoapparat. (Bilder von zehn Minuten alten Babys sind einfach wundervoll. Aus irgendeinem Grund sehen sie da erwachsener aus als eine Woche später – weise und belustigt.)

- Lippencreme.

- Eine Gitarre. (Eine junge Frau wollte eine Hammondorgel mitnehmen, aber das wurde ihr untersagt.)

- Einen Spiegel (um zu beobachten, wie der Kopf des Babys hervorkommt, falls Sie das mögen).

- Einen tragbaren Fernseher (wenn Sie das dürfen...).

- Ein Picknick für danach (wenn Sie den Termin der Krankenhausmahlzeit verpassen, müssen Sie sechs Stunden hungern).

- Eine Marienbohne (ein tropisches Samenkorn aus Westindien, das bei einer Geburt angeblich Glück bringt).

- Ein Hufeisen (aus demselben Grund).

- Ein Scrabble-Spiel (Eine Mutter berichtet allerdings, daß so etwas an die Nieren gehen kann. „Blut – Befruchtung – Eileiter ... Da gaben wir's auf.")

Vor allem oder statt allem:

- Einen Vater. Wenn er nicht will, will er nicht, und Sie müssen sich mit einer Freundin, Ihrer Schwester oder Ihrer Mutter begnügen. Besser eine willige Begleitperson, als eine, die nur widerstrebend mitkommt und völlig fertig ist. Aber wenn er will, wird er Sie vielleicht überraschen. Viele Männer benehmen sich im Kreißsaal trotz aller Legenden so phantastisch, daß die Hebammen vor Bewunderung erstarren. (Manchmal kann das auch zu weit gehen. Nach Roses Geburt flüsterte mir die junge Schwester hingerissen zu: „Ihr Mann ist großartig. Man könnte glauben, er wäre schon bei ein paar Dutzend Entbindungen dabeigewesen." Ich erwiderte etwas pikiert, das sei unwahrscheinlich. Oder er hat ein Hobby, von dem ich nichts weiß. Vielleicht schlüpft er an seinen freien Tagen heimlich in einen weißen Kittel und schleicht sich in Kreißsäle.)

Ein Schlußwort. Die Tage im Krankenhaus mit einem neugeborenen Baby sind seltsam, wie ein Schwebezustand. Selbstsucht ist absolut erforderlich. Wenn Sie den Besuch eines schwierigen, anstrengenden Verwandten nicht wünschen, sagen Sie es. Eine junge Frau, die ein vier Tage altes Baby verloren hatte, litt während der gesamten zweiten Schwangerschaft unter den Anspielungen ihrer Schwiegermutter auf genetische Defekte („Wenn es einmal passiert, passiert es immer wieder.") Verzweifelt versuchte sie nun, die schreckliche alte Hexe von sich fernzuhalten, wenigstens für fünf oder sechs Tage. Aber alle möglichen Experten redeten ihr ein, solche Krankenhausbesuche wären wichtig für die „Familienbande". Schließlich gab ich ihr den tückischen Rat, auf ihrem Standpunkt zu beharren und notfalls aus diplomatischen Gründen auch die eigene Mutter aus dem Zimmer zu verbannen.

In diesen Tagen muß man bereit sein, die Hilfe anderer anzunehmen. Unabhängige, starke, gesunde Frauen fühlen sich idiotisch, wenn ihnen die Mahlzeiten ans Bett gebracht und ihre Babys von Krankenschwestern gewickelt werden. Betrachten Sie das doch als Vorteil. Auf einer Wöchnerinnenstation kann man stets die Frauen, die zum erstenmal Mutter wurden, von den bereits erfahrenen unterscheiden. Alle Neulinge kämpfen tränenüberströmt mit der fünften Windel des Morgens, stechen sich selber mit den Sicherheitsnadeln und ärgern das Baby – nur um zu beweisen, daß sie zurechtkommen. Währenddessen legen sich die alten Hasen in die Kissen zurück und murmeln. „Mein Rücken tut ein bißchen weh, Schwester. Wenn Sie ihn freundlicherweise wickeln würden, wäre ich Ihnen schrecklich dankbar ..." Sie müssen nicht beweisen, daß sie's können. Das haben sie schon getan. Außerdem kann's auch jede unerfahrene Mutter allein (abgesehen von völlig abnormen Müttern), wenn sie nach Hause kommt, selbst wenn es schwierig ist. Warum soll man sich schon verfrüht anstrengen, wenn man im Bett liegen, Weintrauben essen und mit einem hübschen, sauberen, frischgewickelten Baby schmusen kann? Falls Sie mißgelaunt und unzufrieden sind, falls die Stiche, die Hämorrhoiden und die wunden Brustwarzen schmerzen, falls Sie an Schwellungen oder anderen Beschwerden leiden – das geht vorbei. Und es gibt keinen Grund, warum Sie sich schon in den ersten Tagen die Sporen der Mutterschaft verdienen sollten, indem Sie jede einzelne Windel wechseln.

Ein Tränenausbruch am Tag fünf ist ein so weitverbreitetes Phänomen, daß es niemanden auf der Wöchnerinnenstation überrascht. Sie sollten deshalb Ihre nervenaufreibendsten, unwillkommensten Besucher nicht ausgerechnet für den fünften Tag in die Klinik bestellen.

Das einzige, wofür es sich in diesen sonderbaren, chaotischen ersten Tagen zu kämpfen lohnt, ist das Stillen. Allerdings müssen Sie heutzutage kaum noch drum kämpfen, daß Sie Ihr Baby jederzeit nähren können. So beängstigend es auch anmuten mag, das Kind rund um die Uhr alle fünfundvierzig Minuten zu stillen (es dauert jedesmal fünfzehn Minuten oder länger) – wenn es das so haben will, soll man sich danach richten. Es hält das Baby vom Schreien ab und führt den Augenblick, wo es zu vernünftigen Zeiten trinken wird, schneller herbei (je kräftiger es saugt, desto mehr Milch nimmt es zu sich). Genaue Regeln sind da keine Hilfe. Aber gerade *weil* Sie ständig verfügbar sind, um das Baby zu stillen – der unselbstsüchtigste Liebesdienst, den ein Mensch einem anderen erweisen kann, ist es in der restlichen Zeit Ihr gutes Recht, verdammt egoistisch zu sein. Befassen Sie sich ein paar Tage lang mit sich selbst. Bestehen Sie auf Komfort, Ruhe und Frieden. Verlassen Sie sich auf alle anderen. Immerhin verläßt sich auch das Baby auf Sie – und das noch viel mehr.

Babys im Körbchen – Säuglinge

Alles war bereit in der winzigen Wohnung. Der geringfügige Ehezwist wegen des Weinregals hatte sich in Wohlgefallen aufgelöst. (Das Baby würde im Eßzimmer schlafen. Die Bücher schreiben 20° C für Babys vor, der Wein braucht eine niedrigere Temperatur. *Sie* wollte den Wein dem Zufall überlassen; *er* zog es vor, das Baby im Schneeanzug mit Wollmütze schlafen zu lassen. Schließlich entfernten sie das Weinregal.) Plötzlich erschien eine Beamtin von der Gesundheitsbehörde, korrekt und lächelnd, und ließ die aufmerksamen kleinen Augen nach allen Seiten wandern. Meine schwangere Freundin begrüßte sie arglos, servierte ihr eine Tasse Tee und setzte sich eifrig hin, um gute Ratschläge zu hören.

„Also, Frau D ...", begann die Dame mit jenem forschen Selbstbewußtsein, das unverheiratete zweiundzwanzigjährige Beamtinnen von der Gesundheitsbehörde zehn Jahre älteren besorgten Erstgebärenden gegenüber an den Tag legen. „Wollen Sie Frottee- oder Wegwerfwindeln benutzen?" "Großer Gott, natürlich Wegwerfwindeln", erwiderte die Mutter in spe verwirrt. Die Entfernung des Weinregals ging in Ordnung – gewisse Kompromisse mußte man nun mal schließen. Aber Tag für Tag in einem Eimer voll feuchter Wäsche herumzuwühlen – das war etwas anderes, so etwas kam nicht in Frage. Die Beamtin der Gesundheitsbehörde lächelte nachsichtig und machte sich eine Notiz. „Wegwerfwindeln ... Nun ja. Frau D ..." (Ein weiteres furchterregendes Lächeln.) „*Wissen Sie, deshalb müssen Sie wirklich keine Schuldge-*

fühle haben." Meiner unglücklichen Freundin, in deren heiteren, optimistischen Visionen der künftigen Mutterschaft der Gedanke an Schuldgefühle noch niemals eingedrungen war, verschlug es die Sprache. Plötzlich lauerte ihr schlechtes Gewissen am Horizont und glühte wie ein alptraumhafter Mond, beleuchtete alle Aspekte ihrer mütterlichen Pflichten mit den Strahlen der Unsicherheit und Furcht. In den nächsten Wochen sollten Krankenhausangestellte und Omas, Ärzte und Fremde und Schwägerinnen und sogenannte Freundinnen sich verbünden, um jenen düsteren, täuschenden Schimmer jener Strahlen noch zu verstärken.

Man kann einem auch Schuldgefühle wegen des Gebrauchs von Frotteewindeln suggerieren (falls man sie benutzt), wenn sie nach mehrmaligem Waschen ein bißchen grau geworden sind. Oder weil man das Baby mit dem Fläschchen füttert oder weil man es stillt. („Der arme kleine Kerl ist schon wieder hungrig. Hast du auch wirklich genug Milch?") Die Schuldgefühle warten hinter der Badezimmertür. („Natürlich benutze ich immer Wattebäusche für ihre armen kleinen Popos, mit abgekochtem warmem Wasser getränkt, nicht diese abscheulichen, kalten, chemischen, feuchten Babywischtücher.") Und die Schuldgefühle liegen in den Schubladen. („Mit diesen modernen Kleidern hat es eine Mutter natürlich furchtbar einfach, aber in den alten Tagen, wo die Babys Strampelhosen aus reiner Wolle trugen, konnten die armen kleinen Popos wenigstens *atmen.*") Die Schuldgefühle können auch auftauchen, wenn das Baby schreit, und sich noch heftiger regen, wenn man es tröstend auf den Arm nimmt. („Du machst dir das Leben unnütz schwer, meine Liebe, wenn du das Kind so verwöhnst – und auf lange Sicht tut ihm das gar nicht gut.") Oder die Schuldgefühle kauern in der Küche und sehen zu, wie Sie unter Tränen den Deckel eines Glases mit Babynahrung abschrauben. („Es gibt doch nichts Besseres als richtiges Essen nicht wahr?") Die Schuldgefühle spähen in das Körbchen, wo Ihr Baby friedlich liegt. („Du Armer, das ist sehr langweilig für dich, nicht wahr? Man sagt, es würde die spätere Entwicklung hemmen, wenn ein Baby zu wenig Anregungen bekommt.") Sie schnalzen mißbilligend mit der Zunge, wenn Sie das Baby aufsetzen. („Natürlich belastet das den armen kleinen Rücken viel zu sehr, weil die Knochen noch so weich sind.") Um allen diesen Schuldgefühlen zu widerstehen, müßte man eine Art weiblicher, mit Mutterfreuden gesegneter John Wayne sein: zäh, eigenwillig, selbstbewußt, voller Verachtung für die Welt. Eine vogelfreie Mutter, die ihrem eigenen Pfad folgt. Oder Sie müssen einen langen, ruhigen Blick auf Ihr Baby richten und feststellen, daß es *trotz Ihrer vielen Fehler* völlig okay ist. Es mag Sie. Es ist sauber und im Moment nicht besonders hungrig. Es nimmt das Leben so, wie es kommt. Die Tatsache, daß es eine Wegwerfwindel trägt, seltsame Socken und einen Pullover des um zwei Jahre älteren Bruders – an den Ellbogen hochgekrempelt –, ist irrelevant. Ebenso die Tatsache, daß es ans Sofakissen gelehnt, in einem Karton sitzt, im Fernsehen die Hitparade sieht und seit Wochen nicht mehr von einem Arzt gewogen wurde. Mein erstes Baby brachte ich pflichteifrig einmal pro Woche zum Wiegen und trug in eine Kartei jedes Gramm ein, das es zugenommen hatte, jeden Zentimeter, den es gewachsen war. Aber das zweite sah seit seiner fünften Lebenswoche keine Waage mehr, und jetzt ist es über ein Jahr alt. Ich finde meine Tochter völlig in Ordnung. Aber ich war mit *beiden* Methoden glücklich. Es gefiel mir, die Pfunde meines ersten

Babys zu zählen, und ich ignorierte die rüden Äußerungen, ich würde „zu viel Aufhebens machen". („Letzten Endes tut das dem Kind nicht gut, weißt du ...") Beim zweiten Baby hatte ich einfach keine Lust dazu, also tat ich es nicht. Wenn ich kurzfristig von Gewissensbissen geplagt werde und zur Beamtin von der Gesundheitsbehörde sage, ich sollte Rose vielleicht einmal zum Wiegen bringen, meint sie nur (selbst eine pflichtbewußte Mutter mit Gewichtskartei): „Ach, seien Sie nicht albern! Schauen Sie sie doch an!"

Was bei neugeborenen Babys besonders wichtig ist – sie stellen keine großen Ansprüche, aber wenn sie etwas wollen, dann wollen sie es *mit aller Macht.* Es hat keinen Sinn, sie warten zu lassen. Sie werden nur immer zorniger, machen auch Sie wütend, und schließlich geraten die Kleinen so in Rage, daß sie gar nicht mehr wollen, was immer es auch gewesen sein mag, sondern nur noch brüllen, eine weitere halbe Stunde lang. Es erscheint unglaublich, aber es gibt qualifizierte Krankenschwestern und erfahrene Mütter (letztere leiden vermutlich an Gedächtnisschwund), die erklären: „Das Baby muß lernen, wer der Herr im Haus ist – lassen Sie es ruhig schreien", und strikt einzuhaltende Fütterungstermine auch für ganz kleine Babys empfehlen, die noch nie was von Uhren gehört haben. Manche reden sogar selbstgefällig von einer „kräftigen Lunge", während ihnen das Baby mit hochrotem Gesicht seine Verachtung in die dummen Gesichter schreit. Disziplin und das Lernen, wer der Boß ist – das alles kommt viel später. Solche Schwachköpfe vergessen den Ablauf der Entwicklungsstufen im Babystadium. Ein Neugeborenes ist kein sechs Wochen altes Baby, das man mit Rasseln vom Hunger ablenken kann; ein sechs Wochen altes Baby ist kein Krabbelkind, und ein Krabbelkind kein eigenwilliger Zweijähriger. Es dauert fast zwei Jahre, bis ein Kind klug genug ist, um Verschiedenes „zu probieren" oder Machtkämpfe mit Ihnen auszufechten. Wenn Sie einem Baby die Beweggründe und moralischen Anschauungen eines älteren Kindes zuschreiben, werden Sie wahnsinnig. Für eine Mutter ist das Geschrei ihres Babys ein furchtbares Geräusch. (Interessanterweise ist es für alle anderen Leute weniger schlimm. Ich war bei Freunden eingeladen, und eine Mutter entschuldigte sich für das Gebrüll ihres Babys, das ich gar nicht gehört hatte. Aber sie betrachtete es als ohrenbetäubende Qual.) Zu Ihrem eigenen Besten: Alles, womit man ein Baby zum Schweigen bringen kann, ist – abgesehen von Würgegriffen und Betäubungsmitteln – eine gute Idee.

Ich machte in der Küche das Frühstück, tanzte dabei mit einer Fingerpuppe an der Hand herum und sang dazu mit Baritonstimme ein Kinderlied, um meinem hellwachen, drei Wochen alten Sohn die Langeweile zu vertreiben. Oder wenn er badete, hängte ich ein Mobile an den Handtuchhalter und gab ihm einmal pro Minute einen Schubs, damit die Schmetterlinge unentwegt flatterten, ihn amüsierten und vom Brüllen abhielten. Ich stillte ihn rund um die Uhr in Fünfunddreißig-Minuten-Abständen. Einmal lutschte er eine volle Stunde lang an meiner Brust. Um meine zwei Monate alte Tochter zu unterhalten, gab ich in einem vollbesetzten Eisenbahnabteil unheimliche, quietschende Laute von mir. Ich ging sogar soweit, Nicholas' Kleider unnötigerweise zweimal am Nachmittag zu wechseln, weil er das lustig zu finden schien. Alle Mütter und viele Väter tun diese verrückten Dinge, nur damit das Geschrei verstummt. Es bleibt ihnen nichts anderes übrig, weil sogar die kleinsten Babys mehr brauchen als Nahrung und

Schlaf, nämlich auch noch Unterhaltung und Gesellschaft. „Das ist die Crux der frühen Mutterschaft", sagte eine befreundete Journalistin verbittert, „alles ist okay, solange man nichts anderes tun will". Dieser Winzling, der eben erst die Augen aufgeschlagen hat, ist so versessen auf Vergnügungen wie Broadwaybummler oder wilde Teenager. Und er läßt sich auch nicht lange mit alten Hüten wie Mobiles und Spieldosen abspeisen. Ich bat mehrere Mütter und Väter, offen und ehrlich zu erzählen, wie sie ihre Babys (die noch zu klein waren, um mit Rasseln zu spielen) bei Laune hielten. Unter anderem wurden folgende Methoden angegeben:

- Man läßt das Baby tanzende Flammen beobachten. (Zu diesem Zweck wurde sogar im Juli ein Kaminfeuer angezündet.)

- Über ihm wird eine Wäscheleine aufgespnnt. (Daran hängte man saubere Kleidungsstücke, damit das Baby was zu gucken hatte.)

- Man stellt die Wiege vor einen Wellensittich-Käfig. („Aber Sie müssen mindestens zwei Vögel haben, damit sie auch genug Lärm machen.")

- Das Baby schaut sich in Büchern Op Art-Ornamente an. (Endlich ein Nutzeffekt der sechziger Jahre. Neugeborene Babys interessieren sich viel mehr für komplizierte Dinge als die schlichten geradlinigen Muster, die Kleinkinder begeistern. Das hängt damit zusammen, daß sie eben erst auf einer sehr komplexen Welt angekommen sind.)

- Man stellt die Tragetasche mitsamt dem Baby

auf eine laufende Waschmaschine. (Passen Sie auf, daß es nicht von den Vibrationen heruntergeschleudert wird!)

- Man verfrachtet das Kind in einen Babystuhl, damit es Küchenaktivitäten beobachten oder zusehen kann, wie man die Waschmaschine füllt oder sonst etwas tut. (Ich habe mir überlegt, daß ein Lehnstuhl mit einer langsam kreisenden, eingebauten mechanischen Drehscheibe bestimmt Abnehmer finden würde.)

- Man chauffiert das Baby im Auto rund um den Häuserblock.

- Man bindet überall Luftballons fest. (Der ganze Vorgang, vom Aufblasen bis zum Zerplatzen, fasziniert Babys aller Altersstufen so sehr, daß jede Mutter mehrere Ballons bei sich tragen und sich schon in der Klinik welche schenken lassen sollte.)

- Man brüllt zusammen mit dem Baby Fußballschlachtgesänge. (Die Idee eines Vaters.)

- Man gibt der Katze eine besonders große Spielmaus und läßt das Baby zuschauen, wenn sie verrückt spielt.

- Sobald sich das Baby für die eigenen Zehen zu interessieren beginnt, kann man sich ein paar ruhige Minuten verschaffen, indem man ihm einfach die Socken auszieht.

Wenn alles fehlschlägt, sind alte, probate Mittel am besten: eine riesige Familie sowie ein ständiges Kommen und Gehen von Freunden. Ein lebhaftes, reizbares Baby wird sich vor allem zu Weihnachten gut benehmen und sich an der Bewunderung von Onkel, Kusinen, Nachbarn, Postboten und so weiter freuen. Wenn Sie Ihr Haus mit Gästen vollstopfen oder auf Reisen gehen und Besuche machen, haben Sie nicht mehr Arbeit als sonst auch; statt Mobiles anzuschubsen oder mit dem Baby auf dem Arm zu kochen, brauchen Sie nur zur Bushaltestelle zu gehen oder den Gästen, die sich dankenswerterweise um Ihr Kind kümmern, Kaffee zu servieren.

Partys bei anderen Leuten sind noch besser, weil Sie sich den Abwasch sparen können. Viele frühen Kindererinnerungen beinhalten einen Berg aus lauter Mänteln, auf dem die Tragetasche stand, während im angrenzenden Raum eine Party gefeiert wurde. Im Alter von vier Wochen hatte mein Sohn nur drei Orte gesehen – die Klinik, sein Zuhause und die „Olympia Horse Show". Unsere Freunde hatten eine Loge gemietet und Dauerkarten für Gäste; Joe Parker, der Pate des Babys, steuerte seinen Vierspänner mit ungarischen Grauschimmeln durch eine Feuerstraße. Und so fuhr ich an jedem Abend, den ich ohne meinen Mann verbrachte, mit der Babytragetasche quer durch London, in einem locker sitzenden Kleid, um meinen Sohn mit einem Hauch von Glamour zu stillen. Nicholas hielt Hof in der Loge, wo immer wieder freundliche Schotten erschienen, um ihm Glückspfennige in die Fäuste zu drücken. Glücklich lächelte er alle an, saugte zufrieden an meinen Brüsten oder döste, während ein Reporter seinen Kommentar zum Springreiten durch die riesige Arena brüllte. „Gott sei Dank", schien das Baby zu sagen und ließ die Kulleraugen eifrig umherschweifen, „endlich hat jemand begriffen, was ich will." Um sich halbwegs zu amüsieren, brauchte es wirklich nichts weiter als zehntausend Leute, vier Militärkapellen, zweihundert Pferde und eine Loge voll beschwipster Bewunderer.

Hingegen erlebten wir daheim grauenvolle Abende, wenn wir zu lesen oder fernzusehen versuchten, während Nicholas den Schlaf bekämpfte, quengelte, ewig lange an meinen Brüsten nuckelte und um Mitternacht endlich die Augen schloß – zwei Stunden nach unserer idealen Schlafenszeit. Ich glaube er vermißte die Olympia Show.

Ein weiterer großer Vorteil der Praxis, neugeborene Babys allen verfügbaren Leuten zu übergeben („Die Milchrechnung? Ach ja, ich suche nur rasch das Geld, halten Sie doch bitte mal das Baby ..."), besteht darin, daß diese mit ihm reden, und das braucht es dringend. Vor allem, wenn Sie selber keine Lust dazu haben. Nachdem in den einschlägigen Büchern die Bedeutung der Bande zwischen Mutter und Kind ausreichend betont wurde, lobpreist man hauptsächlich jene Mütter, die ständig mit ihren Babys sprechen, den „Augenkontakt" aufrechterhalten, sich forschend ins Gesicht starren lassen und die Zunge herausstrecken, um Reflexe zu testen. Das ist schön und gut, falls Sie Zeit und das Glück haben, augenblicklich eine anbetende Liebe zu dem Baby zu entwickeln. Wenn Sie beschäftigt, müde oder deprimiert über dieses kleine Wesen sind, das nie lächelt, sich niemals bedankt und Sie Nacht für Nacht gnadenlos viermal weckt, wird Ihnen das Ansinnen, auch noch mit ihm schwatzen zu müssen, genauso unwillkommen erscheinen wie die hundert anderen Jobs Ihres Vierundzwanzig-Stunden-Tages. Trotz meiner zugrundeliegenden Liebe haßte ich es fast zwei Monate lang, mit meinem zweiten Baby zu reden; damals lächelte meine Tochter nie, ich war erschöpft, ein bißchen krank und ständig von meinem eifersüchtigen Sohn in Anspruch genommen. So stillte ich sie nur und forderte dann meinen Mann oder sonstige Anwesende auf, sich mit ihr zu befassen. Schließlich brachten sie ihr bei zu lächeln, sie lächelte mich an und brachte mir ihrerseits bei, ihre Gesellschaft zu genießen. Das ist – der Lobby zufolge, die der Mutter-Kind-Bindung so großen Wert beimißt, ein schändliches Verhalten. Meine Tochter hätte meine Stimme aufgrund ihrer „Erfahrungen im Mutterschoß" wiedererkennen und eine „leidenschaftliche, exklusive Beziehung" zu mir herstellen müssen. Okay, sie stellte stattdessen eine leidenschaftliche Beziehung zu allen möglichen Leuten in ihrer Umgebung her. Wahrscheinlich wird sie eines Tages auf der Bühne stehen und jeden „Darling" nennen.

Es gibt hundert Bücher über Babypflege, mit detaillierten Anweisungen. Ich will Sie nicht mit weiteren Erklärungen langweilen, wie man Windeln faltet oder das Baby auf dem Schoß abtrocknet und anzieht. (Die letztere Kunst habe ich ohnehin nie erlernt. Ich glaube, Kindermädchen müssen sehr, sehr lange Schienbeine oder Spezialstühle haben. Ich kauerte jedenfalls immer vor einer Matte auf dem Boden und zählte ängstlich die winzigen gebogenen Finger, während sie aus den Wollärmeln auftauchten.)

Aber mit der Unterstützung einiger vertrauenswürdiger, erfahrener Ratgeberinnen kann ich doch mit einigen Tips aufwarten.

Das Stillen. Lassen Sie sich von niemandem einreden, das Stillen wäre in der ersten Zeit *nicht* die Hölle. Die Muttermilchlobbyisten setzen sich seit einigen Jahren eifrig in Szene, und manche neigen unaufrichtigerweise dazu, die Unannehmlichkeiten und Erschöpfungszustände der Anfangswochen zu vertuschen. Ich fürchte, deshalb geben viele zunächst bereitwillige Mütter ihre Bemühungen auf, in der sicheren Überzeugung, sie würden zu den wenigen Frauen gehören, die „es nicht können". Doch tatsächlich hat jede Mutter mit pochenden, blutenden Brustwarzen, einem grauenhaft schweren, geschwollenen roten Busen, stechenden Schmerzen und einem sechs Wochen alten Baby, das alle anderthalb Stunden gestillt werden will, ein Recht auf hysterische Anfälle. Ich erinnere mich, daß ich meinen Mann in einer Leidensnacht um drei Uhr mit den Worten weckte: „Soll ich dir mal was sagen? Ich *hasse* diese verdammte Stillerei!" Es gibt viele Gemälde „Madonna mit Kind", aber auf keinem knirscht die Madonna mit den Zähnen oder krallt die Zehen zusammen, wenn dieser gräßliche Babymund den ersten qualvollen Schluck tut. Aber diese schlimme Phase geht zu Ende, manchmal in ein bis zwei Wochen, manchmal erst in einigen Monaten. Und wenn das Stillen zur automatischen Tätigkeit wird, ist es wundervoll. Stillen ist tatsächlich das Beste. Wenn man durchhält, auf niemanden hört, der einem empfiehlt, „dem Baby zwischendurch ein Fläschchen zu geben" und gegen alle Widrigkeiten wie eine frühchristliche Märtyrerin ankämpft, die von einem kleinen, aber energischen Löwen mißhandelt wird, kommt der Tag, wo man mit dem Baby überallhin gehen kann und als Ausrüstung nur ein paar Ersatzwindeln mitnehmen muß. Meine Tochter trank vier Monate lang nicht einmal Wasser. Das wollte sie nicht.

Jeder weiß, daß die Muttermilch am gesündesten für das Baby ist. Aber es gibt auch für die Mütter ein paar eigennützige Gründe, die für das Stillen sprechen:

- Es ist billiger.

- Es macht im Endeffekt weniger Mühe. Man erspart sich das lästige Sterilisieren, verstreut kein Milchpulver in der Küche, braucht sich nicht darum zu kümmern, ob das Loch im Gummisauger des Fläschchens zu groß oder zu klein oder verstopft ist und muß sich nicht über zu heiße oder zu kalte Thermosflaschen ärgern, wenn man ausgeht.

- Die Windeln sind gelb und duften angenehm nach Zimt, statt von der Flaschenmilch sperrig zu werden, sich grün zu verfärben und faulig zu stinken. Auch die unvermeidliche Spucke riecht besser.

- Sie können mit dem Baby überallhin gehen. Später können Sie einen Vorrat an tiefgefrorener Muttermilch anlegen. Als ich beim *Tatler* arbeitete, pumpte ich täglich mit einer zylinderförmigen Pumpe (die sind am besten, hüten Sie sich vor Pumpen, die wie alte Autohupen aussehen) 250 g in ein Fläschchen und legte es in den Redaktionskühlschrank neben den Champagner des Kunstredakteurs. Abends nahm ich es mit nach Hause, und Nicholas hatte seinen Lunch für den folgenden Tag, während ich dann zehn Meilen entfernt in der Damentoilette die nächste Ration herauspumpte. Das praktizierte ich vom vierten bis zum neunten Monat, und nicht nur meinem Sohn zuliebe. An den Wochenenden konnte ich ihn dreimal am Tag richtig stillen und mußte mich nicht mit Fläschchen herumplagen, wenn wir segeln gingen.

- Sie haben stets ein unfehlbares Mittel, um das

Baby zum Schweigen zu bringen, selbst dann, wenn es zahnt. Die Zähne sind klein. Nicholas hatte schon fast alle und Rose ganze fünf, als ich zu stillen aufhörte. Nur ein einziges Mal wurde ich gebissen, und da hob ich meinen Sohn hoch, starrte ihn durchdringend an und sagte: „Mach das nie wieder, Kumpel, sonst gibt's nur mehr Flaschenmilch." Offenbar hat er das begriffen, obwohl er erst sechs Monate alt war.

- Das Baby scheint nicht so viele Blähungen zu bekommen. Blähungen sind sehr lästig, nicht zuletzt, weil sich jede alte Schachtel, die Ihnen anmaßende Ratschläge gibt, für eine anerkannte Expertin auf diesem Gebiet hält und jedes Quengeln auf Zähne oder Blähungen zurückführt. Sie stürzt sich auf das Baby, massiert ihm wie verrückt den Rücken und umfaßt sein Kinn mit Zeigefinger und Daumen. Später furzt das Baby dankbar, wenn es endlich wieder allein in seinem Bettchen liegt. Meine beiden mit Muttermilch ernährten Kinder konnten das ohne fremde Hilfe.

- Dank Ihrer Abwehrkräfte, Immunkörper etcetera, wird das Baby weniger anfällig für Krankheiten, die gerade in diesem Alter oft beängstigende Formen annehmen. Angeblich werden die meisten Immunkörper schon in den ersten Tagen durch die Vormilch auf das Baby übertragen. Aber die Muttermilch muß auch in späteren Phasen allen Krankheiten entgegenwirken. Buchstäblich Dutzende von Müttern, die sich zum Stillen entschlossen hatten, erklärten mir, ihre Babys hätten prompt vierzehn Tage nach dem Abstillen ihren „ersten Schnupfen" bekommen.

Zu dieser Liste könnte ich noch die Theorie hinzufügen, daß stillende Mütter schneller abnehmen. Aber das muß nicht unbedingt zutreffen. Ich verlor meine Pfunde erst, als ich meine Kinder zu stillen aufhörte, und ein Arzt gestand mir widerstrebend, das wäre gar nicht so selten. Aber wen kümmert das schon? Mit Ihren Tränensäcken sind Sie ohnehin kein besonders aufregendes Sexobjekt. Ein großartiger Vorteil des Stillens liegt darin, daß es die grausigen Schuldgefühle zu neunzig Prozent vertreibt. Es läßt jede Kritik verstummen. Was immer man von Ihrem chaotischen Haushalt denkt, von den grauen Windeln, dem Fertigbrei und den scheußlichen modernen Buggys („In einem Kinderwagen liegt der arme kleine Rücken viel besser und wird nicht dieser schrecklichen Zugluft ausgesetzt, aber heutzutage kommt es ja nur auf die Annehmlichkeiten der Mütter an, nicht wahr, meine Liebe?"), man wird zugeben müssen, daß Sie Ihrem Kind den allerbesten Start ermöglichen. Und das können Sie sich auch selber sagen. Es stärkt Ihr Selbstbewußtsein, und außerdem können Ihnen die Laktationshormone, die nach ein paar Monaten durch Ihre Adern strömen, so guttun wie ein doppelter Gin pro Tag.

Was das Stillen in der Öffentlichkeit betrifft, so gestehe ich, daß ich da ziemlich schamlos war. Ich hasse es, in der Bahn oder im Bus ein Baby zu beobachten, das jammernd am Kleid der Mutter zerrt, während sie hochrot anläuft und es zu beruhigen versucht und mit jeder Minute nervöser wird. Mit diesem Unsinn sollte sie schleunigst aufhören und das Kind lieber stillen. Einmal bekam Nicholas die rechte Brust in der Abflughalle 1 von London-Heathrow und die linke beim Start; Rose genoß gemütliche Mahlzeiten in Intercity-Zügen bei 150 km/h, und auf Partys ließ ich mich niemals diskret in „ein ruhiges Schlafzimmer" verfrachten, fern von der fröhlichen Gesellschaft und guten Drinks. Tapfer stillte ich meine Babys vor schwulen Junggesellen, Bischöfen und allen möglichen prüden Leuten. Auf Bahnsteigen lachte ich mit rüden alten Yorkshire-Kerlen, die mir zuriefen: „Der arme kleine Bursche, das kann er doch niemals *alles* essen!" und ihren eigenen Witz umwerfend komisch fanden. Nur ein einziges Mal traf ich einen miesen alten Knacker, der mißbilligend „tz, tz" machte, als ich mein Baby diskret stillte. Doch da brachte ich genug Chuzpe auf, um ihn zurechtzuweisen: „Okay, Kumpel, was mögen Sie lieber – einen Schreikrampf oder meinen Busen? Sie dürfen sich's aussuchen." Man kann das wirklich sehr diskret machen. Am besten tragen Sie einen weiten Pullover, den Sie von der Taille nach oben schieben können, so daß das Baby Ihre furchterregende nackte Haut verdeckt. Kleider mit Knopfverschluß an der Vorderseite und BHs sind in der Öffentlichkeit mittlere Katastrophen. Schals sind gut und schön, erfordern aber das Geschick einer Artistin, noch dazu, wenn ekstatische kleine Fäuste danach grapschen. Vor allem müssen Sie eins stets bedenken: wenn *Sie* glücklich sind, sind auch alle anderen glücklich, und wenn sie das nicht sind, müssen sie krank sein. Mein Bruder, Vater von zwei Kindern, bat mich, einen Ausspruch zu zitieren, der einen typisch männlichen Standpunkt wiedergibt (und nicht aus dem Mund eines Hippies, sondern eines provinziellen, von Kopf bis Fuß in Tweed gehüllten Rechtsanwaltes stammt): „Verstecken Sie's nicht, stellen Sie's nicht zur Schau, tun Sie's einfach. Sie werden wohl kaum die Gefühle von Leuten verletzen, mit denen Sie auf einer Wellenlänge liegen." Zuletzt muß ich noch gestehen, daß ich meine Babys niemals am Eßtisch stillte, zumindest nicht an einem fremden. Es steckt ein Körnchen Wahrheit in der vulgären Bemerkung meiner Kollegin Helen: „Während *du* nur das liebe kleine nukkelnde Babygesicht siehst, sehen *sie* nur eine große Titte mit einem riesigen wackelnden Nippel." Als meine Babys sechs Monate alt wurden und anfingen, alle Leute anzustrahlen und ihnen zuzuwinken, nährte ich sie lieber im stillen Kämmerlein. Irgendwie wirkt es undelikat, wenn ein Baby einen großen Schluck an der Brust tut und dann den Kopf verdreht, um den restlichen Insassen des Zugabteils ein breites, wissendes Grinsen zu schenken. Die Leute fühlen sich unfähig, über das Baby zu lachen, ohne auch über das – äh – andere zu lachen. Dieser Kampf kann ihre Gesichter schmerzlich verzerren, und Sie werden puterrot. Aber in den ersten vier oder fünf Monaten konzentriert sich das Baby nur auf seine Mahlzeit, und alles geht gut.

Eins muß ich aus bitterer Erfahrung noch hinzufügen: Wenn Sie Ihr Baby in einem Zugabteil stillen, alles aufknöpfen und aufhaken, den Schal zurechtrücken und wie eine aufgeplusterte Glucke zwischen aufgebauschten Textilien, Schnüffel- und Gurgellauten und enthusiastisch strampelnden Wollbeinen sitzen – passen Sie bloß auf, daß Sie genau wissen, wo Ihre Fahrkarte steckt! Männer mit Uniformmützen, die ungeduldig mit den Füßen auf den Boden trommeln, können Ihr ganzes schönes Arrangement durcheinanderbringen.

Aber ob Sie Ihr Baby nun stillen oder mit dem Fläschchen füttern, eins gibt es noch dazu zu sagen: Es hat keinen Sinn, in den ersten drei Monaten zu erwarten, daß sich ein gewisses System entwickelt. Wenn das trotzdem passiert – herzlichen Glückwunsch! Aber wenn man die systemlosen

Vorgänge, die Flauten, die Stürme, während sie dem Baby fast ununterbrochen die Brust geben, und all die verrückten und unkontrollierbaren Eßgewohnheiten eines neugeborenen Babys in einer Chronik zusammenfassen wollte, es wäre unmöglich, eine vernünftige Theorie darauf aufzubauen. Es scheint nur eine einzige hilfreiche Methode zu geben – nämlich den Zeitpunkt des Mittagessens festzulegen, damit der Tag in zwei Hälften geteilt wird. Vor dem Lunch können drei Fütterungen stattfinden, danach eine, und am nächsten Tag ist es vielleicht umgekehrt. Aber wenn sie von der Mittagsmahlzeit reden, bringen Sie wenigstens Ihren Glauben zum Ausdruck, daß irgendwann eine funktionsfähige Routine entstehen wird. Und dazu kommt es ganz bestimmt. Das einzige, was mir in den ersten chaotischen Monaten während der konstanten Fütterungen über die Runden half, war der feste Entschluß, das Baby nicht als Person zu betrachten (nur im Zusammenhang mit dem Stillen), denn es wäre eine so kapriziöse, alberne Person gewesen, daß es mich wahnsinnig gemacht hätte. Statt dessen stellte ich mir das Baby als eine Art Witterungselement vor, als unberechenbares Mikroklima. Sie erwarten doch nicht, daß es heute um neun Uhr dreißig regnet, weil es auch gestern um neun Uhr dreißig geregnet hat, oder? Na also. Warum sollte das Baby um neun Uhr dreißig gestillt werden wollen? Fügen Sie sich während der ersten schlaflosen, verrückten Monate in Ihr Schicksal, und eines Tages regelt sich alles von selber. Der beste Weg, ein System einzuführen, ist die plötzliche Erkenntnis, daß das Baby eine Woche lang jeden Tag ungefähr zur gleichen Zeit Hunger hatte. Na, was sagen Sie nun? So ein Zufall! Das kann unmöglich von Dauer sein ... aber dann bleibt es dabei. Sie haben ein Baby, das ein geregeltes Leben führt, und Sie können es mit List und Tücke so hinkriegen, daß es seine Mahlzeiten genau dann einnimmt, wann es Ihnen paßt.

Es ist nicht ungewöhnlich, daß diese verrückten, systemlosen ersten Wochen erheblich an den Nerven einer unerfahrenen Mutter zerren; viele Mütter können sich tagsüber weder entspannen noch schlafen, liegen beunruhigt im Bett, lesen zehnmal dieselbe Zeitungschlagzeile und erwarten jeden Augenblick ein Wimmern aus dem Kinderzimmer zu hören. Auf diese Weise kann man einen dreistündigen Schlaf des Babys sinnlos vertun, und wenn es dann aufwacht, begrüßt man es ziemlich irritiert. Die beste Abhilfe in diesem Fall ist nicht Valium, sondern eine andere Person (jede einigermaßen verläßliche erfüllt ihren Zweck), die das Baby einfach aus dem Haus schafft, um es im Kinderwagen immer wieder rund um den Block zu schieben, und verspricht, es frühestens in anderthalb Stunden zurückzubringen. Ihre Mutter, Ihr Vater, Ihr Ehemann, eine Nachbarin, jeder vernünftige Sechzehnjährige kann Ihnen diesen kleinen Gefallen tun; für Sie wäre das vielleicht die Rettung aus höchster Not. Es ist keine Schande, um so etwas zu bitten.

Nacht und Tag ... Sie sind es, die aufsteht, um nach dem Baby zu sehen. Das ist einer der großen Nachteile des Stillens. Neugeborene Babys wissen nicht, wozu die Nacht da ist. Allmählich finden sie es heraus, weil die Mütter nach zweiunddzwanzig Uhr immer mürrischer, stiller und ungeselliger werden. Nach dem Unterhaltungsprogramm für den Tag ist die Frage, wie man ein paar Stunden ungestört schlafen kann, das größte Problem. Harte Methoden verlängern die Qualen nur; sie werden Ihre Nerven verlieren, ehe das Baby zu schreien aufhört, also können Sie genausogut sofort aufstehen. Am Anfang weigern sich manche Babys, nach der nächtlichen Fütterung sofort wieder einzuschlafen, und man gerät in tiefe Verzweiflung. Aber dieser Zustand ändert sich mit der Zeit: sogar die hartnäckigsten Babys, die hauptsächlich nachts gestillt werden wollen, machen nach ein paar Wochen Schluß mit dieser schlechten Gewohnheit und beginnen durchzuschlafen. Manche Leute versuchen diesen Vorgang zu beschleunigen, indem sie das Baby abends ermüden. Sie erfinden komplizierte Rituale, die mit Nachthemden und Haarbürsten und Gesängen zusammenhängen, und das Baby wird umständlich in einem nächtlichen Spezialzimmer in ein nächtliches Spezialbett gelegt. Eine Freundin stellt eine Wiege neben ihr Bett, liegt im Halbschlaf da, einen Fuß mittels eines alten Gürtels mit dem Griff der Wiege verbunden, und schaukelt das Baby. (Natürlich gibt es keinen biologischen Grund, warum Sie den Gürtel nicht an den Fuß Ihres Ehemanns binden und ihm die Schaukelei überlassen sollten.) Nach vier oder fünf Monaten lohnt sich der Versuch, einen alten Trick auszuprobieren und dem Baby nachts nur Wasser anzubieten; viele Babys sind klug genug, um zu merken, daß es der Mühe nicht wert ist, wegen eines Schlucks Wasser aufzuwachen.

Wenn Sie gelassen bleiben, tagsüber jede Möglichkeit nutzen, um sich das Leben zu erleichtern, und nicht allzuviel von Ihrem winzigen Sprößling erwarten, passiert es vielleicht tatsächlich, daß Ihr Baby es satt kriegt, nachts aufzuwachen, ehe Sie sich's versehen. Eine Mutter von drei Kindern sagte mir: „Sie werden merken, wie schnell das alles geht. Man glaubt, diese schreckliche Zeit würde ewig dauern, und plötzlich wachsen die Babys heran. Ich habe es richtig genossen, mein jüngstes

Kind nachts zu stillen. Es war so schön, das Kleine mitten in der Nacht an der Brust zu halten, und ich wußte, daß es damit bald vorbei sein würde". Bei meinem ersten Baby ging es mir genauso. Ich hatte einen Ganztagsjob und bedauerte, daß Nicholas acht Stunden mit seiner Tagesmutter verbringen mußte, zehn Meilen von meinem Schreibtisch entfernt. In den Nächten erlebten wir magische, zärtliche Augenblicke, wenn er lächelnd auf der Wickelmatte lag und ganz sanft meinen Busen streichelte. Ich hatte einen Agatha Christie-Roman bei der Hand, und darin las ich manchmal eine halbe Stunde lang, während er im Halbschlaf an meiner Brust nuckelte. Als ich sämtliche, im Haus vorhandene Agatha Christies gelesen hatte, war er zehn Monate alt und mein Ganztagsjob beendet. Also schickte ich meinen Mann drei Nächte lang mit einem Wasserfläschchen zu unserem Sohn, und Nicholas hielt es für sinnlos, deshalb zu erwachen. Damit begann eine neue Ära. Bis zum heutigen Tag kann ich auf Bahnsteigen an keinem Bücherstand mit Agatha Christie-Büchern vorbeigehen, ohne ein milchiges Prickeln im Busen zu spüren...

Kleidung. Dieser Bereich kann Ihnen eine Menge Spaß machen, wenn Sie's richtig anfangen. Abgesehen von zu warmer, zu dünner oder verlauster Kleidung gibt es da nicht viel, worum sich das Baby auch nur einen Pfifferling kümmern würde. Anscheinend haben sich zwei Theorien entwickelt. Die eine besagt: „Stecken Sie das Baby in Overalls mit Kapuzen und Reißverschlüssen, und zum Teufel mit Mützen und Stiefeln und Knöpfen und Trägern und allem sonstigen Kram."

Die andere Theorie lautet: „Ziehen Sie das Baby so an, daß es wie ein Mensch aussieht und nicht wie eine Wurst in Frottee. Mit Persönlichkeiten kann man besser umgehen, wenn sie sich übergeben oder Sie wecken etcetera als mit Würsten." Dieser letzte Standpunkt hat etwas für sich, so mühsam man auch an den Designer-Babysachen herumfummeln muß. Und so packte ich mein erstes Kind von Anfang an in todschicke „richtige" Kleidung. Einmal zwängte ich Nicholas jedoch in eine traditionelle weiße Strickjacke mit passendem Häubchen, um seine Oma zu beglücken, und mein Mann war entsetzt. „O Gott" platzte er heraus, „der sieht ja aus wie ein verdammtes *Baby* oder so was ähnliches." (Nicholas war vierzehn Tage alt.) Also setzte ich ihm wieder das gestreifte Fußballfankäppi auf und zog ihm den marineblauen Matrosenanzug an.

Trotzdem – Waschen ist Waschen, und Umziehen ist Umziehen, und Sie können es leid werden, ein kleines Model herauszuputzen, dessen Garderobe Ihnen eine Vollzeitbeschäftigung beschert. Mein zweites Baby trug einen Strampelanzug oder Overall und darüber eine Jacke oder einen Pullunder und diese wunderbaren Babystiefel mit Schafsfellsohlen und Schnürriemen an den Knöcheln, die sich nicht aufknoten lassen. Nachdem ich die Vorliebe meiner Mutter für Wollhosen mit angestrickten Socken im Stil der fünfziger Jahre oft verhöhnt hatte, mußte ich zugeben, daß sie im Winter herrlich praktisch sind. Natürlich sieht das Baby darin wie ein gestricktes Würstchen oder ein Ladenhüter vom Winterschlußverkauf aus.

Die Babykleidung ist ein seltsam emotionales Element. Wenn man zum erstenmal schwanger wird, kann sie das ganze fremdartige, verstandesmäßig noch nicht erfaßte Gebiet der Mutterschaft symbolisieren. Stundenlang wanderte ich durch Kaufhäuser und starrte erschrocken auf die vielen verschiedenen Formen von Babyanzügen – am

Hals hochgeschlossen über Kreuz zu schließen oder in einem Stück – und fragt mich, wie ich ein Kind am Leben erhalten, geschweige denn anziehen sollte. Nun beziehe ich leidenschaftlich Stellung, wenn es um technische Dinge wie Puffer an der Unterseite der Beinlinge geht (das einzige, was schlecht fixierte Windeln festhält) und die Niedertracht mancher Hersteller, die es versäumen, den Reißverschluß bis zur Innenseite eines Beins hinabzuführen. Die Meinungen meiner Freundinnen über richtige Babykleidung gehen weit auseinander (was uns nicht daran zu hindern scheint, einander alles zu borgen und Riesensäcke mit abgelegter, reichlich abgetragener Kleidung zwischen den Babys hin und her zu schicken), und so werde ich, was dieses Thema betrifft, nur meine Schwägerin zitieren. Ihr Haus ist eine Art Sammelstelle für sämtliche winzigen Kleidungsstücke, und ihre Technik auf Wohltätigkeitsbasaren ein Hauptgesprächsthema in Lincolnshire. „Sag zu allem ja, was dir angeboten wird", rät sie. „Es mag wie alter Plunder aussehen, aber du kannst es gut gebrauchen, wenn alles andere im Wäschekorb steckt." In solchen Augenblicken verlieren die Debatten über „Persönlichkeiten" beziehungsweise „Würste" jede Relevanz. Bedauerlicherweise erscheinen manchmal ausgerechnet in solchen Augenblicken Verwandte, die man lange nicht gesehen hat, mit allen ihren Freunden, um Ihr zerlumptes, schäbiges Baby zu bewundern ...

Der Lebensraum. Die schlimmste Zeitverschwendung meines Daseins beging ich in der kurzen Phase, wo ich dachte, neugeborene Babys – zu klein um auf dem Teppich zu spielen und sich schmutzig zu machen – müßten abends in Nachthemden oder Pyjamas gesteckt werden. Nach einer Weile sah ich meinen Irrtum ein und legte das Baby abends nicht einmal mehr in einen besonderen „Container". Dabei entwickelte ich ein effektvolles System, um das mich manche Frachtfirmen beneiden könnten. Das Kind lag in einem leichten, mit Lammfell (das, mit dem man zu früh geborene Babys wärmt und das alle anderen zum Schlafengehen verlockt) ausgekleideten Korb. Nachts paßte er in die Wiege neben meinem Bett, bei Autofahrten in eine alte, auf dem Rücksitz festgeschnallte Tragetasche. Ansonsten stand der Korb auf der Küchenbank, auf dem Sofa im Wohnzimmer oder da, wo ich mich gerade aufhielt. Dadurch mußte ich das Baby niemals aufscheuchen, und es konnte tun, was alle Kinder lieben: nämlich selbst zu bestimmen, wann es schläft oder wann es wach ist. Bei dieser Methode muß man nicht überlegen, ob man das Baby wecken soll, um mit ihm einkaufen zu gehen, bevor die Geschäfte schließen; man braucht keine offizielle Schlafenszeit festzulegen und das Baby nicht zu wecken, um es in die offizielle Wiege zu legen. Wenn man am Fußende des Korbs ein paar Windeln, eine kleine Packung Babywischtücher, einen Ersatzstrampelanzug, ein Musselintuch und einen winzigen Topf Babysalbe verstaut, hat man immer alles bei der Hand, was man zum Wickeln braucht. Man muß nicht das halbe Fernsehprogramm versäumen, kein Gespräch unterbrechen, keine Treppen hinauflaufen, um alles zu holen, was man benötigt. Dieses System schont die Nerven und beschränkt das Gefühl, ständig beansprucht und gestört zu werden, auf ein Minimum. Wenn das Baby zu groß für den Korb wird („Du behinderst die kleinen Beinchen in ihrem Wachstum, meine Liebe!"), brauchen Sie das getreue (und waschbare) Lammfell nur in das neue Bettchen zu verfrachten, wo sich Ihr Kind sehr schnell eingewöhnen wird. Wenn Sie Glück haben, befindet es sich dann schon in dem Stadium, wo es gewisse Dinge wiedererkennt, und trägt sogar schon Pyjamas. Über das Thema der transportablen Lebensräume gibt es zahllose merkwürdige Variationen. Eine meiner Freundinnen trug ihr Kind exzentrischerweise in einer Babybadewanne im Haus herum und behauptete, das Ding wäre herrlich leicht, würde das Baby vor Zugluft schützen und könnte mit Lammfell ausgekleidet werden. Eine andere stellte in jedes Zimmer einen Karton mit einem festen Kissen darin, überzog ihn mit einem alten Kissenbezug, und in diesem Kokon wurde das Baby umhergeschoben. („... aber ich wurde gewarnt, es könnte in dem Kokon ersticken, also mußte ich immer wieder nachschauen.") Eine dritte trug ihr waches oder schlafendes Baby in einem um Hals und Körper geschlungenen Tuch mit sich herum, wohin immer sie ging oder was immer sie tat; allerdings ist sie eine gute Turnerin und hat erstaunliche Rücken- und Nackenmuskeln. Sobald das Baby sitzt, sollten Sie leichte Babystühle oder Laufställchen überall im Haus oder in der Wohnung aufstellen. Dergleichen können Sie hemmungslos von allen Freundinnen ausleihen, deren Babys schon ohne Stütze sitzen; die Phase ist so kurz, daß ein mittelgroßes Netz von Freundinnen über mindestens drei überflüssige Babystühle zur gleichen Zeit verfügt. Alles in allem – die Praxis, ständig ins Kinderzimmer zu laufen, um nach dem Baby zu sehen oder die Windeln zu wechseln, beläßt man am besten da, wo sie hingehört – in uralte TV-Komödien.

Übrigens, in allen Kindermöbelgeschäften wird man versuchen, Ihnen eine „Wickelkommode" mit winzigen Schubladen für die Windeln und einer herausklappbaren Platte zu verkaufen, auf der man das Baby „ohne Rückenschmerzen" wickeln kann. Ich kenne einige Mütter, die auf solche Kommoden schwören, aber seien Sie nicht traurig, wenn Sie kein Geld für so etwas aufbringen können. Ich erstand dieses Ding nicht, weil ich nicht die *Nerven* dafür aufbrachte. Tief in meinem Herzen wußte ich, daß ich eines Tages etwas Furchtbares, Verwerfliches tun, nämlich mich für einen Augenblick von meinem Baby abwenden würde, ausgerechnet in der Minute, wo es lernen würde, umherzurollen. Krach, Entsetzen. Ein Sturz aus über einem Meter Höhe. Andererseits handelt man sich mit Wickelmatten auf dem Boden tatsächlich Rückenschmerzen ein. Also füllte ich einen großen alten Korb mit Decken und breitete eine Plastikmatte darüber. Und so wechselten wir in unserem Haus die Windeln, indem wir neben dem Korb knieten. Kein Baby ist jemals heruntergerollt, und wenn es das getan hätte, wäre es nicht tief gefallen.

Reisen. Es gibt mehrere gute Gründe, warum man mit einem neugeborenen Baby möglichst oft verreisen sollte. Zum Beispiel kann es gräßlich sein, daheim zu bleiben. Wenn das Baby schwerer wird, ist das Verreisen außerdem eine größere Last, und die Umwelt steht solchen Expeditionen dann immer skeptischer gegenüber. Jeder begeistert sich für ein nettes kleines Bündel, das an der Brust nukkelt oder im Körbchen schläft. Aber ein wilder Vandale, der nach allem grapscht und sein Essen um sich wirft, wird einige Ihrer Freundschaften gefährden. Vor allem, wenn er sich in jenem heiklen Stadium befindet, wo eine Veränderung der täglichen Routine zu stundenlangem Gejammer und der hysterischen Weigerung führt, ins Bett zu gehen. Kleinere Babys kennen keine Routine und keine vorgefaßten Meinungen und wollen nur da sein, wo Sie, die Milch und das Lammfellkörbchen sind. Nutzen Sie das aus. Noch etwas spricht dafür, Ferien zu machen, Verwandte an fernen Orten zu besuchen oder (wie ich es tat) Jobs anzunehmen, die mit weiten Reisen verbunden sind: Je mehr Gesellschaft ein Baby in den ersten Monaten hat, desto leichter scheint es sich später an Fremde zu gewöhnen. Abgesehen von kurzen Klammerphasen sind meine beiden Kinder bemerkenswert gesellig, was (wie ich's mir gern einbilde) auf ein frühzeitig in BBC-Liften, Zugabteilen, Flugzeugen, Autobahnraststätten und Häusern anderer Leute erworbenes Savoirfaire zurückzuführen ist.

Eins muß man allerdings bedenken: Eine tüchtige, zufriedene junge Mutter bereitete sich darauf vor, zum erstemal mit ihrem neugeborenen Baby auszugehen. Sie zog sich zum erstenmal seit der Geburt hübsch an und betupfte sich – ebenfalls zum erstenmal seit der Geburt – mit ihrem Lieblingsparfüm. Im Haus ihrer Freundin nahm sie das Baby zärtlich an die Brust, um es zu stillen, wollte voller Stolz zeigen, wie geschickt sie das machte und was für einen braven Sohn sie hatte – und der begann entsetzt zu brüllen, wich vor ihr zurück, weigerte sich, an der Brust zu saugen und führte sich auf wie ein Vampir, der mit einem Kruzifix konfrontiert wird. *Er mochte das Parfüm nicht.* Sobald sie das merkte, wusch sie den Duft weg, während das Baby auf dem Schoß der Freundin heulte, und alles war wieder okay.

Der Transport. Autos sind in Ordnung, können Sie aber ganz schön nerven wenn das Baby auf der Autobahn oder in einem Verkehrsstau zu quengeln anfängt. Einmal fuhr ich an einem Wochenende von Suffolk nach Manchester und wieder zurück, ohne einen einzigen mißmutigen Laut vom Rücksitz zu hören. Ich hatte über der Tragetasche des drei Monate alten Babys Schnüre mit rasselndem Zeug gehängt und die Enden am Griff des Benzinkanisters hinter dem Rücksitz beziehungsweise an der Kopfstütze des Fahrersitzes befestigt. Wann immer Rose erwachte, stillte und wickelte ich sie in einer Tankstellentoilette („Nein, nein, Mister, ich habe keinen Ärger mit dem Wagen, aber die Windel hält nicht. Haben Sie vielleicht ein Klebeband in Ihrem Werkzeugkasten?") und legte sie wieder in die Tragetasche auf dem Rücksitz, wo sie die rasselnden Plastikdinger beobachten konnte. Der einzige Nachteil dieser Methode zeigte sich, als mir auf der Heimfahrt das Benzin ausging und ich mit einem Kanister zur nächsten Tankstelle sprinten mußte, der mit Girlanden aus Plastikglöckchen und Ringen geschmückt war – so todsicher festgemacht, daß ich sie in der Eile nicht entfernen konnte. Aber eine Mutter gewöhnt sich sehr bald an die Verachtung ihrer Mitmenschen.

Der Babytransport in der Öffentlichkeit kann beängstigende Formen annehmen. „Nichts", antwortete eine Mutter auf meine diesbezügliche Frage, „treibt einen so zur Verzweiflung und macht einen so hilflos." Eine andere erklärte grimmig: „Man muß die Öffentlichkeit *mit allem Nachdruck* zur Mithilfe auffordern und von Busfahrern ein kooperatives Verhalten verlangen." Und nicht weniger als einundzwanzig Mütter rieten: „Machen Sie sich einfach auf den Weg ..." Das alles trifft zu, wenn man kürzere Fahrten unternimmt. Ein städtischer Bus ist vermutlich der schlimmste Aufenthaltsort für eine Mutter mit Baby. Das sollte Sie aber nicht daran hindern, auf längere Reisen zu gehen. Züge sind ideal, vor allem halbleere Fernzüge mit Tischplatten, auf die man die Tragetasche stellen kann. Noch ehe er sechs Monate alt wurde, legte Nicholas etwa zweitausend Meilen per Bahn zurück und absolvierte ein Dutzend Flüge. Und Rose fuhr sechs Monate lang ein- oder zweimal pro Woche von East Suffolk in die Londoner City. Das hing keineswegs mit dem Element der Selbstaufopferung zusammen, das zur vollkommenen Mutterschaft gehört. Ich fühlte mich in den ersten sechs Monaten nur ganz einfach wohler, wenn ich genau wußte, wo das Baby war und was es gerade tat. Die andere Methode versuchte ich auch, ließ Flaschen mit Muttermilch zu Hause und hetzte mich ab, um rechtzeitig zur nächsten Fütterung daheim einzutreffen, und das erschien mir viel anstrengender als meilenweite Fahrten mit dem halb aufgerichteten Baby im Korb, das auf die vorbeigleitende Landschaft starrte und die letzte Mahlzeit verdaute, während ich Walkman hörte, Zeitung las oder ein Sandwich aß. An meinem Ziel angelangt, übergab ich das Baby der Kinderschwester von einer Agentur, was ich vorher rechtzeitig geregelt hatte, und arbeitete drei Stunden. Kein Baby, das von einem ausgebildeten Kindermädchen betreut wird und dessen Mutter eine halbe Meile entfernt am anderen Ende einer Telefonleitung sitzt, dürfte einen nennenswerten Schaden erleiden.

Längere Reisen muß man professionell organisieren. Erwarten Sie nicht, daß irgend etwas automatisch klappen wird. Ignorieren Sie die Propaganda der Fluglinien in der von „Himmelswiegen" und Fläschchenwärmern die Rede ist, verlassen Sie sich niemals darauf, daß es in Luxuszügen Warmwasserhähne gibt. Packen Sie alles, was Sie für das Baby brauchen, in eine große Schultertasche. Denken Sie aber auch an Ihre eigenen Bedürfnisse. Einmal schockierte ich eine ganze Abflughalle von Heathrow, als ich mich liebevoll über den Babykorb beugte, dem schlafenden Kind übers Haar strich, um dann eine Dose Guinness-Starkbier sowie eine Büchse Fleischpastete unter der Decke hervorzuziehen.

Beim Packen dürfen Sie keinesfalls die Quietschente vergessen (wenn das Kind etwa einen Monat alt ist). Nichts vertreibt die Langeweile so wirksam wie eine nette, quietschende Ente zwischen den Kieferbacken. Mampf, mampf, quietsch, quietsch. Als ich einmal am frühen Morgen von Lincolnshire nach London gefahren war, übergab ich das Baby seinem Vater und eilte ins Gay Hussar-Restaurant, um mit dem neuen Chefredakteur des *Tatler* zu lunchen ... Sehr vornehm, sehr gedämpfte Atmosphäre. Wahrlich nicht der Ort, wo man in die Handtasche greifen, zufällig an die längst vergessene Gummiente geraten und die Gäste mit einem gedämpften, aber vernehmlichen Quietschlaut erschrecken dürfte. Ein waschechter Lord saß am Nebentisch, seine Gabel erstarrte, auf halbem Weg zum Mund ...

Auf Reisen mit Babys kann man eine nützliche Taktik anwenden. Man schlendert im Flugzeug oder im Zug durch den Gang und dreht das süße runde Engelsgesichtchen von einer Seite zur anderen, bis man die magische Silbe „Aaaah!" hört. Dann setzt man sich möglichst nahe zum „Aaaah!" und hat einen Babyfreak gefunden, der sich während der restlichen Reise um ein Lächeln bemühen wird. Dafür eignen sich ältere Damen oder Schulmädchen am besten, aber nicht immer. Einer meiner größten Erfolge war ein äußerst streng wirkender Ingenieur auf dem Weg nach Newcastle, der nicht nur mit den Ohren wackelte und aus einer zerdrückten Bierdose eine Rassel bastelte, sondern Nicholas auch noch bereitwillig erlaubte, eine ganze Ausgabe des *Chartered Mechanical Engineer*-Magazins zu zerfetzen.

Oft ist es angebracht, das Getue in Grenzen zu halten und keine übertriebene Hilflosigkeit zu demonstrieren. Auch ein wohlgenährtes, gutgelauntes, weltgewandtes und fröhliches Baby kann in manchen Zugabteilen und Flugzeugen kühlen, entsetzten Blicken begegnen – von Geschäftsmännern, die vielleicht soeben ein Haus voller brüllender Kinder verlassen haben und sich auf eine Gelegenheit freuen, ungestört zu arbeiten; oder von berufstätigen Frauen, die ihre eigenen Babys gerade – etwas wehmütig – ihren Kindermädchen übergeben mußten. Ein Baby in einem schlichten Strampelanzug mit einer kompetenten Mutter wird solche Leute weniger irritieren und mehr hilfreiche Hände anlocken als ein Engelsgeschöpf in einem bebänderten weißen Spitzenkörbchen, dessen chaotische, tränenüberströmte Mutter überall Fläschchen und wollene Schühchen fallen läßt. Wenn Sie darauf verzichten, mürrischen Junggesellen mit Aktenmappen irgendwelche Babyutensilien unter die Nase zu halten, und ihre Jahresbilanzen nicht mit Talkumpuder oder Sabber beträufeln, steigen Ihre Chancen, daß man Ihnen am Ende der Reise aus dem Zug helfen und vielleicht sogar die guten Manieren Ihres Babys loben wird.

Aber rechnen Sie niemals mit dem Beistand der Umwelt. Die verwegene Mutter, allein unterwegs, sollte nichts unternehmen, was sie nicht allein schaffen kann. Und erwarten Sie von niemandem auch nur ein Mindestmaß an Intelligenz. Einmal ging ich mit meinem vier Wochen alten Baby an Bord eines Flugzeugs; die Stewardeß eilte zu mir, während ihrer Ausbildung auch auf Reisende mit Babys programmiert. Sie taxierte die Situation mit einem Blick, trippelte auf ihren Zehn-Zentimeter-Absätzen wieder davon und kehrte mit der offiziellen Version von Kinderbetreuung zurück, die bei dieser Fluggesellschaft üblich war – mit einem Puzzle. Sanft erklärte ich ihr, der Junge würde in seinem Alter die Puzzle-Teilchen noch nicht einmal kauen; beinahe begriff sie das, aber nicht ganz. Als ich sehr diskret und fein säuberlich auf dem leeren Sitz zwischen mir und dem Fenster die Windeln zu wechseln begann (ja, ja, auf einer Gummimatte), bestand ihr Beitrag zum Wohlbefinden junger Reisender in dem Vorschlag, ich sollte meinen Sohn – mitten während des Wickelns – in die winzige Toilette bringen und dort auf dem winzigen schmutzigen Boden weitermachen. Unmöglich, flötete ich liebenswürdig, und sie verschwand. Aber ich beklagte mich nicht. Nicholas und ich genossen einen sehr vergnüglichen Flug. Wir mußten uns nur eine dickere Haut zulegen, was uns nach dem Konsum von all dem guten Gin, den es an Bord gab, nicht schwerfiel.

Trotzdem können Reisen mit einem neugeborenen Baby, so umsichtig und gelassen Sie auch an die Sache herangehen, zu Katastrophen führen. Ich habe mir niemals selbstgefällig zu meinen fachmännischen Leistungen gratuliert, und ich sage am Ende jedes Trips: „Nun, wir sind gerade noch mal davongekommen." Wahrscheinlich ist das Reisen für aus beruflichen Gründen reisende Mütter wie mich – die sich an alle Widrigkeiten gewöhnt haben und millimetergenau abschätzen können, ob die Tragetasche auf den Nachbarsitz im Speisewagen paßt, wenn wir frühstücken – viel leichter als für ungeübte. Aber selbst wenn man noch so erfahren ist, kann man in üble Situationen geraten. Einmal verbrachte ich, unterwegs zu einer Fernsehaufnahme, dreieinhalb gräßliche Stunden in einem Zug. Mir gegenüber saßen zwei Mitreisende, der unfreundlichste, babyfeindlichste Klatschkolumnist von London und ein leicht erschöpfter, offensichtlich kinderloser Partylöwe. In anderen Abteilen war kein Platz, also mußten wir uns miteinander abfinden. Nicholas quengelte während der ganzen Fahrt, was sonst nicht seine Art war; nukkelte ununterbrochen an der Brust, auch bei meinem Lunch; und füllte unzählige übelriechende Windeln, die ich nur auf der Toilette wechseln konnte, denn die Plastikbeutel waren mir ausgegangen. Während ich erwartete, von den aalglatten höhnischen Teufeln mir gegenüber gekreuzigt zu werden, sowohl öffentlich als auch privat, wurde meine Stimmung immer düsterer und das Baby immer mürrischer. Kurz vor Newcastle schlief es endlich ein, und als sein Mund auseinanderklaffte, entdeckte ich ein Wunder.

„Schauen Sie doch!" rief ich und vergaß die Antipathie meiner Reisegenossen. „Er hat einen ZAHN bekommen!"

Auf einmal waren sie fasziniert.

„Toll!" meinte der Partylöwe. „Kommen die Zähne plötzlich raus – eh – einfach so?"

„Oh, ich erinnere mich noch an den ersten Zahn meiner Tochter", sprudelte der unfreundliche alte Klatschkolumnist hervor, schlagartig verwandelt wie Ebenezer Scrooge. „Wundervoll, nicht wahr? Aber Sie werden nie wieder dieses nette zahnlose Grinsen sehen!"

Und so trafen wir strahlend und triumphierend in unserem Zielbahnhof ein, Nicholas inklusive – vereint durch ein winziges Stückchen Elfenbein. Babys besitzen die Gabe, sekundenschnell alle Ärgernisse vergessen zu machen. Und das ist gut so.

Vom Bündel zum Vandalen

Bei unserem ersten Baby hatten wir einen genauen Dienstplan. Nach einem bestimmten Zeitabstand erklang der Ruf: „Ich hatte ihn seit neun Uhr fünfunddreißig, du nimmst ihn bis zwölf." Während der Ferien kann man in Restaurants Familien beobachten, die sich an noch kürzeren Fristen orientieren.

„Hört mal, ich hatte sie jetzt sieben Minuten auf den Knien, also ist nun jemand anderer dran. Wir sagten doch – fünf Minuten." „Ja, aber du konntest sie mit Möhren füttern. Sue und Brian mußten sie bei der Suppe ertragen. Das ist unfair."

„Ja, okay, aber in einer Minute ist Mama wieder dran. Auf meinen Knien ist es ihr schon langweilig geworden. Anscheinend will sie nicht mehr den Salzstreuer hauen."

Es ist keineswegs so, daß niemand das Baby lieben würde. Wenn sie es nicht liebten, hätten sie es nicht mitgenommen und würden sich nicht bemühen, es bei Laune zu halten. Der Unmut liegt an der totalen, ermüdenden Konzentration, die man auf einen rastlos forschenden Geist, immer beweglichere Hände und einen völligen Mangel an Zurückhaltung richten muß. In einer gewissen Phase der Kindesentwicklung fühlen sich die Eltern ziemlich hilflos. In den Büchern steht, ein Baby würde Spielsachen brauchen. Aber sie erwähnen nicht, daß sie im selben verächtlichen Tempo beiseite geschoben werden wie Storys über verschwundene Katzen von einem Zeitungsredakteur. Erzieherisch wirksame Spiele, schöne Holzeisenbahnen, wacklige Raupenschlepper und große Bälle – alles wird in Minutenschnelle inspiziert, für wertlos befunden und vergessen. Fast könnte man meinen, das Baby würde nach etwas ganz Bestimmten suchen – vielleicht nach dem besten Eierbehälter aller Zeiten oder besonders kostbaren Teelöffeln, die auf dem Mond vergraben liegen. Außerdem liest man in den Büchern, man müßte mit einem Baby spielen und es durch die Gesellschaft erwachsener Leute „anregen". Man spielt also „Wo ist denn das Näschen" und „Hoppe, hoppe, Reiter" und versucht ihm zu zeigen, wie man ein Holzklötzchen in ein quadratisches Loch steckt. Jede dieser Unterhaltungen dauert etwa drei Minuten. Aber das Baby ist zehn bis zwölf Stunden pro Tag wach, und mit der Zeit gerät man in Panik. Soeben hat es in der Küche alle Spielsachen weggeworfen. Plötzlich findet es eine Rolle Toilettenpapier und verfällt ihr rettungslos. Es will nicht, daß man mit ihm spielt, würde es nicht einmal merken, wenn man den Raum verließe. Deprimiert kehrt man zur Spüle zurück, um wieder Geschirr abzuwaschen, doch da ertönt am Küchenboden ein Wutschrei und verrät, daß das Toilettenpapier ganz plötzlich allen Reiz verloren hat.

Eine Zeitlang wohnten wir in einem völlig ungeeigneten neuen Haus (brutale Betonböden in den am meisten benutzten Räumen, auch in der Küche; der einzige risikofreie Boden in einem Spielzimmer im Oberstock, zu weit entfernt von den Zimmern, wo sich die Erwachsenen tagsüber aufhielten). Wir kamen uns vor wie zwei Sicherheitsbeamte im Dauerdienst, die ständig Katastrophen und Fluchtversuche verhindern mußten, aber als Spielgefährten nicht sonderlich erwünscht waren. Der Junge wollte nichts weiter, als alles Verfügbare zu erforschen, mit Leidenschaft und Konzentration. Oder er verlangte brüllend nach neuen Welten, die er erobern konnte. Es war ein dunkler, feuchter, kalter Winter mitten auf dem Land, und die Nachbarn mußten wir erst noch kennenlernen. Kurz gesagt, wir fühlten uns elend. Aber solche Verhältnisse bessern sich mit der Zeit. Im Babyalter ist nichts von Dauer. Die verrücktesten Alptraumphasen gehen über Nacht zu Ende.

Ich erinnere mich, daß ich meine Mutter kurz vor jener winterlichen Colditz-Ära – wahrscheinlich, als mein Sohn etwa neun Monate alt war – fragte, ab wann man ein Baby im allgemeinen für einen Augenblick auf ein Doppelbett legen könnte, ohne befürchten zu müssen, es würde herunterkrabbeln und auf dem Kopf landen. „Oh", antwortete sie, ohne zu zögern, „erst wenn es drei Jahre alt ist. Vorher muß man es stets im Auge behalten, in jeder Minute." Worauf ich ernsthaft überlegte, ob ich selber auf dem Kopf landen sollte, nach einem Sprung durchs nächstbeste Fenster. Glücklicherweise irrte sie sich. Alle Mütter leiden an selektiver Amnesie. Der lange Tunnel des Babystadiums taucht nur in kurzen, impressionistischen Bildern im Gedächtnis auf, die kleine Entwicklungen und willkommene Veränderungen übertünchen. Im Rückblick vergißt man die großen intellektuellen Fortschritte des Babys, die das Leben der Eltern von einem Tag auf den anderen neu gestalten. Für uns kam der große Moment, als Nicholas endlich den Befehl NICHT IN DEN MUND STECKEN! verstand. Da war er ungefähr elf Monate alt. Plötzlich vervierfachte sich die Zahl der Gegenstände, mit denen er spielen durfte – Plastilin, Kohlen, Kerzen, Sand, Kieselsteine, Kartoffeln voller Erde. Es war großartig. Für uns begann ein neues Zeitalter, wo wir ab und zu was anderes tun konnten und unsere Ruhe hatten. Eine Woche später erschien es uns unglaublich, daß es einmal Tage gegeben hatte, wo wir morgens nicht genüßlich im Bett liegen und Tee trinken konnten, eine hingerissene kleine Gestalt zwischen uns, die entzückt auf eine Paraffinkerze starrte, obwohl sie diese früher wochenlang zu essen versucht hatte.

Was das Problem des Doppelbetts betrifft, von dem das Baby fallen kann – meine Mutter hätte sich an jenen Prozeß erinnern sollen, in dem es erst mal über die Kante schaut, ein paar Spielsachen runterwirft, sich ein bißchen den Kopf anschlägt und dann zwei und zwei zusammenzählt. Langsam wird es immer unwahrscheinlicher, daß es irgendwo hinunterstürzt. Sobald es lernt, sich etwas geschickter zu bewegen, werden solche Unfälle seltener. Man kann nicht viel unternehmen, um diese Veränderungen zu beschleunigen. Wenn ein normales Baby einen vertretbaren Freiraum hat, um sich die Welt anzusehen und zu erforschen, neue Leute und neue Gegenstände kennenzulernen, kommt es sehr gut mit neuen Aufgaben während seiner Entwicklung zurecht. Einmal brach ich beinahe in Tränen aus, als mir eine perfektionistische Mutter – die ich gefragt hatte, ob es denn keine einfacheren Wege gäbe – mißbilligend erklärte: „In der Entwicklung eines Kindes und in den mütterlichen Pflichten gibt es keine einfachen Wege." Puh ... Der einfache Weg besteht darin, das Baby zu lieben, vor Schaden zu bewahren, stets mitzunehmen, zu füttern, ihm genug Sachen zu geben, auf die es draufschlagen kann, und zum Teufel mit der Erziehungspsychologie und der Seelenmassage! Es ist erstaunlich, zu beobachten, wie die Dinge von selbst geschehen (und das Leben der Eltern dadurch leichter wird). Man entfernt Möbel, in der korrekten Annahme, der niedrige Couchtisch könnte eine Todesfalle für das Baby werden, das sich auf wackligen Beinen daran hochzieht. Aber drei Monate später merkt man plötzlich, daß es um einige Zentimeter gewachsen ist und aufsteht, ohne sich irgendwo festzuhalten. Der Tisch wird wieder aufgestellt. Wochenlang überlegt man besorgt, wie man verhindern kann, daß ein Kind, das auf seinem Dreirad durch die Wohnung fährt, über die Stufe in der Diele stolpert. Zehnmal pro Stunde läuft man hinterher, aber bevor man mittels mehrerer Rampen und Tore eine sichere Fahrstrecke konstruiert hat, kennt das Kind die Gefahrenzonen und weicht ihnen aus. Kaum hat man das Arrangement der Lehnstühle in allen Zimmern vervollkommnet, sitzt das Baby auch schon in einem dieser Sessel und rutscht triumphierend auf seinem kleinen Hintern herum. Aus Gewohnheit püriert man jede Mahlzeit und entwickelt die Methode, das Kind mit dem Löffel zu füttern, beinahe zu einer Kunst. Eines Tages geht man mit dem Baby in ein Lokal, um Tee zu trinken, und wenn niemand hinschaut, langt es auf den Tisch, nimmt sich ein Gurkensandwich und verspeist es ohne fremde Hilfe. Man baut Sperrgitter für die Treppe, und acht Monate später benutzt man sie kaum noch. Diese Dinge geschehen ganz allmählich, und danach setzt bei den Eltern der totale Gedächtnisschwund ein. Im Rückblick kommt einem alles so einfach vor, und man benimmt sich wie Leute, die aus dem Urlaub zurückkehren und behaupten: „Kein einziger Regentropfen!", obwohl es zwei Tage lang geschüttet hat.

Das bedeutet, daß allgemeine Ratschläge sinnlos sind und daß einen der Besuch einer Freundin mit einem etwas älteren (oder etwas anderen) Baby angesichts der eigenen Unfähigkeit in dumpfe Verzweiflung stürzen kann. „Oh", zwitschern sie, „wir hatten niemals Schwierigkeiten mit Jasmine und den Steckdosen. Sie war immer sehr vernünftig. Wir sagen nur nein, und das versteht sie vollkommen ... Oh, Eric weiß, daß sein Bettchen zum Schlafen da ist, und sobald er drin liegt, schläft er sofort ein ..." Oder: „Was diese Gefahren betrifft, muß man von Anfang an *sehr streng* sein. Wir haben Samantha immer erklärt, daß das Feuer heiß ist, und deshalb geht sie da auch nicht ran. Es hängt eben davon ab, wie man den Kindern das alles begreiflich macht."

Diese Mütter ahnen gar nicht, wie schamlos sie lügen. Sie haben nur vergessen, wie wir glücklicherweise alle solche Dinge vergessen, daß Jasmine drei Wochen lang alle Steckdosen belagert und daß Eric noch vor vierzehn Tagen kreischend die Stäbe seines Gitterbettchens umklammert hat und daß man Samantha bis zum letzten Frühling nicht einmal für zwei Minuten in einem Raum allein lassen konnte, wo eine Kerze brannte. Und dann, nach drei heißen Sommermonaten, war sie alt genug, so daß man's ihr erklären konnte. Oder es könnte auch sein (welch ein bösartiger Gedanke), daß Jasmine ein bißchen zurückgeblieben ist und die Steckdosen noch gar nicht bemerkt hat ... Aber irgendwann werden sie ihr schon auffallen.

Manchmal leiden auch die Autoren von Handbüchern unter dieser Vergeßlichkeit und gehen von Rasseln und Holzautos sofort zu der Möglichkeit über, aus Eierkartons Raupenschlepper herzustellen. Ersparen Sie sich die Mühe. Es gibt eine lange Phase, in der sich das Baby mit dem Eierkarton an sich begnügt. Phantasie und die Gabe, sich etwas vorzumachen, alle die geistigen Hilfsmittel, die es einem Kleinkind ermöglichen, an Watterollen und einem Stäbchen Vergnügen zu finden, sind in diesem mobilen, vom Forschungsdrang besessenen Baby noch nicht ausreichend entwickelt. Es denkt buchstabengetreu – was es haben will, ist der Eierkarton. Sobald dieser abgelutscht, zerdrückt und in die Luft geworfen wurde (etwa zweieinhalb Minuten lang), möchte es den Holzlöffel haben. Und die Knoblauchpresse. Und die Autoschlüssel. Und das Nudelholz. Und das Brotmesser, den Fleischwolf und die Flasche mit dem Bleichmittel. Ehrlich gesagt – wenn es das alles nicht haben darf, müssen Sie es aus seinem Blickfeld entfernen. Das spart letzten Endes Zeit. Bei uns hing ein Kästchen mit Löffeln und anderen Utensilien an der Wand, und jedesmal, wenn wir das Baby daran vorbeitrugen, mußte es etwas daraus haben. Einmal lag bedauerlicherweise auch ein Büchsenöffner darin und ein scharfes Fischvorlegemesser und die zerbrechliche Nudelrolle aus Glas. Jetzt nicht mehr ...

In diesem Jahr des Übergangs vom lieben kleinen Bündel zum stürmischen Vandalen übertrifft sich das Baby selbst. In den Tagen völliger Reglosigkeit merkt man auf einmal, daß das Baby, das bisher nur gucken konnte, plötzlich mit der Hand wackelt und etwas berühren möchte, dann greift es danach und übt schließlich unermüdlich, es wieder loszulassen (normalerweise über dem Rand der Wiege). Das kraftlose Baby mag seine Rückenmuskeln noch nicht entwickelt haben. Trotzdem ruckt es nach vorn und will sich aufsetzen. Sobald es sitzen kann, möchte es stehen. Das Kind, das noch nicht laufen kann, will sich in Bewegung setzen und findet großartige Methoden, indem es über den Boden rutscht oder rollt und sich irgendwo hochzieht. (Meine Tochter wandte ein sonderbares System an, wie die Männer, die sich auf Karikaturen durch den Wüstensand zu einer Oase schleppen – auf Ellbogen und Unterarmen.) An guten Tagen amüsieren sie sich mit diesen Versuchen, ihre eigenen Fähigkeiten zu übertreffen. An schlechten fallen sie immer wieder hin, bleiben unter Möbeln stecken, kündigen dem Universum brüllend Rache und Verdammnis an, und man kann nicht einmal eine Kartoffel zu Ende schälen, ohne das Baby mindestens zweimal zwischendurch retten zu müssen. Und dann kommt die Schwiegermutter vorbei, um zu bemerken, ein Baby würde O-Beine bekommen, wenn es sich zu früh am Tisch hochzieht.

An den guten Tagen posiert man wie die vorbildliche Mutter auf den Illustrationen in Mütterzeitschriften, gibt dem Kind pflichtbewußt die makellos saubere, erzieherisch wirksame Rassel und wechselt höfliche Gluckslaute mit ihm, um seine zwischenmenschliche Kontaktfreudigkeit zu fördern. An schlechten Tagen nimmt man vor einem Haufen aus zerkautem und zerquetschtem Abfall verbittert zur Kenntnis, daß jede neue Fähigkeit, die das Baby entwickelt, neuen Ärger bedeutet. Ich verbrachte stolze, glückliche Stunden damit, meinem Sohn zu zeigen, was er mit den Spielzeugschrauben aus dem Frühlernzentrum machen sollte, und drehte die Plastikschraube immer wieder rein und raus. Drei Tage später verschwanden alle Deckel von Schraubgefäßen auf mysteriöse Weise, und ich mußte ihm abgewöhnen, die Shampooflaschen im Bad zu bearbeiten. Man bringt ihm bei, mit Bauklötzen zu spielen und glaubt, ein neuer Brunel würde heranwachsen. Im nächsten Augenblick fliegen Marmeladegläser auf den Boden, Reste eines brillant konstruierten Glasturms auf dem Frühstückstisch. Spieltherapeutische Wasserorgien im Bad, wie sie von Kinderpsychologen empfohlen werden, führen zu gleichfalls therapeutischen Beschäftigungen, die den Babystuhl dreimal am Tag mit warmer Milch überschwemmen.

Eine weitere Quelle zahlreicher Verwirrungen ist die Tatsache, daß ein heranwachsendes Baby eine andere Mutter braucht als jene, die zu dem

Neugeborenen so gut gepaßt hat. Der völlig systemlose, impulsive Säugling benötigt eine etwas zurückgebliebene Hippie-Mutter, die glückstrahlend um ein Uhr nachts zu Bett geht, an drei aufeinanderfolgenden Tagen zu drei ganz verschiedenen Zeiten den Lunch vorbereitet, niemals weiß, wie spät es ist, und keine anderen Termine hat. Sie paßt sich der Exzentrik ihres Neugeborenen an und nimmt die Dinge so, wie sie kommen.

Und dann, in einem gewissen Stadium (das niemand genau definieren kann, das aber offensichtlich zwischen dem ersten Zahn und dem ersten Krabbelausflug beginnt), muß sich diese frei schwebende Mutter in eine militärische Routine-Fanatikerin verwandeln, stets bereit, das Mittagessen Punkt zwölf Uhr fünfzehn zu servieren, das Baby um Punkt eins ins Bettchen zu legen und so weiter. Alles, was man verrückt fand, als es von Kindermädchen und Verwandten für den Umgang mit Neugeborenen vorgeschlagen wurde (strenge Routine, pünktliche Mahlzeiten, nachts nur Pyjamas), ist plötzlich sehr brauchbar, wenn das Baby älter wird. Deshalb reiten die Ratgeber zweifellos von Anfang an darauf herum (mütterliche Amnesie und selektive Erinnerung ...), aber es irritiert einen ganz schrecklich. Als mein Sohn – mein erstes Baby – elf Monate alt war, wollte ich ihn zu einer Kleinkindergruppe bringen, aber die traf sich nur von zehn bis zwölf Uhr. Und so stotterte ich eine Weile herum und erklärte: „Nun ja, normalerweise will er anscheinend zwischen halb zehn und elf seinen Morgenschlaf halten", als wäre er ein unberechenbares, einen Monat altes Bündel in der Wiege. Eines Tages reichte es mir plötzlich, und ich beschloß, die Initiative zu ergreifen. Das Schläfchen wurde offiziell auf ein Uhr verlegt. Nachdem ich ihn zwei Tage lang den ganzen Vormittag wach gehalten und nach dem Lunch hingelegt hatte, paßte er sich einer Routine an, die (plus oder minus eine Stunde) zwei Jahre lang in Kraft blieb. *Meine* Routine! Dieses Machtgefühl war schwindelerregend. Baby Nummer zwei wurde schon mit sechs Monaten diesen martialischen Gesetzen unterworfen.

Das Problem bei solchen Routinegepflogenheiten besteht darin, daß man sich selbst – so angenehm es anmutet, wenn sich das Baby dran hält, zu einer bestimmten Zeit aufwacht, wenn es einem gerade in den Kram paßt, stets um eins sein Mittagsschläfchen absolviert und abends immer zur gleichen Stunde einschläft – ebenfalls danach richten muß. Sobald sich das Baby an den Gedanken gewöhnt, den Mittagsschlaf auszulassen, den ganzen Nachmittag übermüdet und quengelig zu sein, um halb sechs einzuschlafen – zu erschöpft, um das Abendessen einzunehmen – , um zehn hungrig aufwacht, bis Mitternacht bei Mama und Papa im Bett sitzt und dann zwischen ihnen entschlummert, dann haben Sie sich das selber zuzuschreiben, und Gnade Ihnen Gott! Eine geänderte Routine an einem oder zwei Tagen scheint keine Rolle zu spielen. Eine Woche oder vierzehn Tage schon. Zum Beispiel sagen Dutzende von Leuten: „Oh, er schlief tagsüber, bis wir in Urlaub fuhren, und da gewöhnte er sich das ab.“ Oder: „Er schlief in seiner Wiege, bis wir bei Großmama waren, und von da an wollte er in einem Bett liegen.“ Das geht in Ordnung, solange es sich um erwünschte Neuerungen handelt. Ich selbst habe geradezu lächerliche Mühen und Plagen auf mich genommen, um die Zerstörung einer Routine zu verhindern, die mir ebenso angenehm ist wie der Familie und dem Baby und zudem einen ordentlichen Tagesablauf sichert. Gäste, die am Sonntag zum Mittagessen kommen, erhalten die Order, rechtzeitig zu erscheinen, damit wir uns um Punkt eins an den Tisch setzen können. Die Bad-Spiel-Märchen-Bett-Routine befolge ich allabendlich mit dem Fanatismus eines Ayatollahs. Die Leute, die behaupten, man müßte den Babys erlauben, ihre eigenen individuellen Wünsche bezüglich der Schlafenszeiten und so weiter zu äußern, sollen das ruhig tun und die Konsequenzen tragen. In den zehn Stunden pro Tag, die Babys in wachem Zustand verleben, bringen die meisten, die ich kenne, ihre Individualität in ausreichendem Maße zum Ausdruck ...

Das Nette an diesem Stadium zwischen dem trägen, schlaffen Säuglingsdasein und der Rebellion der Zweijährigen liegt darin, daß der Umgang mit Kindern entmystifiziert werden kann. Wenn man für ein Neugeborenes sorgt, muß man auf die Ratschläge von Experten hören und ein oder zwei Bücher lesen. Gegenstände müssen sterilisiert, Köpfe gestützt, Windeln inspiziert werden. Ein fremdartiges Wesen ist auf der Erde gelandet. Sechs Monate später erledigt man die Sache mit den Windeln und der Ernährung mehr oder weniger automatisch. Das Baby fühlt sich robust und kräftig an, wenn man es hochhebt, lächelt und macht Spaß und sitzt bei den Mahlzeiten gern mit den anderen am Tisch. Selbst die widerstrebendsten Väter neigen in diesem Stadium dazu, sich in ihr Baby zu verlieben, Fremde lassen sich von dem strahlenden, charmanten, putzigen kleinen Freund die Brille von der Nase reißen. Man kennt die Schwächen des Babys (z. B. die Angst vor dem Geräusch, das beim Zerreißen von Packpapier entsteht oder die Leidenschaft für Bananen). Nun fällt es anderen Leuten viel schwerer, einem Schuldgefühle oder Minderwertigkeitskomplexe zu suggerieren, wenn das Baby ganz offensichtlich in bester Laune ist, mit dem Löffel auf den Tisch trommelt und die Katze mit unverständlichen Flüchen überhäuft. Auf der anderen Seite erhebt nun der Konkurrenzkampf sein schreckliches Haupt. Obwohl es jedem klar sei müßte, daß man ein besonders intelligentes, schönes Kind hat, stehen andere Mütter dieser Tatsache völlig verständnislos gegenüber. Wie es Pam Ayres auf unsterbliche Weise ausdrückte: „... es ist schwer zu erklären, aber wenn ich mir deinen Wayne anschaue – warum hast ausgerechnet *du* dir die Mühe gemacht, ein Kind zu bekommen?"

Andere Babys können früher sitzen als die eigenen (aber nicht so charmant). Angeblich sagen sie schon nach acht Monaten „Dada". Sie haben mehr Haare (nun ja, Schimpansen auch). Sie schlafen länger, laufen früher und sitzen vielleicht sogar schon mit einem Jahr auf dem Töpfchen. All das ist erträglich, solange man die Babys persönlich kennt, die Mütter mit ihnen gelegentlich zum Kaffee einlädt und sie stillschweigend kritisieren kann, um sich zu trösten. Aber es ist unerträglich, wenn die Eltern oder Großeltern älterer Kinder wilde verrückte Behauptungen über die historischen Leistungen ihrer Nachkommen aufstellen. In solchen Fällen stecken Sie sich Watte in die Ohren. Wenn es zu deprimierend wird, schauen Sie sich die Wunderkinder genau an – auf normale Mütter wirkt es sehr beruhigend, daß diese überaus tüchtigen Bälger anscheinend ziemlich spät mit alledem angefangen haben. Gott segne sie.

Es herrscht kein Mangel an Instruktionen, wie man für Babys sorgt und sie amüsiert. Aber gerade für diese Vagabunden-, Grapsch- und Flatternervenphase habe ich bei den etwas gelasseneren Müttern in meinem Bekanntenkreis wahre Perlen gesammelt. Manche dieser Ratschläge erscheinen vielleicht verrückt, ein bißchen unhygienisch, unmöglich oder aus psychologischer Sicht zweifelhaft, aber das gehört nun mal zu den Freuden der Mutterschaft – man kritisiert die merkwürdigen Systeme der anderen, um dann heimlich einen Teil davon zu stehlen.

Spiel und Spaß. Man darf nie erwarten, daß sich Babys für längere Zeit mit ein und derselben Sache vergnügen, man muß sie stets beschäftigen: Beim ersten Jammerlaut aus dem Laufstall laufen Sie hin, reißen das Baby heraus und verfrachten es ins Gitterbett, in den Kinderwagen oder andere Alternativen, die Ihnen zur Verfügung stehen. Wenn Sie ausgehen, müssen Sie die Tasche ständig voller Überraschungen haben – Wattebäusche, Luftballons oder Seifenblasenröhrchen. Auf Bahnsteigen pflege ich gewaltige Scharen älterer Kinder anzulocken, wenn ich für mein Baby im Buggy Seifenblasen produziere, und die Bahn muß sich sehr anstrengen, um die Züge bei diesem Durcheinander von den Gleisen wegzubekommen. Man sollte ständig auf Langeweile beim Baby vorbereitet sein: Hängen Sie klapperndes Spielzeug neben den Kindersitz im Auto, stecken Sie ein paar hölzerne Vorhangringe (von denen Sie die Ösen abgeschraubt haben) über die Haltegriffe des Buggys, damit das Baby daran kauen kann. Ein paar erprobte Lieblingsspiele für zu Hause:

- Zeitschriften zerreißen. Das ist viel billiger geworden dank der freundlichen Firmen, die ständig mit dicken Katalogen unsere Briefkästen verstopfen. Zeitungen sind ebenfalls nützlich, obwohl die dort verwendete Druckerschwärze nur selten ganz und gar ungiftig ist.

- Waschpulvergasse. So lautete der Name eines großartigen Tunnels aus aneinandergeklebten Schachteln, den ein mir bekannter Vater baute und durch den die Babys kriechen konnten. Er zierte für eine halbe Ewigkeit den Schlafzimmerboden und ermöglichte den Eltern, länger im Bett zu bleiben, während ihre Söhne durch das Gebilde aus alten Omo-Kartons robbten.

- Der Küchenschrank – die Königsdisziplin. Alle Mütter in meinem Bekanntenkreis erklären, ihre Babys würden monatelang täglich den Küchenschrank ausräumen. Das ist so weit verbreitet, daß ich es nur erwähne, um Ihnen einen bestimmten Hinweis zu geben. Checken Sie einmal im Monat die Größe aller Pfannen, Töpfe (und Kuchenformen, o Gott, vor allem der Kuchenformen!), um sicherzugehen, daß nichts davon auf den Kopf Ihres Babys paßt. Falls Sie das versäumen und das Schlimmste passiert, bedenken Sie, daß sich ein Topf aus dünnem Aluminium oder eine Kuchenform vorsichtig verbiegen läßt und der Kopf eines Babys oval ist. Manchmal schafft man es, das Ding sanft gegen die Ohren zu drücken und Platz zu gewinnen, so daß man es über der Stirn hochziehen kann. Babyöl hilft. Ein bißchen.

- Kochen. Mit Linsen, Wasser, Sand, Mehl und Reis. Und von den Resultaten wenden Sie am besten den Blick ab. Malen ist ähnlich chaotisch, aber da gibt's einen wunderbaren Trick. Reden Sie Großmama/Papa/Kindermädchen/Babysitter ein, aufgrund ihrer Kreativität und ihres künstlerischen Flairs wären sie – und nur sie allein – imstande, Ihrem einjährigen Kind Malunterricht zu geben, während Sie einer geruhsameren Tätigkeit nachgehen, zum Beispiel den Wagen waschen oder Kartoffeln schälen.

- Mädchen. Wenn Sie ein neun- bis dreizehnjähriges Mädchen einfangen, stehen die Chancen, daß Sie für einen ganzen Nachmittag eine hingebungsvolle, geduldige, erfinderische Betreuerin für Ihr Baby bekommen, sehr gut. Einige Jungs eignen sich genauso dafür, aber (tut mir leid, Feministinnen!) sie neigen eher dazu, das Kind zu erschrecken, als es sanftmütig zu behandeln.

- Besucher. Holen Sie sich Leute ins Haus. Lassen Sie Leitungen neu verlegen oder das Badezimmer reparieren. Laden Sie Firmen ein, und bitten Sie um Kostenvoranschläge für Fliesenwände. Ersuchen Sie liederliche, charakterschwache Junggesellen aus der Nachbarschaft, auf Ihrem Sofa zu übernachten. Nichts ist schlimmer, als den ganzen Tag mit einem einsamen Baby Auge in Auge festzusitzen. Jede x-beliebige Gesellschaft aus der Welt da draußen ist besser als gar keine. Ich habe ein Abkommen mit meiner großen Familie geschlossen. Am Sonntagmittag bekoche ich eine große Personenzahl, vorausgesetzt, mindestens zwei erscheinen schon um halb elf und unterhalten die Babys. Zu Weihnachten gehen wir noch weiter und engagieren einen offiziellen Pflichtonkel, der ab halb neun Uhr morgens da sein und die Kinder aufheitern muß, während wir das Festmahl vorbereiten. Das ständige Kommen und Gehen führte ab dem ersten Geburtstag zu einer enormen Kontaktfreudigkeit unserer Kinder und wird vermutlich ein despektierliches Erwachsenendasein bewirken, in dem sie mit den 1990er Versionen des Freiherrn von Knigge Partys feiern.

Oder sie entwickeln sich zu Eremiten.

- Auspacken. Es lohnt sich tatsächlich, einen kleinen Koffer zu packen, damit das Baby den Inhalt ausräumen und auf dem ganzen Boden verstreuen kann. Eine gute Idee ist es – falls das Kind sie noch nicht öffnen kann – verschlossene, knisternde Tüten mit Süßigkeiten zwischen Schals und Tüchern zu verstecken. Ein schnell gepackter Koffer am Abend ermöglicht es Ihnen, eine ganze halbe Stunde lang im Bett zu liegen und Kaffee zu trinken, während das Baby fröhlich herumstöbert.

- Bücher. Erstaunlich beliebt, in einem erstaunlich frühen Stadium. Wenn Sie Wert auf Ihre geistige Gesundheit legen, kaufen Sie keine Bücher mit irritierenden Geschichten. Diese pflegen sich später als Lieblingsstorys zu entpuppen, und wenn ich „Polly, das Schwein und die Biene" noch einmal lesen muß, wandere ich aus.

- Das Spülbecken in der Küche (wenn es groß genug ist). Füllen Sie es mit warmem Wasser, ziehen Sie das Baby aus, setzen Sie es mit ein paar Plastikbechern hinein. Währenddessen können Sie in unmittelbarer Nähe ungestört die Bügelwäsche erledigen.

- Vogelhäuser. Stundenlange kostenlose Unterhaltung. Wenn Sie Glück haben, klettert auch noch eine Katze hinauf und fällt immer wieder runter. Appartmentbewohner können kleine Vogelhäuschen an die Fensterscheibe kleben.

- Essen. Weil Sie Ihr Baby nicht andauernd vollstopfen können, um es zum Schweigen zu bringen, sollten Sie zu dem wundervollen „Tropical Mix" o. ä. Zuflucht nehmen, das aus getrockneten Früchten, gehackten Haselnüssen und so weiter besteht. Eine kleine Handvoll enthält nur wenig Kalorien, und es dauert eine Ewigkeit, bis sie verspeist ist. Falls eine Ihrer perfektionistischen Freundinnen vorbeikommt, sagen Sie einfach, Sie wollten die Kautätigkeit und manuelle Geschicklichkeit Ihres Kindes fördern.

- Musik. Überraschend aufheiternd und besänftigend, ebenfalls in einem überraschend frühen Stadium. Das erste Wort meines Sohnes lautete „Reggae Reggae".

- Megaphone. Das klingt sehr albern, aber bei meiner Tochter hat es monatelang funktioniert. Wenn das Baby im Laufställchen sitzt und vor Langeweile brüllt, beschaffen Sie sich so etwas Ähnliches wie eine große Papprөhre von einer Whiskyflasche oder das Innere einer Küchenpapierrolle. Vielleicht besitzen Sie sogar ein richtiges kleines Megaphon. Halten Sie das Ding vor das schreiende, schluchzende Gesicht. Das Baby ist fasziniert von seiner Stimme, die durch die Röhre ganz anders klingt, und wird etwa eine halbe Stunde lang fröhlich hineinbrabbeln.

- Mama legt sich hin. Wenn Sie restlos erschöpft sind, aber das Gefühl haben, Sie müßten eigentlich mit dem Baby spielen, legen Sie sich bäuchlings auf den Boden (mit einem Taschenbuch, wenn Sie wollen) und lassen Sie das Kind über Ihren Körper kriechen und klettern und kichernd runterrollen. Große Freude für das Baby, geringe Unannehmlichkeiten für Mutti – für mich war es genau das richtige Spiel. Bei unserem Sohn hat es noch seinen dritten Geburtstag überlebt, denn nun kann er sich vorstellen, ich wäre eine kaputte Lokomotive, und meine Räder mit seinem Schaumgummihammer bearbeiten. Meine Tochter tut so, als wäre ich ein Pferd, ich bilde mir ein, ich läge an einem Strand auf Korfu, und wir sind alle drei glücklich.

Wenn ein Baby acht oder neun Monate alt ist, kann man es am ehesten für einen Gegenstand interessieren, indem man für ein paar Minuten – möglichst hingerissen – selbst damit spielt und ihn dann mit merklichem Widerstreben aus der Hand legt. (Dieses Prinzip nimmt im Lauf der Zeit immer intensivere Formen an, bis man ein Kleinkind vor dem Spaziergang nur noch mit einer einzigen Methode veranlassen kann, seine Mütze aufzusetzen – man muß sie kommentarlos eine Stunde lang selber tragen, bevor man hinausgeht.) Aber wenn ein Baby etwas haben will, das Sie ihm keinesfalls geben möchten denken Sie für einen Augenblick scharf nach, ehe Sie es ihm verweigern. Die Leute, die von Babys erwarten, daß sie nur mit „Spielzeug" spielen, müssen sich auf jahrelange Frust- und Konfliktsituationen gefaßt machen. Warum soll das Kind die Fahrradpumpe nicht bekommen? Oder das Ende eines Wasserschlauchs? Die Taschenlampe? Die Klebebandrolle? Einen schweren, leeren Nachtcremetiegel, den es nicht zerbrechen kann? Den Staubsauger? (Nicholas pflegte nur dazustehen und den Griff träumerisch und respektvoll festzuhalten, eine halbe Stunde lang.) Oder Ihre alte Handtasche? Warum soll das Baby nicht einen ganzen Tag in einem Koffer sitzen? Je mehr Sie ihm vorenthalten, desto größer wird die Feindseligkeit zwischen Ihnen und Ihrem Kind, desto öfter müssen Sie sich ärgern. Der Trick besteht darin, nicht allzu viele verbotene Dinge in seinem Blickfeld zu belassen – oder ihm wenigstens nicht vor Augen zu führen,daß diese Gegenstände transportabel sind. Jahr für Jahr erscheinen in den Zeitungen Artikel mit Überschriften wie „O BABY!" oder „DER TERRORKNIRPS!" Sie handeln von kleinen Kindern, die ab ihrem ersten Geburtstag (wobei die Berichte mit Ausrufezeichen gespickt sind):

die Stereoanlage ZERTRÜMMERTEN!

das Badezimmer ZUM ÜBERSCHWEMMEN BRACHTEN und wertvolle Möbel ruinierten!

Papa 1000 DM KOSTETEN, weil die Wände neu tapeziert werden mußten!

ein ZWANZIGTAUSEND DM-AUTO ZERKRATZTEN! Und so weiter.

Wenn die Eltern interviewt werden, behaupten sie voller Stolz: „Er muß der schlimmste Junge im ganzen Land sein! Wir wissen gar nicht, wo wir zuerst hinschauen sollen! Er kostet uns Tausende!" An alledem sind diese verrückten Leute selber schuld. Jeder, der Bleistifte neben teure Tapeten legt, Blumenvasen auf Stereogeräte stellt, Badezimmertüren offenläßt oder auf andere Weise Methoden wählt, um ein Chaos heraufzubeschwören, ist einfach zu naiv, um ein Baby zu bekommen. In solchen Fällen muß man stets mit dem Allerschlimmsten rechnen.

Baden. Wie wir festgestellt haben, kann man ein Baby, das gerade Sitzen gelernt hat, am besten in einem großen Eimer baden. Darin wird der Rükken gestützt. Das Gefäß bildet genug Sicherheit und viel Platz zum Planschen. Unser Eimer stand in einem Boot, aber Sie können ihn auch in die Badewanne stellen, wenn Sie heißes Wasser sparen wollen. Beim Baden zu Hause ist es am wichtigsten, daß man stets in der Nähe bleibt. Das Baby glaubt, sich in einem Laufställchen voller Wasser zu befinden, während man ihm Gesellschaft leistet und irgendwas Beruhigendes tut – zum Beispiel Fingernägel lackieren oder Haare waschen. Ich selbst lese Kurzgeschichten und spiele dabei mit den Gummienten.

Mahlzeiten. Manche Leute breiten Zeitungen oder Plastiktücher unter dem Babystuhl aus, aber ich mache lieber all das sauber, was ich mag – zum Beispiel das Haus und die Babys – statt der ekligen Plastiklappen. Eine Freundin folgt diesem Prinzip bis zum Extrem. Sie sagt, sie wäscht ihre Kinder so gern, denn die liebt sie, haßt es aber, Kleider und klebrige Schlabberlätzchen zu waschen. Deshalb zieht sie die Kleinen splitterfasernackt aus, ehe sie gefüttert werden, manchmal im Bad. Ein sanftmütiger, hungriger Hund, der um den Babystuhl herumschleicht, kann eine große Hilfe sein.

Was das Essen betrifft, so gewöhnen sich die Babys viel schneller daran, mit den Fingern zu essen, als Sie glauben. Nachdem ich mein Gewissen mit ein paar Löffeln nahrhaften Babybreis beruhigt hatte, schnabulieren meine Kinder seit dem sechsten Monat ein Durcheinander aus gegrilltem Käse, Brot und Honig, Erbsen, Gurkensandwiches, Möhren, Äpfeln, Sellerie, Salami (in bescheidenem Maß), kalten Fischstäbchen, Würstchen, salzlosen Crackers, Vollkornnudeln in allen Formen, Avocados und Toast.

Am wärmsten empfahlen mir die fünfzig Mütter, die Fragebögen ausfüllten, die Mikrowellengeräte. „Mikrowelle – Pürierstab – Gefrierschrank – Mikrowelle – Baby", schrieb eine kurz angebunden. Dafür braucht man nicht reich zu sein. „Ich bezahlte meinen Mikrowellenherd, indem ich aushilfsweise bei einer Tankstelle arbeitete, während Carla, als sie noch ganz klein war, in meinem Auto schlief", erinnert sich eine Freundin. „Dann nahm ich für ein paar Monate einen Untermieter auf, so daß ich mir eine Geschirrspülmaschine kaufen konnte." Alles, was die Zubereitung der richtigen Babykost weniger langweilig und mühsam gestaltet, ist hilfreich – nicht zuletzt, weil es den Ärger in Grenzen hält, wenn Ihr Kind das Zeug nicht essen will. Falls Sie schon in der Anfangsphase einen neurotischen Kampf ums Essen zulassen, wird er jahrelang dauern. Wenn meine Kinder in den Hungerstreik treten, päpple ich sie ganz einfach zur Schlafenszeit mit einem Glas warmer Milch auf, gebe ihnen Vitaminbonbons und hoffe das Beste.

Die Löffel stellen ein besonderes Thema dar. Manche Babys grapschen lange, ehe sie damit essen können, nach diesen Gegenständen. Rose entwickelte ein System, indem sie nach dem einen Löffel griff, während ich ihr einen anderen mit Brei in den Mund schob, worauf sie letzteren packte. Also holte ich noch einen dritten, in der Überzeugung, mit zwei vollen Händen hätte sie keine Kraft mehr zum Grapschen. Wonach sie Löffel Nummer eins fallen ließ um sich Löffel Nummer drei anzueignen – und so begann die Phase, in der sie mit den Fingern aß. Laut einer raffinierten alten Kinderfrau hätte ich ihr Brotstücke in beide Hände drücken sollen, denn sie wären wahrscheinlich nicht auf dem Boden gelandet. Nächstes Mal werde ich's besser wissen. Eins muß man stets bedenken – sogar das trägste Baby lernt irgendwann, einen Löffel zu benutzen. Falls es Ihnen Spaß macht, ihm möglichst früh eine Gelegenheit dazu zu geben, könnte es mit neun Monaten gewisse Fertigkeiten eines Verputzers erlangen. Wenn Sie die Bescherung nicht verkraften, spielt das keine große

Rolle. Löffeln Sie einfach weiter.

Bedauerlicherweise liegt der glücklichste Umstand während dieses Stadiums außerhalb Ihrer Kontrolle. Kahle Babyköpfe kann man einfacher saubermachen als dichtbehaarte.

Der Sonntagnachmittag. Diesen Absatz füge ich nur ein, um eine wundervolle, von Chris Serle, seiner Frau Anna und ihrem Baby Harry praktizierte Idee zu erwähnen. Chris und Anna sitzen mit den Sonntagszeitungen im Laufstall vor dem Kamin, trinken Tee und reichen Harry Krapfen durch die Gitterstäbe. Der Junge hat das ganze restliche Zimmer für sich allein, ist vor dem Feuer sicher und kommt nicht an die Zeitungen heran. Alle lieben diese Stunden.

Schlafenszeit – die einzigartige, allergrößte Errungenschaft des ersten Jahres, wenn's damit klappt. Nichts macht das Leben erträglicher als ein Baby, das gern in sein Bettchen geht und dort bleibt. Es lohnt sich, einige Mühe auf sich zu nehmen, diesen Zustand zu erreichen und dem Teufelskreis zu entrinnen, der aus Tränen und Warten besteht – während man immer wieder nach oben läuft, das Baby noch mehr aufregt, wieder hinuntergeht, auf den nächsten Schrei lauscht ... Ob Sie beim Schlafengehen mit einem kleinen Teufel zu tun haben oder nicht, ist reine Glückssache. Unser erstes Kind quälte uns ein Jahr lang so erbarmungslos, daß wir es kaum allein zu lassen wagten, nicht einmal mit der Tagesmutter, die ihm bekannt war – nachdem der Junge sie eines Abends mit seinem Geschrei so weit getrieben hatte, daß sie trotz ihrer langjährigen Erfahrung mit ihm über die Straße zu einer Nachbarin gelaufen war, um Hilfe zu erflehen. (Übrigens beruhigte er sich sofort, sobald sie das Haus verlassen hatten. Babys sind sehr empfänglich für eine veränderte Atmosphäre – selbst wenn es sich nur um eine regennasse Straße handelt –, wenn sie bereits die gewohnte Umgebung mit ihren eigenen panischen Vibrationen gefüllt haben.) Gewöhnliche Babysitter kamen nicht in Frage. Neidvoll beobachteten wir unsere Freunde, die ihre sechs Monate alten Kinder einfach irgendwelchen Schulmädchen anvertrauten und ins Kino gingen, ohne einen Blick zurückzuwerfen. Offenbar machten wir etwas falsch – schrecklich falsch.

Dann kam das zweite Kind zur Welt, sah sich um und versank prompt in einem Tiefschlaf, aus dem es zwei Monate lang kaum erwachte, abgesehen von den Zeitpunkten, wo es gestillt werden wollte. Als die nächtliche Mahlzeit nicht mehr nötig war, lag unsere Tochter friedlich in ihrem Bettchen, wimmerte nur ganz selten, wachte lächelnd auf und lutschte eine ganze Stunde glücklich an ihrem Musselindeckchen, ehe sie unruhig wurde. Plötzlich begriff ich, daß all diese sorgenfreien, selbstgefälligen Eltern gar keine Genies sind, sondern nur Glückspilze. Der Himmel stehe ihnen bei, wenn sie das nächstemal einen nächtlichen Schreihals bekommen.

Familien, die mit einem solchen gestraft wurden, sind reizbar, ganz besonders, wenn man ihnen Ratschläge gibt, die sie alle schon ausprobiert haben. Deshalb möchte ich mich vorsichtshalber entschuldigen, ehe ich von einigen Beobachtungen berichte.

- Manche Babys werden wütend, wenn man sie hin und her wiegt. Wenn Ihr Kind das nicht mag, bilden Sie sich nicht ein, Sie würden es falsch anfangen – hören Sie einfach auf. Dasselbe gilt für Wickeln, Füttern und Schlaflieder. Wenn ein Bettchen völlig gesichert und das Zimmer warm genug ist, wäre es sinnlos, sich einzumischen, auch wenn das Baby eine noch so groteske Schlafstellung einnimmt, völlig verdreht daliegt oder sich alle Decken unter den Bauch stopft. Nehmen Sie Tips aus der Kinderstube alter Schule nicht zu ernst: Es ist erst fünfzig Jahre her, seit die Mütter in die Zimmer ihrer Babys schlichen und ihnen das Kinn mit Tüchern hochbanden, um zu verhindern, daß sie durch den Mund atmeten.

- Farbpsychologen behaupten, helle, neutrale Farben würden den Babys helfen, sich zu entspannen. Ich gebe diesen Rat nur weiter. Einmal drapierte ich in meiner Verzweiflung ein hellrosa Tuch über einen grellbunten Lampenschirm, aber es fiel herunter.

- Übermüdete Babys schlafen genauso schlecht ein wie energiegeladene. Wenn Sie Ihr Baby den ganzen Tag wach halten, um auf einen „ruhigen Abend" hinzuarbeiten, wird sich vielleicht um halb sieben Uhr abends ein hysterisches, völlig erschöpftes Häufchen Elend an Sie klammern.

- Es ist nicht nötig, daß ein Baby sofort einschläft, sobald es in seinem Bettchen liegt. Manche entwickeln die fröhliche Angewohnheit, noch eine Stunde lang zu gurren, zu glucksen und zu schwatzen, um sich vom vergangenen Tag zu erholen.

- Betten und Schlafzimmer sollten kleine Paradiese sein. Wenn das Baby seine Kuscheltiere niemals in andere Räume mitnimmt, werden sie zu

Bewohnern einer warmen, träumerischen, angenehmen Welt voller Decken und Lammfellen und Bildern an den Wänden – Freunde, die man zur Schlafenszeit entzückt wiedersieht und begrüßt. Was das Bett selbst betrifft, so darf Ihr Baby niemals merken, daß dies eine Stätte ist, wo Sie es nach einem langen Tag dankbar hineinpacken, in der inständigen Hoffnung, es würde nicht lernen, daraus zu entfliehen. Wenn Sie verrückt genug sind und den Rat des Arztes befolgen, der einmal meinte, Wutausbrüche würde man am besten bestrafen, indem man das Baby in seinem Zimmer einsperrt, werden sich die panischen Vibrationen ständig steigern und jahrelang an den Wänden hängen.

- Eine nützliche Erfindung, die ein Kind ins Bettchen locken kann, ist der Baby-Alarm. Manche Eltern hassen den Gedanken, jeden Schnarchlaut und Seufzer mitzubekommen und behaupten herzlos, wenn das Baby tatsächlich schreit, wäre es ohnehin nicht zu überhören. Aber ein gutes, die Geräusche nicht verzerrendes Alarmgerät ist eine großartige Vorrichtung. Man vernimmt sogar ein ganz leises Wimmern, kann sofort eingreifen und den vermißten Teddy, der aus dem Bett gefallen ist und das Unbehagen verursacht hat, zurücklegen. Der Alarm hilft Ihnen, die Stimmung Ihres Kindes abzuschätzen, während es einschläft oder aufwacht. (Manche Babys plaudern morgens und abends eine Stunde lang fröhlich vor sich hin, und ohne den Alarm könnten wir glauben, „Muh" und „Quak" und „Papa sagt zum Teufel mit dem verdammten Auto zum Teufel zum Teufel" wären Unmutsäußerungen und keine glücklichen Erinnerungen an den vergangenen Tag.) Man merkt auch, wenn die Kinder nachts krank werden, würgen oder Kehlkopfdiphterie bekommen. Obwohl der Baby-Alarm so ein geräuschvolles Utensil ist, hilft er einem paradoxerweise, besser zu schlafen.

- Wir haben unsere Babys niemals nach der Schlafenszeit wieder nach unten geholt, sobald diese festgelegt war (wenn Sie Glück haben, etwa nach sechs Monaten). Während ich dieses Buch schreibe, ist mein Sohn fast drei und glaubt tatsächlich immer noch, wir würden um dieselbe Zeit ins Bett gehen wie er. Wenn er jemals die aufregende Abendwelt der Erwachsenen entdecken sollte, könnte es sich als verführerisch erweisen, aus dem Bettchen zu klettern und eine Invasion zu versuchen. So, wie die Dinge liegen, genießen wir geruhsame Abende ohne Kinder und können tun und lassen, was wir wollen – eine Wohltat. Daß wir gelegentlich nach oben laufen, um Meinungsverschiedenheiten mit entfleuchten Teddys zu schlichten, ein Glas Wasser zu bringen oder Füße zu retten, die zwischen Gitterstäben stecken, ist ein geringer Preis, den wir gern dafür bezahlen.

- Penelope Leach gab mir einen ausgezeichneten Rat, der Gold wert ist: Nach der Schlafenszeit muß man zwar verfügbar, aber „sehr langweilig" sein. Ich konnte das zu einer wahren Kunst vervollkommnen. Bei jedem Jammerlaut meines Sohnes gehe ich nach oben, stehe da, überreiche ihm ein Glas Wasser und tue ansonsten überhaupt nichts. Vorausgesetzt, er hat nur geschrien, weil er Gesellschaft haben wollte, wird er merken, daß es sich nicht lohnt zu brüllen, um diesen uninteressanten Zombie heraufzuholen, der nur sagt: „Du schläfst noch nicht? Großer Gott, da hast du deinen lieben Teddy, gute Nacht." Um drei Uhr nachts werde ich übrigens langweilig, ohne mich anstrengen zu müssen.

- Ein Becher warme Milch, der in den zwanzig Minuten zwischen dem abendlichen Stillen und der Schlafenszeit als Überleitung zum Bettchen fungiert, wirkt als Ritual und gutes Beruhigungsmittel.

- Komplizierte Rituale können sich in den nächsten Jahren entwickeln, ohne daß sie schon in diesem Stadium von Ihnen gefördert werden. Man muß beim Gute-Nacht-Sagen jedes Stofftier in der richtigen Reihenfolge küssen, stets dieselben drei Kinderreime aufsagen, während man die Steppdecke genau bis zu den Ecken des Bettchens zieht, aber das dürfte an Reiz verlieren, wenn das Kind fünf ist. Immerhin können gewisse Ausdrücke schon einem zehn Monate alten Baby klarmachen, daß sein Bettchen ein unausweichlicher Ort ist. „MARSCH INS BETT!" ruft Papa in einem besonderen Tonfall gutmütiger Verzweiflung, und das Kind weiß – jetzt wird's ernst. Der Tag ist zu Ende. Kismet. Eine Gnadenfrist kommt nicht in Frage.

Aber wie ich bereits erwähnte – das alles wird Sie nur irritieren, wenn Sie sich inmitten einer schlimmen nächtlichen Kampfphase befinden. Vielleicht hilft es Ihnen zu bedenken, daß Sie das Baby nur veranlassen wollen, stumm im Bett zu liegen, und daß es nicht mit aller Macht sofort einschlafen muß. Akzeptieren Sie das, dann ist schon einiges gewonnen. Eine sanfte Beleuchtung, ungefährliche Kuscheltiere, sogar ein oder zwei Bilderbücher sind vertretbare Lockmittel. Das bringt sogar einen zusätzlichen Vorteil. Wenn das Baby abends gern im Bett liegt und dabei Mobiles oder Bilder betrachtet, wird es das am Morgen ebenso willig tun. Währenddessen hören Sie im Halbschlaf per Baby-Alarm Gekreische und Gekicher. Es gibt unangenehmere Arten aufzuwachen.

Wie man Babys mit anderen Leuten allein läßt

Bis zum heutigen Tag kann ich nicht im *London Weekend Television (LWT)* arbeiten, ohne von panischem Schrecken erfaßt zu werden. Das hängt nicht mit meinem TV-Auftritt zusammen (der – verglichen mit der Mutterschaft – ein eher geruhsames Erlebnis ist), sondern ausschließlich mit Babys.

Eines Abends, als mein erstes Kind etwa drei Monate alt war, sollte ich zwei Sendungen des Quizprogramms „Tell the Truth" (Sag' die Wahrheit!) aufzeichnen. Da Nicholas voller Zufriedenheit schon mehrere Flaschen Muttermilch getrunken hatte, beschloß ich ihn zum erstenmal zu verlassen, statt die üblichen umständlichen Arrangements mit Tragetasche, Wickeltasche und der Betreuerin von der Agentur zu treffen, die in die Garderobe des Studios zu kommen pflegte. Die Aufzeichnungen sollten von siebzehn bis mindestens zweiundzwanzig Uhr dauern, das Studiopublikum, die anderen Quizteilnehmer und mehrere Mitspieler mit richtigen und falschen Identitäten (so ausgesucht, daß sie den Quizteilnehmern an diesem Abend unbekannt waren), hatten sich alle versammelt. Ersatzleute konnte man nicht einsetzen. „Tell the Truth" ist – in einem komplizierten Medium – eine der kompliziertesten Sendungen, und ich war ein Rädchen in dieser Maschinerie. Ich konnte nicht absagen, es sei denn, mein Kind wäre todkrank gewesen.

Was geschah also? Um achtzehn Uhr (vier Stunden mußte ich noch von daheim entfernt verbringen, eingesperrt in der großen LWT-Festung) rief ich zu Hause an. „Er schreit", sagte Paul, „schon seit einer halben Stunde. Ich kann nichts tun, um ihn zu beruhigen. Er will seine Milch nicht trinken. Ich weiß nicht, was ich tun soll."

Nie zuvor in meinem Leben war ich in so wilde Panik geraten. Nach wenigen Sekunden war ich schweißüberströmt, allen vernünftigen Argumenten unzugänglich, Milch floß in den BH, und ich wurde von heftigen Schmerzen geguält, als hätte ich das Baby eben erst zur Welt gebracht; ich drohte in einem stürmischen Meer voller wirbelnder Hormone zu ertrinken. Eine meiner Quizkolleginnen, eine Schauspielerin, der ich ewig dankbar sein werde, schleppte mich zu einem Stuhl und drückte mich darauf. Wir reparierten mein Makeup, dann gingen wir ins Studio. Sobald die Scheinwerfer aufflammten, schaffte ich es seltsamerweise, einigermaßen über die Runden zu kommen; aber wann immer die Aufzeichnung unterbrochen wurde, suchten mich neue Schweiß- und Milchausbrüche und Angstzustände heim. Um zehn Uhr raste ich endlich zu einem Taxi, drängte den Fahrer, im Rekordtempo zu meinem Haus zu fahren, und stürmte hinein, um mein armes Baby aus höchster Not zu retten. Das natürlich seit zehn nach sechs friedlich schlief.

Die meisten Mütter könnten Ihnen ähnliche Geschichten erzählen. Es ist schmerzlich, ein Baby das erste Mal zu verlassen; schmerzlich, wenn die Trennung zu lange dauert; schmerzlich – und zwar in jedem Entwicklungsstadium – , wenn das Baby krank oder aufgeregt oder wenn der Betreuer nicht Ihre allererste Wahl ist. Weinend saß ich in einem Zug nach London, weil ich die Babys in der Obhut einer soeben gefeuerten Kinderfrau zurücklassen mußte und kurz vor meinem Aufbruch heftig mit ihr gestritten hatte. Wie kann man seine winzigen Kinder jemandem anvertrauen, der einen haßt? Verzweifelt schwankte ich ein anderes Mal zwischen einem Kleinkind mit fiebriger Erkältung und einer Radio-Livesendung die ich hundert Kilometer entfernt moderieren sollte. (Wie schlimm ist die Erkältung? Ist sie gefährlich? Könnte sich der Zustand des Kindes plötzlich verschlechtern? Wird man mich jemals wieder engagieren, wenn ich eine Sendung nur wegen eines Schnupfens platzen lasse?) Als ich eines Tages nach Hause fuhr, um mein Baby zu stillen, ging mir auf einer einsamen Landstraße das Benzin aus. Ich schleppte meinen Mann von einem pompösen formellen Jachtclubdinner weg (*bevor die Reden gehalten wurden*, o Graus), weil mich eine unbestimmte, aber böse Ahnung bezüglich des Babys zu Hause erfaßt hatte. Übrigens glaube ich, Paul hat an jenem Abend zum erstenmal so richtig begriffen, daß die Vater- und Mutterschaft das ganze Leben verändert, und zwar für immer. Trotzdem hatte mich mein Anstandsgefühl nicht restlos verlassen. Ich wartete bis nach dem Eröffnungstoast, ehe meine Knie zu zittern begannen. Oh, es ist grauenvoll ein Baby zu verlassen.

Grauenvoll – wenn es nicht großartig ist! Ich habe auch erlebt, mit welch unnachahmlich leichtfüßigen Schritten man eine Straße hinabwandern kann, ohne Buggy, ohne Tragetuch, ohne eine Tasche voller Babywischtücher; wie schön es ist, in einem Büro voller erwachsener Leute zu sitzen, denen nicht ständig die Nase läuft. Ich stieß Freudenschreie aus, wenn ich ohne Babytragetasche zu einem Dinner gehen durfte, wühlte fröhlich mit beiden Händen in Läden herum (und in voller Konzentration), endlich befreit nach monatelanger Sklaverei. Ich schaute in Zugabteile voller wimmernder Babys und pries den Himmel, weil kein einziges davon mir gehörte. Und nach etwa einer Stunde kam ich bestens erholt nach Hause, um den Faden wieder aufzunehmen. Wenn man sich angewöhnt, seine Babys manchmal anderen Leuten zu überlassen, und die richtigen Arrangements trifft, wird man plötzlich von ganz neuer Lebensfreude erfüllt. Und wenn Sie's nicht lernen, stehen Ihnen und dem Baby schlimme Zeiten bevor, wenn Sie zum Beispiel ein zweites bekommen und ins Krankenhaus müssen. Selbst die opferwilligste Ganztagsmutter, die immer zu Hause bleibt, muß die Kunst erlernen, ihr Baby in andere Hände zu geben. Deshalb habe ich dieses Thema mit Absicht vom noch heikleren Bereich „Berufstätige Mütter" getrennt und hier eingefügt, denn je früher Sie anfangen, sich vorübergehend von Ihrem Kind zu trennen, desto leichter fällt es allen Beteiligten. Als ich meine Mütterdiskussionsrunde, lauter sehr vernünftige, liebevolle, verantwortungsbewußte Frauen (teilweise berufstätig) nach der besten Methode befragte, ein Baby für ein paar Stunden mit einer Betreuerin, einem Kindermädchen oder einer Verwandten, allein zu lassen, bekam ich keine übereinstimmenden Antworten.

„Verabschieden Sie sich fröhlich und fest entschlossen", sagte eine Mutter. „Kein Geschrei, kein Schluchzen, keine traurigen Gesichter. Gehen Sie einfach." Eine andere riet munter: „Verschwenden Sie keine Zeit, gehen Sie." Aber die dritte meinte: „Man muß dem Baby Zeit lassen, sich an die veränderte Situation zu gewöhnen, und darf nicht einfach verschwinden." Essen als Seelentrost fand eine starke Lobby. „Gehen Sie, wenn das Baby gerade seinen Lieblingskeks zu essen anfängt", empfahl die eine, und eine andere:. „Stopfen Sie ihm den Mund voll, und laufen Sie!" „Man muß sich immer verabschieden", sagte eine Mutter, während eine andere den Rat erteilte: „Schleichen Sie lautlos davon, wenn das Baby gerade woanders hinschaut."

Wenn man auf alle diese Frauen hört, wird man so verwirrt, daß man in Tränen ausbricht, das Baby schrecklich aufregt, und schon ist alles verloren. Trotzdem – *jede einzelne dieser Mütter hat recht.* Diese profunde Wahrheit wurde mir eines Tages klar, als ich mit meinem zweijährigen Sohn auf dem Boden saß und vorsichtig erklärte, Mami müßte nach London fahren, und wenn er morgen aus seinem Mittagsschlaf erwachte, würde er einen kleinen Hubschrauber bekommen; bevor ich mich dann zum Auto hinausstahl, bedeutete ich der Tagesmutter hektisch, meine einjährige Tochter abzulenken – verschiedene Babys erfordern in verschiedenen Altersstufen verschiedene Taktiken, wenn man sie für einen gewissen Zeitraum verlassen will. Ein ganz kleines Baby kann man relativ leicht überlisten, mit einer Methode, die schon viele Mütter praktiziert haben. Geben Sie der Betreuerin Ihren Pullover, oder besprühen Sie sie mit Ihrem Parfüm. („Teuer, aber es lohnt sich!") Ein älteres Baby wird von einer solchen Ersatzperson wahrscheinlich zu Schreikrämpfen getrieben. Mein Sohn gerät jedesmal in helle Aufregung, wenn Papa nicht da ist, und wenn er einen Mann sieht, der die gleichen dunklen Locken hat wie sein Vater. Neugeborene Babys reagieren instinktiv, ältere finden heraus, daß sie nur eine Mama haben, die immer wiederkommt, und daß die Ersatzpersonen akzeptabel sind. Eine verkleidete Ersatzmutter kann beängstigend wirken – Mama und doch nicht Mama, igitt!

Die Methode, davonzuschleichen, wenn das Baby gerade wegschaut, funktioniert monatelang. Aber der Moment, wo die Tür ins Schloß fällt, ist so schrecklich, daß man ihn dem Baby ersparen sollte. Sobald das Baby einiges mitbekommt (bei meinem ersten Kind geschah das, als es genau achtzehn Monate alt war), wird es – wenn Sie sich öfter klammheimlich davonmachen – bald glauben, Sie könnten das jederzeit tun, und Ihre Gesellschaft nie mehr genießen, weil es sich fragt, wie lange dieses Glück wohl dauern mag. Dann gibt es auch die Technik „Noch ein letztes Spiel". Ihr Erfolg hängt von der augenblicklichen Stimmung des Kindes und seiner Entwicklungsstufe ab. Wenn die Mutter das Baby auf den Schoß nimmt und noch eine letzte Geschichte erzählt, ist das eine angenehme Bestätigung der Macht, die es über Mama ausübt. Manchmal kann das den Trennungsschmerz aber auch verlängern. An einem Dienstag, bevor ich für vierundzwanzig Stunden nach London fahren mußte, sagte Nicholas doch tatsächlich: „Mama, geh *jetzt*." Er wollte es hinter sich bringen.

Je besser Sie Ihr Baby kennen und je näher Sie ihm stehen, desto einfacher ist es paradoxerweise, es mit anderen Leuten allein zu lassen. Denn Sie wissen bis ins kleinste Detail, wie Sie das am besten hinkriegen und ob es ihm was ausmachen wird. Wenn man behutsam zu Werke geht, wird es die Trennung gut überstehen. Einer der vernünftigsten Ratschläge, die ich bekam, als ich gerade anfing, mein Baby kurzfristig zu verlassen, lautete: „Erwarten Sie nicht, daß es Ihr Baby stört, wenn Sie gehen, und seien Sie nicht beleidigt, wenn es das mit Gleichmut hinnimmt." Offen gestanden – erstaunlich viele Babys, die noch nicht achtzehn Monate alt sind, verbringen frohgemut einen Vormittag, sogar einen ganzen Tag mit einer halbwegs vertrauten Betreuerin. Manchmal habe ich sogar das Gefühl, sie empfinden das als nette Abwechslung ...

Aber Ihr Baby ist Ihr Baby und nur Sie (und nur

dann, wenn Sie sich konzentrieren) finden die beste Methode, es für eine Weile zu verlassen. Hier sind ein paar nützliche Überlegungen für den Augenblick der Wahrheit:

- Die jüngsten Forschungsergebnisse haben bestätigt, was erfahrene Eltern wahrscheinlich schon wissen: Sogar ganz kleine Babys können verstehen, daß die Eltern sie sehr, sehr lieben. Wenn Sie dem Kind Ihre Liebe zeigen, wann immer Sie es sehen, wird es Ihre Abwesenheit leichter ertragen. Wenn Sie sich schuldig und deshalb elend fühlen, wird das Baby es merken und ebenfalls leiden.

- Sogar Babys und Kleinkinder, die vor Wut brüllen, wenn die Mutter weggeht, beruhigen sich im allgemeinen sofort, nachdem sie verschwunden ist. Was man von der armen, von Magenkrämpfen geplagten Mutter, die weinend zur Bushaltestelle geht, nicht behaupten kann. Manche Leute haben ein Spezialsystem entwickelt. Sobald das Gebrüll verstummt, hängt die Betreuerin einen Luftballon oder eine Flagge ins Fenster. Und die Mutter kann dann draußen im Regen, mit fahlem Gesicht, wie die Heldin eines Films über die französische Resistance, nach oben blicken, erkennen, daß die Luft rein ist, die Straße hinabgehen und in *La Libération* schwelgen.

- Betreuerinnen – Kindermädchen, Omas, Nachbarinnen – schätzen es vielleicht nicht besonders, wenn sie eingehend nach allen Ereignissen während Ihrer Abwesenheit befragt werden und genau schildern müssen, womit das Kind aufgeheitert beziehungsweise den ganzen Tag beschäftigt wurde und ob es von Ihnen gesprochen hat. Aber es ist Ihr gutes Recht, so zu verfahren, wann immer Sie wollen. Denn Sie stellen ein persönliches Dossier über das Verhalten Ihres Kindes in Ihrer oder in der Gesellschaft anderer auf.

- Schwierige Babys beruhigen sich leichter in der gewohnten Umgebung. Eine Freundin, die sich nur eine Gemeindeschwester leisten konnte, überredete sie, in ihr Riesenhaus zu kommen und drei andere Schützlinge mitzubringen. Diese brachten das Haus ein bißchen durcheinander, aber das dort beheimatete Baby genoß das sehr, die Betreuerin freute sich über die Abwechslung, und den anderen Eltern schien es nichts auszumachen. Aber solche Arrangements kommen sehr selten vor.

- In der ersten Zeit, wo ich das Baby um neun Uhr morgens einer Tagesmutter übergab (es war drei Monate alt), fand ich einen guten Kompromiß zwischen der Taktik, länger dazubleiben, und der Methode, heimlich davonzuschleichen. Ich ließ die Tagesmutter eintreten, setzte ihr das Baby auf die Knie und wartete auf *das erste Lächeln des Wiedererkennens.* Sobald das erfolgt war, wagte ich zu verschwinden. Die längste Wartezeit betrug zwölf Minuten, und ich verpaßte deshalb meinen Zug, aber *nach* dem Lächeln fühlte ich mich viel besser.

- Es ist keineswegs albern, jeden Babysitter über alle potentiellen Notfälle zu informieren. Trotzdem kommt man sich manchmal ein bißchen dumm vor. Eines Abends ging ich mit den Worten aus: „Wir sind bei der Horse Show. Wenn was passiert, wird uns die Lokalpolizei in der Arena ausrufen lassen. Die Telefonnummern von Polizei und Feuerwehr stehen in dem schwarzen Buch neben dem Apparat. Auch die Nummern des Hausarztes und aller seiner Vertreter. Ann wohnt weiter unten an der Straße. Sie war mal Missionsschwester, und ihr Mann hat einen gutbestückten Werkzeugkasten." (Das war zu der Zeit, als wir dachten, er müßte vielleicht einmal seine Blechschere benutzen, um die Kuchenform von Nicholas' Kopf zu entfernen.) – „Nancy, die Nachbarin, weiß über den Sicherungskasten auf dem Dachboden Bescheid, falls es einen Kurzschluß gibt. Wenn Rose weint, hat sie wahrscheinlich ihr Kuscheltier verloren. Wenn Nicholas noch Hustensaft braucht, darf er ihn nicht vor halb elf bekommen. Oh, und wenn das Haus niederbrennt, und Sie die Kinder hinausgebracht haben, sagen Sie doch bitte den Feuerwehrmännern, daß eine verwaiste kleine Ente in einem Karton oben im Arbeitszimmer sitzt. Vielleicht kann man sie noch rausholen, da steht eine Leiter im ..." Und so weiter. Dabei fühlt man sich ein bißchen wie James Thurbers Tante, die Nacht für Nacht alle ihre Habseligkeiten vor der Schlafzimmertür aufhäufte, damit die Einbrecher sie nicht umbrachten. Aber irgendwie sichert man sich damit einen einigermaßen vergnüglichen Abend.

- Eine weitere große Beruhigung ist es für abwesende Eltern, wenn sie der Betreuerin eingeschärft haben, im Krankheitsfall sofort den Arzt anzurufen und gar nicht erst zu versuchen, Sie in einem weit entfernten Büro mit ständig besetzten Telefonleitungen zu erreichen. Erklären Sie ihr auch, daß Ärzte dafür *bezahlt* werden, wegen gewisser Symptome kleiner Kinder aus ihrer Ruhe aufgestört zu werden. Einmal brachte ich Nicholas um halb acht Uhr morgens ins Krankenhaus. (Die Praxis des Hausarztes war geschlossen, ich hatte kein Transportmittel, und mein Kind hatte sich den Kopf an der Babyalarmbox aufgeschlagen.) Ich lief um die Ecke aufs Polizeirevier und veranlaßte die Beamten, mir einen Wagen mit Fahrer zur Verfügung zu stellen. Zuerst sagten sie immer wieder: „Oh, Sie brauchen einen Krankenwagen", und ich mußte mit dem Fuß aufstampfen. In der Klinik erklärte man mir auf der Unfallstation (wo massenweise grämliche Betrunkene herumsaßen): „Oh, vor halb neun kommt kein Arzt." Ich mußte wieder mit dem Fuß aufstampfen und drohen, ich würde mich bei der Ärztekammer beschweren. Da dies eine Klinik wäre, müßte doch verdammt noch mal irgendwo ein Arzt sein, und sich um ein zwei Monate altes Baby kümmern, das am Kopf stark blutet. Und dann erschien eine Ärztin und nähte die Wunde. Sogar die grämlichen Betrunkenen klatschten Beifall. Wäre ich eine scheue, höfliche, unsichere kleine Neunzehnjährige gewesen, hätte ich vielleicht eine Stunde lang dagesessen, dem Baby das Blut von der Stirn getupft und Angst vor einer Gehirnerschütterung gehabt. Seit damals suche ich mir nur Kinderbetreuerinnen mit zähem, unwirschem, hartnäckigem Charakter aus und gebe ihnen mit gewissen Verhaltensmaßregeln zusätzliche Kraft. Wie die Ärzte uns hassen müssen ... Tut mir leid.

- Wenn man über Nacht wegbleibt, ist eine etwas andere Technik erforderlich. Wenn Sie davonschleichen, nachdem das Baby ins Bett gebracht wurde, haben Sie viele Stunden Vorsprung. Aber achten Sie wie ein Habicht auf Anzeichen für die beginnende Überzeugung, Sie würden *immer* verschwinden, sobald es einzuschlafen wagt, und kämpfen Sie dagegen an. Sonst bekommen Sie ein Einschlafproblem.

- Seien Sie nicht allzu beleidigt, wenn das Baby nach einer längeren Trennung häßlich zu Ihnen ist oder Sie ignoriert. Dergleichen ist weit verbreitet, und es geht wieder vorbei. Aber so lange es andauert, ist es grauenvoll. Einmal fuhr ich von London nach Hause, voller Sehnsucht nach meinen Kleinen, und wurde mit eisigem Schweigen und ostentativ um den Hals der Tagesmutter oder des Papas geschlungenen Armen empfangen. Normalerweise gibt es später im Badezimmer einen Riesenwirbel, und dann sind wir alle wieder Freunde.

- Wenn Sie ohne das Baby in Urlaub fahren wollen (berufstätige Mütter scheinen solche Wünsche nur selten zu hegen, Hausfrauen haben es vielleicht nötiger), tun Sie es, bevor das Baby achtzehn Monate alt wird. Wenn das schwierige Stadium der Zweijährigen näherrückt, leidet das Kind immer stärker unter der Trennung, hat ein ausgeprägteres Zeitgefühl und unterliegt immer öfter dem Irrtum, es wäre für immer verlassen worden. Zwei Wochen im Ausland, während die Oma das einjährige oder jüngere Baby versorgt, können hingegen wie ein Elixier wirken. Aber zwei Wochen im Ausland, gefolgt von Nachtwachen, Wutanfällen und herzzerreißenden Fragen wie: „Hat Mama mich auch lieb?" erinnern eher an einen Schierlingsbecher.

- Zum Schluß möchte ich meine Mutter zitieren. Vor der ersten Nacht, die sie allein mit meinen beiden Babys verbrachte, meinte sie mit einem engelsgleichen Lächeln: „Wir werden's *überleben*, meine Liebe. Ich kann dir nicht versprechen, ihnen diese modernen Anzüge richtig anzuziehen oder deinen Mikrowellenherd zu benutzen, aber morgen früh werden wir immer noch da sein – vollkommen glücklich auf unsere eigene Art." Und genauso war es auch.

Doppelbelastung – Berufstätige Mütter

Niemand scheint allzuviel von Müttern zu halten, die bezahlte Arbeit verrichten, solange die Kinder noch unter sechs sind (abgesehen von den Kindern selbst). Die „Mutter-Erde"-Lobby lächelt mitfühlend und meint abwechselnd: „Oh, das muß ja schrecklich für Sie sein" und: „Natürlich, jeder hat andere Wertmaßstäbe, aber sie sind ja nur ein paar Jahr *so* klein, und gerade diese Zeit ist *so* wichtig." Die Chefs, die man um Mutterschaftsurlaub und eine Garantie für die Wiedereinstellung bittet, pflegen zu sagen: „Oh, wenn das Baby erst mal da ist, werden Sie ganz anders darüber denken. Die Hormone, wissen Sie ..." Potentielle Arbeitgeber stöhnen mißtrauisch bei dem Gedanken an tränenüberströmte Frauen, die täglich mehrmals auf Firmenkosten daheim anrufen und vor Dienstschluß weglaufen, zur Kindertagesstätte. Die Regierung predigt unaufrichtig von der Bedeutung der Familie, weil sie einen Vorwand braucht, um die Kosten für die Kindertagesstätten der Gemeinden, auf die arme Bürger angewiesen sind, verringern zu können. Selbst Ehemänner stehen ihren unglücklichen berufstätigen Frauen manchmal feindselig gegenüber. („Das wirft kein gutes Licht auf *mich*, wenn *sie* die Kinder irgendwo abgibt und arbeiten geht", sagte einer voller Verachtung, als er leicht beschwipst war.) Sogar scheinbare Verbündete können mit gespaltenen Zungen reden: Zeitungsartikel über berufstätige Mütter konzentrieren sich ostentativ auf Schulwege, Schlüsselkinder, Krippenspiele, Turnsachen und andere Aspekte, die ausschließlich die über Fünfjährigen betreffen.

Und ständig sagt irgend jemand: „Ich finde es bewundernswert, wie Sie das alles schaffen ...", und dabei klingen ganz deutlich die unausgesprochenen Worte mit: „... diese arrogante, egoistische Kuh." Wenn Sie Ihr Kind einem Kindergarten anvertrauen, rümpfen selbstgerechte Mütter die Nasen und stellen sich überfüllte, vor Schmutz starrende Pflegestellen vor. Wenn Sie eine Tagesmutter beschäftigen, glauben die Leute ärgerlicherweise, Sie würden Ihr Baby weder nachts noch tagsüber anrühren und seien stinkreich. Wenn Sie das Kind an den Arbeitsplatz mitnehmen und in der Mittagspause diskret stillen, macht die Belegschaft abfällige Bemerkungen und erklärt, Sie würden sich „zur Schau stellen" und wollten „alles auf einmal haben".

Am besten akzeptieren Sie die Tatsache, daß eine Mutter immer unrecht hat, vor allem, wenn sie arbeitet. Warum tut man's dann? Warum widmet man diese paar Jahre nicht den Kindern und kehrt später in den Beruf zurück? Dafür gibt es viele Gründe. Wie ich zugeben muß, war mein ursprüngliches Motiv die Überzeugung, daß ich unmöglich Tag für Tag mit winzigen Kindern isoliert bleiben könnte, ohne den Verstand zu verlieren. Jetzt bin ich mir nicht mehr so sicher. Während ich an meiner Schreibmaschine sitze und mir überlege, daß ich morgen wieder quer durch London vom Bahnhof zum Studio hetzen muß (ich hetze mich immer ab, weil ich daheim bleibe, bis meine Kinder aufstehen, damit ich ihnen einen Abschiedskuß geben kann), sehe ich durch mein Fenster ein unbeschwertes Mädchen in Jeans, das mit meinen Kindern auf dem sonnenhellen Rasen herumtobt. Und dieses Mädchen verdient das Geld, das *ich* verdienen muß, indem ich mich durch die Rush Hour kämpfe. Später wird meine Tagesmutter Kaffee trinken gehen und sich bei einem Treff von Müttern und Kleinkindern vergnügen, während ich ein langwieriges, mühsames, von ständigen Störgeräuschen unterbrochenes Telefongespräch mit einem bornierten Zeitschriftenredakteur führe. Und gerade heute sieht das Gras da draußen besonders grün aus. Andererseits wage ich anzunehmen, daß die meisten Frauen in den zahlreichen Mütter- und Kleinkinder-Gruppen, die ihren mißgelaunten Sprößlingen andauernd Tränen abwischen und die Rotznasen putzen, meinen Lebensstil viel erstrebenswerter finden. Und es gibt tatsächlich Augenblicke, wo es eine wahre Wonne ist, diesem zahnenden, quengelnden, undankbaren Zirkus zu entfliehen.

Ein besserer Grund ist das Geld: Gut 40 Prozent der Frauen in der Bundesrepublik Deutschland mit Kindern älter als sechs Jahre sind berufstätig, Mütter von jüngeren Kindern sind es nur zu einem Drittel (Zahlen von 1983). Es ist offensichtlich, warum; abgesehen von den natürlichen Banden ist die Betreuung von Kindern im Vorschulalter ein so anstrengender Job, daß man sehr gut verdienen muß, um jemanden bezahlen zu können, der das macht. Manche Frauen (ich kenne eine, die jetzt eine erfolgreiche Redakteurin ist) haben fünf Jahre lang für ein Gehalt gearbeitet, mit dem sie gerade die Kosten für die Kindermädchen und die Fahrten vom und zum Arbeitsplatz decken konnten. Jene Redakteurin hatte sich dazu entschlossen, „um auf der Karriereleiter zu bleiben". Die meisten Mütter würden das nicht tun und, zumindest in den ersten fünf Jahren, sagen: „Zum Teufel mit der Karriere!" Fast alle berufstätigen Mütter arbeiten wegen des zusätzlichen Einkommens. Man muß nicht unbedingt ums tägliche Brot kämpfen, um etwas mehr Geld zu brauchen. Vielleicht wohnt man in einem

Haus, für das die Hypothek noch nicht abgezahlt ist. Oder man hat einen Ehemann, dessen Arbeitsplatz gefährdet ist, oder er will beruflich kürzer treten, um mehr Zeit für die Kinder zu finden. Eine Mutter kann auch arbeiten, um für die Erfüllung heißer Familienwünsche zu sparen – man will aufs Land ziehen oder auswandern, ein Boot kaufen oder eine Wohnung für die Oma anbauen. Was für einen Grund Sie auch immer haben mögen – es ist sinnlos, sich schuldig zu fühlen. Und wenn Sie tatsächlich von Gewissensbissen geplagt werden – unternehmen Sie irgend etwas Drastisches, verkaufen Sie das große Haus, bügeln Sie daheim die Wäsche anderer Leute, oder tippen Sie, arbeiten Sie nachts, seien Sie tagsüber Mutter, werden Sie selber bezahltes Kindermädchen, nehmen Sie einen Untermieter ins Haus, tun Sie irgendetwas. Sollten Ihnen diese Vorschläge noch grausiger erscheinen als Ihr derzeitiger Lebensstil, liegt die Vermutung nahe, daß Sie bereits die beste Lösung gefunden haben. Warum fühlen Sie sich dann schuldig?

Wenn Sie zu Ihrem eigenen Vergnügen arbeiten (ein paar tun das), geben Sie so viel Geld wie nur möglich für eine liebevolle, brillante Tagesmutter aus. Tagtäglich schlägt irgendwo eine leibliche Mutter ihre Kinder oder vernachlässigt sie – während woanders eine Pflegemutter oder ein Kindermädchen ein kleines Kind restlos glücklich macht. Der leiblichen Mutterschaft muß nicht unbedingt ein magisches Element anhaften. Aber die Verantwortung ist nicht übertragbar. Wenn Sie versuchen, diese Verantwortung abzuwälzen – die Pflicht, vierundzwanzigstündige Liebe und Aufmerksamkeit *wenigstens zu arrangieren* –, werden Sie sich wahrscheinlich elend fühlen. Wenn nicht, sind Sie viel zu hartherzig, um dieses Buch zu lesen ...

So wie der Beamte der Bahn einmal sagte, als ich mich erbot auszusteigen und den Zug in die nächste Station zu schieben: „Das ist normalerweise nicht nötig". Berufstätigkeit, verbunden mit Mutterschaft, erfordert nichts als einen gigantischen jahrelangen Kompromiß und Ihren fast völligen Verzicht auf Freizeit. Man muß Organisationstalent besitzen und Opferbereitschaft aufbringen. Ein selbstsüchtiger Entschluß ist es nicht, wenn eine Mutter arbeitet, oder nur sehr selten. Und niemand wird Mitleid mit Ihnen haben. Ein paar Leute werden unhöflich genug sein, um Ihnen ins Gesicht zu sagen, Sie wären „geldgierig", und viele Frauen werden etwas ähnliches in der Geborgenheit ihrer Küche murmeln. Die vergessen, daß es auch für Sie eine Küche gibt und daß dort am Ende eines langen Arbeitstages das ungespülte Geschirr auf Sie wartet.

Die Arbeitsmöglichkeiten für Mütter lassen sich sehr gut in Kategorien einteilen:

1. Arbeit außer Haus. Aufbruch ins Büro! Bevor die Karrierefrau, vom Designer gestylt, den Aktenkoffer in der Hand, zu ihrem BMW eilt, küßt sie eine Reihe rosiger, lächelnder kleiner Gesichter und teilt der rosigen, lächelnden Tagesmutter mit, welche hausgemachten Delikatessen sie zu Mittag für die Kinder aus der wohlgeordneten Gefriertruhe nehmen soll. Im Büro wird sie bereits von ihrer Sekretärin erwartet, die hören möchte, welche scharfsinnigen Entscheidungen bezüglich der Morgenpost getroffen werden sollen. Welch Superfrau! Bewundern wir nicht jeden einzelnen Nadelstreifen an ihrem korrekten Kostüm, während sie zuversichtlich auf Werbefotos oder in Broschüren über den Lebensstil der berufstätigen Frau grinst? Nein, wir bewundern sie nicht. Wir hassen sie. Wir schmusen mit unseren Babys bis zehn Minuten vor Abfahrt des Zuges, ziehen im Schlafzimmer die Kleider mit den wenigsten Schmutzflecken an, stecken die Füße in zerkratzte, flache Schuhe, und erklären der bleichen Tagesmutter, wenn ihre Zahnschmerzen schlimmer werden, soll sie das Baby bei der Nachbarin abgeben, mit dem Auftrag, es um vier Uhr bei Nummer 13 abzuliefern, wenn die Nachbarin das eigene Kind von der Krippe abholen muß, denn sie hat nur einen Babysitz im Auto, und wenn der Zahnarzt sagt, der Zahn muß morgen raus, soll die Tagesmutter *vor* halb eins im Büro anrufen, damit Mutti die Goldsmith-Effekten-Konferenz absagen und den halben nächsten Vormittag daheim bleiben kann, denn die Nachbarin *hätte* ihr den Gefallen getan, bekommt aber Besuch von einer geschwätzigen Tante und hat am Vormittag keine Zeit ... Dann hängen wir auf der Busfahrt zum Bahnhof mit heftig klopfendem Herzen am Haltegriff und überlegen, ob die Katze gefüttert wurde, ob das Kindermädchen womöglich in Ohnmacht fällt, weil es die Schmerzen im Weisheitszahn nicht mehr erträgt, und das Baby währenddessen in den Kamin kriechen könnte; mutlos und erschöpft treffen wir am Arbeitsplatz ein, sind gerade noch imstande, Kaffee zu trinken und zu schimpfen, und da bricht die Hölle los, weil wir gestern Punkt halb sechs aus einer Besprechung gelaufen sind, um rechtzeitig daheim zu sein und das Baby zu baden. Das alles ertragen wir und verfluchen die imaginäre Gelassenheit der imaginären Superfrau.

Es gibt nämlich keine wirklich bombensicheren Arrangements, was die Kinderbetreuung angeht. Reiche Leute haben es besser. Aber selbst wenn Sie über ein Kindermädchen *und* eine Haushälterin verfügen, wird der Tag kommen, wo erstere Masern hat und das Baby aus Angst vor der letzteren wie am Spieß brüllt. Und wenn Sie die beste Nachbarin von der Welt haben – der Tag wird kommen, wo sie eine Teeparty ihres Frauenclubs besucht, während das Kindermädchen gleichzeitig mit dem Kohlenarbeiter durchbrennt und Papa auf Geschäftsreise nach Peru geht. Es wird also der Tag kommen, wo Sie keine andere Möglichkeit haben, als die Babytragetasche oder das Kleinkind mitsamt einer Schachtel Buntstifte (hoffentlich keinen Nachttopf) packen und ins Büro mitnehmen müssen, wenigstens für eine Stunde. Ich habe noch nirgendwo gearbeitet, wo so etwas nicht wenigstens einmal passiert ist. (Am unbefangensten tun das Mütter in gehobenen Positionen, wobei es einen großen Unterschied macht, ob es sich um das Baby der Chefin oder das Baby der Miß Supersekretärin handelt.) Aber wenn der Fortbestand der menschlichen Rasse gesichert und Babys ordentlich versorgt werden und begabte Frauen ihre Talente nutzen sollen – dann muß irgend jemand irgendwo eben eine seltsam gurgelnde Tragetasche hinter dem Aktenschrank tolerieren.

Der Leiter einer Abteilung im „Radio 4" wickelte einmal während einer wichtigen Besprechung seinen Sohn auf dem Boden. Er behauptet, niemand hätte es bemerkt, was ich sehr eindrucksvoll finde angesichts der Tatsache, daß die Konferenz in seinem Büro stattfand und er den Vorsitz führte.

Meine eigenen Arrangements bezüglich der Babybetreuung schlugen einmal dramatisch fehl, und ich mußte Nicholas bei einer Besprechung mit zwei hohen Polizeibeamten, einen Aufsichtsbeamten von „Radio 4" und anderen Leuten stillen. Das verlief sehr diskret, im Gegensatz zu dem darauffolgenden lauten Schluckauf. Aber wir haben es alle überlebt.

Im großen und ganzen ist es aber an den meisten Bürotagen besser, keine Babyatmosphäre zu schaffen. Ausnahmen sind okay, eine ständige Aura von getrockneter Muttermilch und emotionaler Anspannung kann jedoch schädlich wirken. Hier sind ein paar Regeln zur Aufrechterhaltung Ihrer beruflichen Glaubwürdigkeit:

- Lernen Sie Ihr Tempo zu ändern. Wenn Sie abends nach Hause hetzen, müssen Sie auf den trägen Babyrhythmus umschalten, jedes Wort übertrieben betonen, dumme Witze und Geräusche wiederholen, immer wieder dieselbe kleine Hand von derselben Steckdose entfernen. Und vergessen Sie am nächsten Morgen die umgekehrte Prozedur nicht – nämlich, das Tempo wieder zu beschleunigen! Ich lache jetzt nicht mehr über die alte Geschichte von der Frau, die bei einem offiziellen Dinner neben einem faszinierenden Mann saß und zu spät merkte, daß sie ihm das ganze Fleisch vorgeschnitten hatte. Nicht mehr, seit ich Gastrednerin bei einem Dinner für Reservisten der Royal Navy war und den Portwein, der auf einer silbernen Lafette herumgereicht wurde, in die Tischmitte schob, damit das imaginäre Baby ihn nicht umstoßen konnte.

- Rufen Sie nicht ständig zu Hause an. Hinterlassen Sie statt dessen daheim die Nummer, unter der Sie zu erreichen sind. Veranlassen Sie Ihre Babysitterin, sich niemals mit den Worten zu melden: "Hier ist das Kindermädchen" falls das in Ihrem Büro ein unfreundliches Stöhnen hervorruft. Versuchen Sie es mit: „Es geht um etwas Persönliches, ich sollte zurückrufen" oder mit ähnlich neutralen Phrasen. Allerdings muß ich gestehen, daß ich in der sehr schicken, sehr babyfreundlichen *Tatler*-Chefredaktion einmal das folgende Telefonat geführt habe: „Clare? Stimmt was nicht? Er – WAS? Nein! Ein *Zahn!* Unmöglich! Ich habe nicht gesehen ... Nein, also wirklich! Das ist ja wundervoll! Geben Sie ihm einen Kuß von mir!" Eingefleischte Junggesellen erschauerten dezent im Hintergrund, elegante Moderedakteurinnen zuckten mit den Schultern. Nur eine Redakteurin, die schon erwachsene Kinder hatte, schenkte mir ein wissendes Lächeln ...

- „Erwähnen Sie am Arbeitsplatz niemals Ihre Kinder, wenn Sie nicht danach gefragt werden", riet mir eine Mutter in leitender Position. „Und wenn, seien Sie kurz angebunden. Männer reden bei der Arbeit nie von ihren Kindern." Nun, auf manche Büros trifft das zu, aber ich habe einmal bei einem Lokalradiosender voller „Neuer Männer" gearbeitet, wo die Damen sehr karrierebewußt waren und die Herren ständig über Placentas und Babynachttöpfe diskutierten.

- Eine andere Mutter empfiehlt allen Müttern, die bei Beförderungsgesprächen herausgefordert werden: „Erklären Sie dem Chef in aller Entschiedenheit, Ihre Tagesmutter würde bei Ihren Kindern die gleiche Funktion erfüllen wie seine Frau bei den seinen." Das wird dieses Ungeheuer vielleicht zum Schweigen bringen.

- „Lackieren Sie sich die Fingernägel", rät eine Mutter von drei Kindern. „Das erweckt den Eindruck, Sie wären sehr tüchtig und hätten genug Zeit für sich selbst. Ein gekonntes Make-up erfüllt den gleichen Zweck." Sexistisch, aber wahr.

- Wenn Sie Ihr Kind in eine Krippe geben, packen Sie am Wochenende eine große Tasche mit Babyutensilien voll, dann müssen Sie sich während der Woche nicht jeden Morgen neu um Fläschchen und Wegwerfwindeln kümmern.

- Und wenn Sie trotz einer häuslichen Krise ins Büro müssen: „Legen Sie Ihr Make-up auf, telefonieren Sie häufig, aber verstohlen – und wenn das nichts hilft, entwickeln Sie psychosomatische Kopfschmerzen, und fahren Sie nach Hause."

2. Teilzeitarbeit. Eine gute Möglichkeit für Mütter (auch für Väter, vielleicht wird die Familie mit zwei Halbtagsjobs eines Tages gang und gäbe sein). Schon heute werden Job-Sharing, gleitende Arbeitszeiten oder Schichtarbeit oft akzeptiert, auch andere Formen unregelmäßiger Berufstätigkeit, die Ihnen ein Einkommen und Fluchtwege sichern, ohne Sie an Wochentagen völlig vom Familienleben zu isolieren. Dabei gibt es allerdings gewisse Nachteile – wenn Sie keine verläßliche Hilfe haben, bleibt die „geteilte Hausarbeit" unweigerlich an Ihnen hängen. Viele Mütter rasen von der Nachtschicht nach Hause, um tagsüber das Baby zu versorgen. Nur ganz wenige Väter tun so etwas. Und das ist gar nicht komisch. Wenn Sie sich keine Hausangestellte leisten können – ein vertrauenswürdiges Schulmädchen, das den Kinderwagen pro Tag eine Stunde lang herumschiebt, ist auch schon eine gewisse Entlastung.

3. Heimarbeit. Auf den ersten Blick ein wunderbarer Kompromiß. Da sitzen Sie wie eine berühmte Dichterin an Ihrem Schreibtisch, umgeben von glücklich spielenden Kindern. Sie verdienen Geld und Respekt, ohne Gefühle opfern zu müssen. Sie teilen sich die Arbeitszeit selber ein. Sie können Ihr Baby immer selber baden und brauchen niemals ein fieberndes Kind allein zu lassen. Sie können aufstehen, zehn Schritte weit gehen, das Baby umarmen und dann weiterarbeiten. Zauberhaft.

Manche heroische Frauen schaffen es, daheim zu arbeiten – sie nähen, tippen, lesen Korrektur, schreiben, programmieren Computer, betätigen sich als Kunsthandwerkerinnen oder managen sogar kleine Geschäftsbetriebe. Und das alles ohne Hilfe, im Beisein ihrer Kinder, die sich im Vorschulalter befinden. „Ich habe im Laufstall gearbeitet", erzählte eine Mutter. Aber wenn in der Richtung, wo Sie das Baby zuletzt gesehen haben, eine plötzliche Stille eintritt, springen Sie mit heftig klopfendem Herzen aus dem Laufstall und ertappen den Racker, wie er Vim ißt oder eine kostbare Erstausgabe zerfleddert.

„Kassetten mit Märchen und Liedern helfen eine halbe Stunde lang" sagte eine andere Heimarbeiterin.

„Nein, das ist hoffnungslos", wurde ihr widersprochen. „Dabei habe ich nur zehn Minuten Ruhe. Dann will das Baby mit meiner Schreibmaschine spielen oder unbedingt spazierengehen."

Alle riefen im Chor: „Der MITTAGSCHLAF ist das einzig Wahre!"

Er kann, wie alle schlauen, findigen Mütter wissen, über das eigentliche Schlafbedürfnis hinaus verlängert werden. Ich erinnere mich, daß ich im Vorschulalter in mein Zimmer verfrachtet wurde, um mich „auszuruhen", und ich glaube in den Schulferien ging das so weiter, bis ich acht war. Viel später erkannte ich, wer in diesen Stunden *wirklich* seine Ruhe hatte. Trotzdem ist es in jedem Alter angenehm, eine Stunde in einem gedämpft erhellten Raum zu verbringen, mit einem Buch oder einer Spieldose. Allerdings darf man den Mittagsschlaf nie länger als zwei Tage ausfallen lassen, sonst ist es schwierig, ihn wieder einzuführen.

Ein häßlicher Nebeneffekt mütterlicher Heimarbeit (wenn man allein mit dem Kind zu Hause ist), besteht darin, daß man den Augenblick zu fürchten beginnt, wenn das Baby aufwacht, das fröhliche Glucksen, den Ruf nach Mama; und man mag es ganz und gar nicht, wenn es einem unaufgefordert auf den Schoß klettert. Das ist keine geeignete Methode, um das Leben einer glücklichen Mutter zu führen – und man beginnt die Frauen in den Büros zu beneiden, die sich daheim hundertprozentig für ihre Kinder begeistern können. Nein, man kann beruflich mehr leisten und eine nettere Mutter sein, wenn man während der Arbeitszeit einen Babysitter beschäftigt.

Falls man zu Hause arbeitet, kommt man mit der billigeren Version einer Tagesmutter aus, vielleicht mit einem angehenden Kindermädchen oder einer aufgeweckten Sechzehnjährigen; aber irgend jemanden brauchen Sie. (Vorzugsweise eine Person, die problemlos zum Bügeln und Staubwischen übergeht, während das Baby seinen Mittagsschlaf hält, wie ein Computer mit Multiprogramm. Es gibt kaum größere Ärgernisse als ein Kindermädchen das auf ihrem Bett liegt und fernsieht, während Ihr Kind zwei Stunden lang schläft.)

Wenn Sie eine festangestellte Tagesmutter vor sich selber nicht rechtfertigen können, beschäftigen Sie mehrere Babysitter, die mit Ihren Kindern zu festgelegten Zeiten gesunde Spaziergänge machen; oder beteiligen Sie sich an dem grausigen Austauschsystem, das in Wohngegenden von Mittelklasseniveau praktiziert wird und an alptraumhafte Kettenbriefe erinnert: An drei Vormittagen pro Woche schicken Sie Ihre eigenen Kinder weg, am Freitagmittag, kurz vor dem Lunch, gewinnen Sie den ersten Preis, denn da stehen plötzlich zwölf kleine Kinder vor Ihrer Tür. Eine alte Freundin war deshalb besonders verbittert, als sie feststellte, daß jeder in der gesamten Lunch- Kette die ganze Kinderschar den Au-pair-Mädchen überantwortete und sie selbst als einzige richtige Mutti im ganzen System fungierte. Und sie fand, sie hätte einen Bonus für ihre Erfahrungen, gutes Essen und einen verständlichen Akzent bekommen müssen. Auch wenn man eine Ganztagsmutter im Haus hat, schafft die Heimarbeit gewisse Probleme:

- Es ist neun Uhr morgens. Die Tagesmutter fängt zu arbeiten an, Sie wollen das gleiche an Ihrem Schreibtisch tun. Das Kleinkind denkt anders darüber. Es ist erkältet und will seine Mama bei sich haben. Um keine Szene heraufzubeschwören, lassen Sie es auf Ihrem Schoß sitzen. Als es sich endlich hinreichend beruhigt hat, um der Tagesmutter übergeben zu werden, ist sie verschwunden, um mit dem anderen Kind einen ausgedehnten Spaziergang zu unternehmen.

- Das Telefon läutet. Sie haben auf einen Anschluß in Ihrem Arbeitszimmer verzichtet, aber die Tagesmutter ist nicht schnell genug, und das Kind ist zuerst am Apparat, um Ihrem Chef was von „großen Töff-Töffs" ins Ohr zu kreischen. Ein solcher Zwischenfall (den ich am liebsten vergessen möchte) ereignete sich, als Edward Heath mich persönlich zurückrief, um mir ein kurzes Zitat für einen Artikel durchzugeben. Nicholas unterhielt den armen Mann ein paar Minuten lang mit Schweigen und dann einigen unzusammenhängenden Bemerkungen über Enten. Oh, diese Schande!

- Sie kommen gut voran, haben eine knifflige Arbeit beinahe beendet, da klopft die Tagesmutter an die Tür. Das Abflußrohr in der Küche ist verstopft, der Sandkasten des Babys deshalb überschwemmt. Niemand hat ihr beigebracht, was man mit verstopften Rohren macht, und von „schwerer Hausarbeit" steht nichts im Vertrag. Weil in *Ihrem* lebenslang gültigen Vertrag nichts unzumutbar ist, gehen Sie mit dem Sauger ans Werk, während die Tagesmutter die Kleinen um ihre Röcke schart und von Hygiene schwatzt. Bei Lady X war alles ganz anders ...

- Ein Krach, ein Schrei. Zusammengesunken sitzen Sie über Ihrer Arbeit und fragen sich, was Sie tun sollen. Ringsum herrscht schreckliche Stille. Sie gehen in die Küche, wo alles okay ist, machen sich eine Tasse Tee und denken immer noch über den Krach und den Schrei nach, es widerstrebt Ihnen aber, die Tagesmutter danach zu fragen, weil Sie sich nicht in ihr Ressort einmischen wollen. Dann merken Sie, daß es schon Zeit fürs Mittagessen ist. Sie haben dreißig Minuten verloren.

- Mittagszeit. Sie haben mit der Tagesmutter nicht vereinbart, ob es ihr Job ist, Sie ebenso zu füttern wie das Baby. Am liebsten würden Sie ein Käsesandwich am Schreibtisch essen. Aber in der Küche, wo Sie sich das Brot zurechtmachen wollen, stellen Sie fest, daß die Tagesmutter eine herrliche Lasagne zubereitet hat, und Sie sind eingeladen. Natürlich schmollt sie, weil Sie sich verspätet haben und das Essen kalt geworden ist. Sie würgen es runter und versuchen Sie zu beruhigen, indem Sie das ganze Geschirr spülen und Ihr Kind nach oben bringen, wo es seinen Mittagsschlaf halten soll. Zwei Stunden sind vertan, und Sie kehren zur Schreibmaschine zurück, von der dumpfen Angst geplagt, Ihre Hilfe könnte kündigen, gerade jetzt, wo Sie eine wichtige Terminarbeit abliefern müssen. Und dann ruft die Organisatorin von der lokalen Spielgruppe an. „ ... weil ich doch wußte, daß Sie daheim sind."

- Sie sind in Ihre Arbeit vertieft. Das Telefon läutet. Es ist eine Freundin mit einem Kind im selben Alter wie Ihr Sohn, und sie bittet Sie, ihn rüberzuschicken, damit die beiden im Pool planschen können. Sie durchschauen den kontaktfreudigen Erpressungsversuch. Natürlich will man mit Ihnen und nicht mit der Tagesmutter am Pool plaudern. Sie gehen, ein halber Arbeitstag ist verloren. Oder: Die lokale Tagesmütter-Mafia und ihre Schützlinge treffen sich in Ihrem Haus zum Tee. Sie schleichen sich hin, um zu sehen, in was für eine Gesellschaft Ihr Kind da geraten ist. (Büromütter finden fast nie Gelegenheit, um das festzustellen, also würden auch Sie nichts verpassen, wenn Sie's nicht wüßten.)

- Der Tag ist zu Ende. Die Kinder liegen im Bett, Ihr Mann ist zu Hause, die Tagesmutter weg, der häusliche Friede kehrt zurück. Aber weil Sie in dieser Woche so oft gestört wurden, sind Sie mit Ihrer Arbeit im Rückstand. Anstatt sich zum Abendessen an den Tisch und danach vor den Fernseher zu setzen und den Klagen des Ehemanns über den vergangenen Tag zu lauschen, verschwinden Sie betrübt wieder in Ihrem Arbeitszimmer und schuften weiter bis halb eins. Ganz einfach, weil die Arbeit daliegt. Und sie wird immer daliegen.

Aber die Heimarbeit muß gar nicht so schlimm sein. In dieser schmerzlichen Liste von Frustrationen verbergen sich die Grundregeln, die man beachten muß, wenn man es besser machen will. Suchen Sie sich eine Tagesmutter, die Verständnis für Ihren Lebensstil aufbringt und kleine Krisen mühelos meistert. Lassen Sie ein Telefon mit Schlüsselschalter installieren, um winzige Finger fernzuhalten. Legen Sie Ihre Arbeitszeit genau fest und fertigen Sie während dieser Stunden private Anrufer kurz angebunden ab. Machen Sie zu einer ebenfalls festgesetzten Stunde Feierabend. Und ehe Sie zu arbeiten anfangen, sperren Sie die Tür zu. Dann wird zwar vielleicht ein trauriges, heulendes Kind davor stehen, das für eine halbe Stunde unter Ihrem Schreibtisch sitzen will – aber um dem Kind dies zu ermöglichen, unternehmen Sie ja schließlich auch all diese Anstrengungen und arbeiten zu Hause. Aber wenn zwischen dem Kind und der bezahlten Betreuerin alles okay ist, wird es Sie nicht lange stören. Eine langweilige Mama gibt man leicht auf, um sich einer Tagesmutter zuzuwenden, die malt, Plastilin knetet, das Gummiplanschbekken aufbläst und singt und tanzt.

Als berufstätige Mutter genießt man große Vorteile. Abgesehen von der finanziellen Sicherheit und der Möglichkeit, auch in der Außenwelt ein paar Entscheidungen zu treffen, gewöhnt man sich eine ganz neue Disziplin an. An guten Tagen fühlen Sie sich tatsächlich wie eine Superfrau. Sie lernen die Arbeit einzuteilen – in Tätigkeiten, die man mit dem Kind unterm Schreibtisch oder beim Stillen erledigen kann, und solche, wobei man von allen Leuten unter einundzwanzig in Ruhe gelassen werden muß. Und man eignet sich eine unglaubliche Konzentrationsfähigkeit an. Eine Zeitlang ordne ich Büroklammern, und sobald an der häuslichen Front Ruhe herrscht, stürze ich mich energisch auf meine Schreibmaschine und lege los. Dabei behandelt man die Kinder viel freundlicher und toleranter. Manchmal kam ich vom Büro, stürmte glücklich zu meinem Sohn und rief: „Weißt du was? Den ganzen Tag habe ich niemanden getroffen, der so nett gewesen wäre wie du." (An Wochenenden, nach zwölf Stunden voller geballter Kreischerei und geschwisterlicher Kämpfe, fällt es einem schwerer, so etwas zu sagen.) Wenn man ein gewisses Tempo durchhalten kann, macht die Arbeit Spaß. Aber wenn alle Widrigkeiten aus der Welt geschafft sind, bleiben immer noch zwei Probleme übrig – auch wenn man ein ideales Gleichgewicht zwischen Beruf und Privatleben gefunden hat. Beide sind emotionaler Natur.

Das erste betrifft das Kind oder die Kinder. Wenn Sie den Kontakt mit dem Alltagsleben eines Kindes verlieren – vor allem eines Babys, das noch nicht richtig sprechen kann – ist es schwieriger zu behandeln. Jede Woche beobachtet man kleine Barbaren, die sich in Cafes oder Supermärkten brüllend auf den Boden werfen und Mama und Papa so viel Kummer bereiten, daß es die Tagesmutter kaum glauben würde, wenn sie es sehen könnte. Das ist ein Zeichen von Liebe und Erleichterung, von Wut über die seltenen Auftritte der Mama, die sich nur am Wochenende blicken läßt. Das ist kaum zu ertragen, wenn Sie sich die ganze Woche auf die Tage gefreut haben, wo Sie wieder Mutter sein können.

Bis zu einem gewissen Grad können Sie diesem

Syndrom entgegenwirken, indem Sie die Zeit, die Sie daheim verbringen, sorgfältig planen. Wenn Sie sich dem Kind zu bestimmten Tageszeiten widmen, werden Sie ihm innerhalb weniger Stunden näher stehen als Ganztagsmütter. Zum Beispiel holen wir die Kinder *jeden* Morgen, auch wenn ein Kindermädchen im Haus schläft, zu uns, ziehen sie an, frühstücken gemeinsam. Wenn ich weggehen muß, stehe ich früher auf. Abends baden wir die Kleinen. (Das ist ein guter Zeitpunkt, um mütterliche Gefühle auszuleben, mit zärtlichkeitsbedürftigen, lachenden nackten Kindern.) Und vor dem Schlafengehen ist eine sakrosankte halbe Stunde eingeplant. Da konzentrieren wir uns voll und ganz auf die Nachkommenschaft, sehen nicht fern, bauen Duplo-Schlösser und schaukeln Babys auf den Knien. Diese Schlüsselmomente morgens und abends wiegen viel schwerer als die dreifache Zeit, die geistesabwesende Mütter tagsüber mit den Kindern verbringen. Dazu kommen noch die unvorhergesehenen Augenblicke, wenn Sie daheim arbeiten und zum Lunch auftauchen, eine Autofahrt, um ein Manuskript zu fotokopieren, eine Busfahrt zum Büro und die Rückfahrt mit dem Kindermädchen ... Damit können Sie eine Menge Vertrauen gewinnen, und Sie brauchen sich nicht vor kleinen Wochenendfurien zu fürchten. Und wenn Sie beim Frühstück lachen und scherzen, statt mit den Gedanken woanders zu sein, ihre Handtasche einzuräumen und das Tarn-Make-up aufzutragen, wird es sich lohnen. (Ich persönlich mache mich in der Bahn zurecht, aber ich bin ja auch eine notorische Schlampe.)

Das andere Problem ist Ihr eigenes. Das System ist nicht flexibel. Wieviel Zeit Sie auch immer von der Arbeit abzwacken – sie gehört den Kindern. Väter scheinen es besser zu verstehen, sich eine kleine Nische voller Ruhe und Privatsphäre zu schaffen. Mütter sind unfähig dazu. Ich habe mehrere berufstätige Mütter gefragt: „Was tun Sie, um ein bißchen Zeit für sich selbst zu finden?" Darauf bekam ich verschiedene, meistens bittere Antworten.

„Keine Ahnung. Vielleicht sollte ich das ganze Chaos einfach mal vergessen und weglaufen."

„Ich warte auf die Nacht. Um Ihren Fragebogen auszufüllen, habe ich drei Stunden gebraucht."

„Die U-Bahnfahrten sind recht geruhsam. Auch Mittagspausen können sehr privat verlaufen. Nutzen Sie die Zeit, wann immer es geht."

„Man muß das Problem geographisch lösen – weg von Kind und Arbeit! Ein Boot? Oder vielleicht Tennis? Weder ein Kind noch eine Schreibmaschine können im Tennisclub auftauchen."

„Unternehmen Sie irgend etwas, das Sie von daheim wegführt. Treten Sie einem Verein bei, belegen Sie Kurse, und so weiter."

„Alle vierzehn Tage gehe ich ins türkische Bad, lasse mich massieren, pediküren und maniküren, die Haare waschen ... Es ist herrlich, wenn mal jemand das alles für *mich* tut – nur zur Abwechslung." (Das kann ich dieser Frau nachfühlen. Als ich neulich in der Badewanne lag, wurde mir ganz flau bei dem Gedanken, daß ich für die Pflege von sechzig Nägel verantwortlich bin – zwanzig eigene an Fingern und Zehen, zwanzig bei jedem Kind ...)

„Ich fühle mich zu schuldig, um irgend etwas zu genießen, wenn ich die Kinder abschiebe, obwohl es nicht unbedingt sein muß."

„Man muß alles mögliche tun, um sich fit zu halten, Tennis spielen oder im Garten arbeiten, wann immer es sich einrichten läßt."

Diese beiden letzten Antworten fassen das Problem zusammen, zumindest für mich. Kurz nach der Geburt meiner Babys konnte ich es ertragen, sie quengeln zu hören, während ich ihren Interessen diente – die Betten frisch bezog oder Wäsche aufhängte. Aber das gleiche leise Wimmern war mir unerträglich, wenn ich die Sonntagszeitung las, und heute schaffe ich es noch immer nicht, die beiden zu verlassen, um selbstsüchtigen Vergnügungen nachzugehen, zu schwimmen oder zu wandern. Daß ich einen Beruf ausübe, ist okay. Aber wenn ich mich von meinen Kindern trenne, nur um meinen Spaß zu haben, ist mir elend zumute. Andererseits erfüllt mich eine überwältigende Sehnsucht nach erfrischender körperlicher Betätigung. Ein Spaziergang hinter dem Buggy (mit gebeugten Schultern und kleinen Trippelschritten) oder mit einem zweijährigen Trödler ist kein richtiger Spaziergang. Wenn man ein Baby betreut, agiert man innerhalb enger Grenzen und verausgabt sich körperlich nicht – nicht einmal, wenn man schwere Gegenstände über kurze Distanzen hinweg von einem Ort zum anderen befördert. Damit kann man seinen Bewegungsdrang nicht befriedigen, man wird nur müde, auf ungesunde Art, und reizbar. Genauso, als würde man in einem Büro sitzen, und eine Kombination von beidem kann einen wahnsinnig machen. Einmal wurde ich vom *Punch* beauftragt, dreizehn Meilen weit die Themse hinaufzurudern, und meine beiden Begleiter konnten nicht begreifen warum ich darauf bestand, auf der ganzen Fahrt ein Ruder zu schwingen statt mich mal am Steuer auszuruhen. Es war eine wahre Wonne, mich endlich wieder in die Riemen zu legen, ohne von winzigen Händen in meinem Rhythmus gestört zu werden oder auf fra gile Köpfe aufpassen zu müssen. Es lohnt sich also gelegentliche Ausbrüche privater Aktivitäten (oder privater Faulheit, wenn Sie das bevorzugen), einzuplanen, wenn Sie wieder arbeiten wollen. Das ist ein vorzüglicher Rat. Allerdings habe ich das Gleichgewicht zwischen Schuldgefühlen, weil ich nicht sofort nach Hause eilte, und Ärger über den Mangel an persönlichen Freuden nie ganz erreicht. Eine energiegeladene Freundin fand eine energiegeladene Lösung für dieses Problem. Sie weigert sich, Geschäftsreisen zu unternehmen, wenn das Hotel keinen Swimmingpool hat. „Das ist die einzige Gelegenheit, wo ich ohne schlechtes Gewissen schwimmen kann, ohne daß sich ein nervöser kleiner Frosch an mich klammert." Aber zufällig weiß ich, daß dieses arme, weichherzige Kamel manchmal mit Tränen in den Augen aus den Fenstern exotischer Dachrestaurants starrt und sich vorstellt, wieviel Spaß ihr Dreijähriger an den Liften hätte. Leider hat sie recht – es würde ihm wirklich Spaß machen. Da ich das weiß, nahm ich einmal tatsächlich meinen zwanzig Monate alten Sohn samt Tagesmutter auf eine Geschäftsreise nach Plymouth mit, und wir teilten uns alle ein großes Zimmer im Holiday Inn. Die Tagesmutter schlich in den frühen Morgenstunden herein, nachdem sie mit der halben Navy ausgegangen war, Nicholas begeisterte sich für die herrlichen federnden Betten, der Zimmerservice vergaß die Milch aufzuwärmen, und alles war ein großartiges Erlebnis. Vor allem litt keiner von uns an Schuldgefühlen.

Die Geschichte zweier Kindermädchen

Es war einmal ein nettes junges Ehepaar, das ein Baby erwartete; wir wollen die beiden Simon und Sarah nennen. Einmal pro Woche, wenn sie im Kurs für natürliche Geburt schnaufend ihr Pensum absolviert hatten, diskutierten sie daheim nach dem Abendessen die Gestaltung des künftigen Familienlebens. Sarah wollte ihre Karriere weiterverfolgen; Simon wollte nicht mit einer Hausfrau verheiratet sein. Einträchtig schmiedeten sie ihre Pläne: Sie würden sich in aller Ruhe ein Kindermädchen suchen und schon zwei Wochen, ehe Sarah wieder zu arbeiten begann, einstellen. Natürlich wußten sie ganz genau, was andere Leute in dieser Beziehung falsch gemacht hatten und beklagten unisono, ihre verschiedenen Freundinnen hätten die Mädchen unterbezahlt, unhöflich behandelt, ausgebeutet und sogar erwartet, daß die armen Geschöpfe die Hemden der Ehemänner bügelten. (Simon bügelte seine Hemden selbst. Er war ein „Neuer Mann".) Unter solch würdelosen Zuständen durfte das Kindermädchen der beiden nicht leiden. Sie würden es sorgsam auswählen, gut bezahlen, ihm voll und ganz vertrauen und auf seine Ratschläge hören. Eine freundschaftliche Atmosphäre des Gebens und Nehmens sollte entstehen. Falls Sarah berufliche Krisen meistern mußte, würde das Mädchen mit Freuden länger bei dem Baby bleiben, und wenn es ein verlängertes Wochenende mit dem Freund genießen wollte, würde Sarah Verständnis dafür aufbringen. Offenheit, Großzügigkeit und Loyalität sollten ihre Beziehung prägen.

Ehe Simon einschlief, pflegte er sich einem privaten kleinen Traum hinzugeben – von einer altmodischen Nanny in gestärkter Tracht, die ihm seinen frischgewaschenen, glucksenden Sohn brachte, damit er mit ihm spielen konnte, und lächelnd mit einem feuchten Lappen hinter dem Stuhl warten, um jeder kindlichen Klebrigkeit vorzubeugen, bevor diese sein Jackett erreichte. Die Nanny würde die Küche spiegelblank polieren, verstreute Socken auflesen, und wahrscheinlich (dieser Gedanke schlich ganz behutsam und klammheimlich durch seinen Kopf, kurz bevor er einschlief) würde sie darauf *bestehen*, seine Hemden zu bügeln ...

Sarah träumte von einer Kreuzung zwischen einer Krankenschwester (allwissend, was Bäuerchen und Zähnchen betraf) und einer neuen besten Freundin. Sie stellte sich ein heiteres, tüchtiges Mädchen in Jeans und Sweatshirt vor, vielleicht mit Pfadfinder-Vergangenheit. Oder ein mütterliches Landmädchen, das mit einem Polizisten verlobt war. So oder so, das Kindermädchen durfte seine Freunde mitbringen, und wenn Sarah von der Arbeit zurückkam, würde sie höfliche junge Leute antreffen, die das Haus und das Baby bewunderten und höflich nach oben verschwanden, um im Zimmer des Mädchens zu warten, bis es mit ihnen zum Bowling gehen konnte. Eine familiäre kleine Gemeinde würde entstehen – Simon und Sarah und das Baby und das Kindermädchen und die fröhlichen jungen Freunde.

Und so schliefen beide mit ihren verschiedenen Phantasiebildern ein, bis die unausweichliche Nacht kam, in der Sarah ihren Mann wach rüttelte, den gepackten Koffer ergriff, die Klinik anrief und aufbrach, um das große Abenteuer zu bestehen.

Die Annonce in der Frauenzeitschrift erwähnte ein „komfortables Haus" in einem „schicken Vorort". Gesucht wurde ein „liebevolles, verantwortungsbewußtes Kindermädchen" für „Damien, 6 Monate". Simon hatte es anders formulieren wollen. „Kindermädchen und Haushaltshilfe", aber Sarah war entsetzt gewesen. Unter einer Haushaltshilfe stellte sie sich eine schlampige, mürrische Haushälterin vor, die zu wenig Verstand besaß, um als Kindermädchen zu fungieren. Außerdem – die beiden zusätzlichen Wörter hätten bedeutet, daß man „Mutter berufstätig, in leitender Stellung" hätte streichen oder eine weitere Zeile bezahlen müssen. Also blieb es bei „Kindermädchen" und in der ersten Woche meldeten sich achtundsiebzig Bewerberinnen.

Nach den ersten Telefonaten waren Simon und Sarah leicht verwirrt. Sie erfuhren, daß jede Frau, die nichts gelernt hatte, die Ansicht vertrat, sie könne – weil sie eine Frau war – für Kinder sorgen. Nach schmerzlichen Begegnungen – mit einer älteren Alkoholikerin aus Glasgow, einer jungen Frau mit unstetem Blick, in deren Lebenslauf geheimnisvollerweise zwei Jahre fehlten, zwanzig hoffnungsvollen Sechzehnjährigen (Sarah hatte vergessen, in der Annonce auf das gewünschte Alter hinzuweisen) und einem geistesabwesenden Punk, der die Frage, wie er das Baby zu unterhalten gedächte, mit der Erklärung beantwortete: „Ach, wir können ja ein bißchen U-Bahn fahren" – begannen die Nerven der jungen Mutter zu flattern. Die Dinge wurden noch erschwert, weil sie sich verpflichtet fühlte, jeder Bewerberin mindestens eine halbe Stunde zu widmen, selbst wenn der erste Augenschein oder die ersten Worte am Telefon ihr schon klargemacht hatten, daß man der betreffenden Person nicht einmal einen Wellensittich anvertrauen konnte. Simon löste seine Frau ab, begutachtete den Rest in brüskem, typisch männlichem, mitleidlosem Rekordtempo und nannte ihr schließlich die Namen der zehn, die den Ausscheidungskampf bestanden hatten.

Wenn sie Sarahs Vorstellungen auch nicht ganz entsprachen – alle zehn waren doch durchaus akzeptabel – vor allem nach dem Punk und der wilden Maggie aus Glasgow. Außerdem dachte sie an die Erfahrungen einer Freundin, die endlose Gespräche mit allen Bewerberinnen geführt, über Montessori-Wasserspiele, die Entwicklung der Greiffähigkeit in den ersten Lebenswochen eines Babys und die wechselnden Beruhigungsobjekte in den einzelnen Phasen gesprochen und schließlich ein Mädchen eingestellt hatte, das vierzehn Tage später mit dem Familiensilber davongelaufen war. Sarah versuchte ganz entspannt an die Sache heranzugehen und eine Frau auszusuchen, die freundlich und aufrichtig wirkte und Babys zu lieben schien. Schließlich fand sie eine Zwanzigjährige mit sanften Augen, engagierte sie und fiel Simon schluchzend vor Erleichterung in die Arme.

Allmählich spielte sich das neue Alltagsleben ein. Sie gewöhnten sich an die entnervenden winzigen Höschen, die tropfnaß über der Badewanne hingen, an bisher nie gehörte Reggae-Sendungen, die aus dem Radio plärrten, ans gemeinsame Frühstück, an all die kleinen Störungen, die man ertragen muß, wenn ein Kindermädchen im Haus wohnt. Das Baby gedieh prächtig. Wenn Sarah ein Wäschestück, das zu waschen, oder eine Ecke, die aufzuräumen war, erwähnte, wurde es getan. Wenn sie nichts sagte, geschah nichts. Oft war sie zu müde, das Gespräch darauf zu bringen und mit ihren Gedanken anderweitig beschäftigt. Aber das liebe Baby war sehr glücklich und sie auch. Als Damien älter wurde und breiförmige Nahrung zu sich nahm, ließ Sarah Kochbücher für Babynahrung im Haus herumliegen und hielt lebhafte Vorträge über die Vorteile selbstgekochter Speisen; aber sie brachte es niemals fertig, sich zu erkundigen, ob das Baby oder das Mädchen den Inhalt der Bohnendosen aß, die sie fast jeden Abend im Abfalleimer entdeckte. Vertrauen, Loyalität, eine gute Beziehung, dachte sie. Und Damien machte einen sehr zufriedenen Eindruck. Schade, daß Sarah abends so lange saubermachen und Vollwertkost für den nächsten Tag zubereiten mußte ... Sie hätte gern so wie Simon mit dem Baby gespielt, ehe es schlafen ging. Aber alles funktionierte, und sie wollte nichts riskieren. Wenn das Kindermädchen beleidigt war und kündigte, würde Damien das Herz brechen, nicht wahr? Außerdem würde Sarahs Job im Augenblick den vierzehntägigen Urlaub nicht verkraften, den sie nehmen müßte, um neue Bewerberinnen zu inspizieren. Und so rakkerte sie sich tapfer ab, und das Kindermädchen wirkte sehr zufrieden.

Wie lange es so weitergegangen wäre, wird niemand je erfahren. Aber die Biologie mischte sich ein. Erstaunt stellte Sarah fest, daß sie wieder schwanger war. Das Mädchen mit den sanften Augen wurde etwas nachdenklich, blieb noch ein paar Monate, dann kündigte es liebenswürdig und ging nach Oman, wo sagenhafter Reichtum winkte, nur ein Prinzchen zu versorgen war und eine Haushälterin zur Verfügung stand.

Unfähig, die Anzeigen-Prozedur noch einmal über sich ergehen zu lassen, bestand Simon darauf, diesmal eine Agentur zu bemühen. Außerdem vereinbarten sie, eine ausgebildete Kinderschwester einzustellen und diese zu verpflichten, im Haushalt mitzuhelfen. Mit dem beruhigenden Gefühl, alles unter Kontrolle zu haben und fest entschlossen, keinen einzigen Abend mehr mit der Reinigung des Babystuhls zuzubringen, sprach Sarah mit drei „richtigen" Kindermädchen, die ihr die Agentur geschickt hatte. Alle hatten glanzvolle Referenzen, ordentliche Frisuren, untadelige Fingernägel, Sarah wählte eine aus, die Damien mit einem netten, professionellen, gurrenden Unterton anredete, aber seine Hand energisch vom Lichtschalter entfernte und freundlich erklärte: „So etwas dürfen kleine Jungs *niemals* anfassen." Da Damien stets nach allem zu greifen pflegte, was er sah, war Sarah tief beeindruckt. Die Kinderschwester stellte nur eine einzige Bedingung (machte eine Pause, um Damien mitzuteilen, kleine Jungs würden Mami *niemals* an den Haaren reißen) und bat darum, förmlich „Nanny" genannt zu werden. Simon lächelte still und zufrieden und zupfte nachdenklich an seinem lockeren Manschettenknopf.

Der Haushalt funktionierte wie ein Uhrwerk. Sarah kam von der Arbeit nach Hause und fand eine strahlende, klinisch saubere Küche vor, die Regale der Wäschekommode waren mit neuem Schrankpapier bezogen, Gardinen hingen da, wo sich zuvor keine befunden hatten. Simons Unterhosen waren zum erstenmal in ihrem Leben gebügelt, die Hemden gestärkt. Damien wurde dreimal pro Tag in frische Kleider gesteckt und einem strengen Zeitplan unterworfen. Nachdem Sarah wieder zu Arbeiten begonnen hatte, traf sie ihre Jüngste eines Abend, mit einem gerüschten weißen Musselinlätzchen an, wie sie, leicht verwirrt, an einer sterilisierten Rassel lutschte.

Warum sich die Atmosphäre zu verschärfen begann, war zunächst ein Rätsel. Immer noch vom Prinzip des Gebens und Nehmens durchdrungen, hatte sich Sarah nicht die Mühe gemacht, einen Vertrag aufzusetzen. Das wäre auch zu peinlich gewesen, denn die Kinderschwester übernahm so viele zusätzliche Aufgaben. Zum Beispiel stand sie noch um acht Uhr abends in der Küche an der Spüle, um irgend etwas zu schrubben, wovon Sarah gar nicht gewußt hatte, daß es geschrubbt werden mußte. Natürlich gab Sarah ihr frei, wann immer sie zu ihrem Arzt, ihrem Zahnarzt oder ihrem Osteopathen beziehungsweise zum Friseur mußte, und nahm selbst hin und wieder einen Tag Urlaub, um die Babys zu betreuen. Nachdem alle diese Termine absolviert waren, erwähnte das Kindermädchen eines Tages „meinen halben freien Tag in dieser Woche". Verblüfft erkannte Sarah, daß sich die Zugeständnisse zu einem Anrecht entwickelt hatten und daß sie bald nur noch an viereinhalb Tagen pro Woche ein Kindermädchen haben würden, wenn sie nicht auf ihre Autorität pochte.

Sie pochte nicht auf ihre Autorität. Stattdessen entschied sie, ihre Mutter könnte die Babys an den Freitagnachmittagen übernehmen. Die Kinderschwester arbeitete doch ohnehin so viel. Hatte sie gestern nicht bis neun Uhr die Löcher in den Duplo-Bauklötzchen gereinigt, für den Fall, daß das Baby daran saugen würde? Simon wünschte, von wachsendem Ärger erfüllt, das Mädchen würde pünktlich Feierabend machen, und bügelte sogar die Hemden selber, um seinen Protest zum Ausdruck zu bringen. Die Kinderschwester blieb unerbittlich. Entweder war sie da, wenn man sie nicht haben wollte, oder sie verschwand für ein langes Wochenende, wenn man sie brauchte. Außerdem mußte sich Sarah um die bedauernswerte Frau Sorgen machen, denn nach einer arbeitsreichen Woche war sie manchmal so erschöpft, daß sie am Sonntagabend einen Migräneanfall bekam und erst am Montag gegen Mittag wieder erscheinen konnte. Die Ärmste, sie arbeitete ja so hart!

Als das Kindermädchen schon fast ein Jahr in ihren Diensten stand, schrien sich Simon und Sarah immer öfter an und drohten einander gelegentlich sogar mit der Scheidung. Sie begannen, ihr Haus zu hassen und fürchteten sich davor, heimzukommen. Damien entwickelte sich zu einem irritierenden Klammeräffchen, das kleinere Baby wurde zusehends reizbarer. Das alles brachten sie niemals mit dem Mädchen in Zusammenhang, nur mit sich selbst. Denn ihr Juwel gurrte immer noch energisch und schrubbte die Küche. Erst als sie vierzehn Tage Urlaub nahm, fiel der Groschen. Plötzlich war das Haus von einer bösartigen Aura befreit; Sarah sorgte für eine gemütliche Unordnung, Simon versengte seine Hemdkragen und -manschetten und begann sich an seine zerknitterten Boxershorts zu gewöhnen; Damien und das Baby schien die Abwesenheit der Nanny nicht zu stören, und ihre Eltern betrachteten das Leben wieder von der heiteren Seite. Nachdem sie eine Woche lang diese anstrengende, chaotische, von Lachkrämpfen erfüllte Häuslichkeit genossen hatten, brachten sie sogar den Mut auf, der Kinderschwester zu kündigen und wieder von vorn anzufangen.

Das Ende dieser Geschichte können Sie selbst schreiben. Vielleicht erkannte Sarah, daß sie der geborene Fußabstreifer war und daheim, ohne Kindermädchen, viel glücklicher sein würde als im Büro; oder sie versuchten noch einmal ihr Glück und fanden diesmal einen Schatz, eine freundliche, entgegenkommende, vernünftige Frau, die jahrelang bei ihnen blieb. Oder sie hatten Pech und gerieten an eines dieser Monstren auf dem Kindermädchen-Markt, die mir Jane Reed von der Agentur folgendermaßen beschrieb: „Die eine war eine Diebin. Ich wußte über sie Bescheid, aber eine andere Agentur vermittelte ihr einen Job; als sie die Stelle kündigte, rief mich die Mutter des Babys an und sagte: ‚Mein Kindermädchen ist grade gegangen!' Ich erwiderte: ‚O Gott, wie heißt es denn?' Nachdem ich das erfahren hatte, forderte ich sie auf: ‚Schauen Sie sofort in Ihre Handtasche! Suchen Sie Ihre Kreditkarten!' Die waren weg. Später wurde die Frau gefaßt, aber da hatte sie bereits einen anderen Job hinter sich und den Familienschmuck mitgehen lassen ... Dann gibt es noch ein anderes Mädchen, das jetzt auf der schwarzen Liste steht, aber immer noch Empfehlungsschreiben mit sich herumträgt. Einmal hatte es ein Baby mit dem Fläschchen im Bett liegenlassen, Flüssigkeit drang in die Lungen ein, und das Baby hörte zu atmen auf. Einen Monat später, als es aus der Klinik entlassen worden war, passierte das noch einmal – aber das Kindermädchen erpreßte die Mutter, ihr eine Referenz zu schreiben. Und dann ... "

Nein, nein, stop, stop. Wir alle können uns diese Horror-Geschichten vorstellen, und die einzige Möglichkeit, ihnen zu entrinnen, besteht darin, die Empfehlungsschreiben sorgfältig zu prüfen, und die Mädchen während der ersten Monate aufmerksam zu beobachten oder Nachbarinnen, die stets daheim sind, zur Spionage aufzufordern. Etwas schwieriger ist das psychologische Problem zu lösen, das entsteht, wenn Sie eine Fremde ins Haus nehmen, die Ihre geliebten Kinder betreuen soll. Zum Beispiel wird sie vermutlich jünger sein als Sie, von anderer Herkunft und unterschiedlichem Charakter (immerhin möchte sie den ganzen Tag mit Babys zusammensein, und Sie wollen das eindeutig nicht). Dazu kommt noch der Umstand, daß Sie – das Kind einer dienstbotenlosen Generation – wahrscheinlich noch nie eine Hausangestellte beschäftigt haben. Und jede dritte Person, die mit jungen Eheleuten unter einem Dach wohnt, wird ein eigenes Gesellschafts- und sehr wahrscheinlich auch Sexualleben brauchen. Das sanftmütige Mädchen, das beim Einstellungsgespräch so enthusiastisch vom Wachsen und Werden kleiner Kinder sprach, hat womöglich einen riesengroßen, aggressiven Freund mit Motorrad; oder noch schlimmer – mehrere riesengroße, aggressive Freunde mit Motorrädern. Die respektable fünfunddreißigjährige Karriere-Schwester ist vielleicht nur deshalb eine Karriere-Schwester, weil sie seit Jahren eine Affäre mit einem verheirateten Mann aus dem Nachbarort hat, dessen Ehefrau jeden Augenblick auf Ihrer Schwelle stehen könnte.

Mich persönlich stören Schlangen rauflustiger Motorradfahrer nicht besonders (beziehungsweise – in unserem Fall – ein verschmähter GI vom lokalen Stützpunkt der US-Luftwaffe, der jeden Samstagmorgen um halb neun anrief, während sich das Mädchen in ihrem Zimmer verkroch und uns bat, ihn abzuwimmeln). Ich würde sogar die wütende Ehefrau verkraften. Immerhin betreffen solche Eskapaden nur die Freizeit des Kindermädchens und sein Logis in unserem Haus; und sie lassen sich leicht vermeiden, wenn man sich für eine Tagesmutter entscheidet, die anderswo wohnt – das ist teuer, aber manchmal lohnt es sich. Bedenklicher sind die Probleme, die von Arbeitgebern verursacht werden, wenn sie nicht wissen, wie man ein Kindermädchen behandelt – mit der richtigen Mischung aus Distanz und Freundlichkeit. Manche Mütter – wie mein erfundenes Dummchen Sarah – trauen sich nicht, der Angestellten irgendwelche Aufträge zu erteilen, machen lieber alles selbst, übernehmen sich und entwickeln Haßgefühle. Andere halten Kindermädchen für Sklavinnen und weigern sich – Jane Reed zufolge – ihnen einen

Jahresurlaub zuzugestehen oder die Angestellten- und Krankenversicherung zu zahlen. Es gibt also schreckliche Arbeitgeber, die ihre Mädchen ausbeuten, oder: „Sie sitzen jeden Abend bei einem Glas Wein mit der Kinderschwester zusammen, und allmählich stehen Sie ihr sehr nahe. Wenn sich dann nach sechs Monaten ein Problem ergibt, wissen Sie nicht, wie Sie es meistern sollen." Manche Leute sind so vertrauensselig, daß sie betrogen werden oder ihr Baby gefährden; andere durchwühlen die Handtasche der Angestellten und lesen ihr Tagebuch, bis sie in Wut gerät und kündigt. „Einige unserer Mädchen", erklärte Jane Reed, die es gewohnt ist, bei delikaten Disputen zu vermitteln, „legen tatsächlich Haare oder Klebebandstreifen auf ihre Schwelle, um die Arbeitgeber beim Schnüffeln zu ertappen." Ich finde, irgend jemand müßte eine Schiedsstelle organisieren, die sich mit allen heftigen, aber unausgesprochenen Ärgernissen befaßt. Oder eine Kindermädchen-Beratungsstelle, an die sich alle Sarahs und ihre Angestellten wenden können – natürlich getrennt –, um ihr Leid zu klagen. Denn jedesmal, wenn ein Mädchen gekündigt wird, können Sie sicher sein, daß es sich als unschuldiges Opfer fühlt und niemals glaubt, es selbst hätte seine Schwierigkeiten verursacht. Manchmal ist es im Recht.

Jane Reed meint: „Die wirklich guten Kinderschwestern sind dünn gesät." Dafür gibt es aber zahlreiche brauchbare, und wenn Sie die richtige Atmosphäre zwischen ihr und Ihrer Familie schaffen, können Sie alle glücklich werden. Deshalb ist es so schrecklich schwer, gleich beim erstenmal das ideale Kindermädchen zu finden. Sie haben das Baby eben erst bekommen, es ist winzig klein und kaum aktiv, Ihre Hormone sind in Aufruhr, und Sie *wissen* einfach nicht, was für ein Familienleben sich nun entwickeln wird. Bis jetzt waren Sie und Ihr Mann nur ein Ehepaar.

Als unser zweites Kind schon etwas älter war, hatten wir genug über unser Leben, unsere Sprößlinge, unser Haus und (offen gestanden) über uns selbst herausgefunden, um ein fünfseitiges Manifest zusammenzustellen. Darin wurden erbarmungslos alle Schwierigkeiten erwähnt (zum Beispiel, daß wir zwei Meilen von der Welt entfernt wohnen und im Winter frieren, wenn sich niemand um den Kohlenofen kümmert) und alle Pflichten und Termine exakt definiert. Selbst wenn man zum erstenmal ein Kindermädchen einstellt, ist es keine schlechte Idee, einen Vertrag auszuhandeln, in dem die Arbeitszeit, die Ferien, die Babysitter-Pflichten und die häuslichen Demarkationslinien festgelegt werden. (Soll sie bügeln? Muß sie, wenn sie „die Kinderzimmer in Ordnung hält", auch staubsaugen, oder ist das „schwere Hausarbeit" und deshalb unzumutbar? Wird sie gelegentlich Überstunden machen und – wenn ja – dafür bezahlt werden? Oder bekommt sie dafür einen halben Tag frei? Oder kann sie sich aussuchen, was ihr lieber ist?)

Einstellungsgespräche sind problematisch. Der beste Rat, den ich je bekam, lautete: „Entscheiden Sie sich für ein Mädchen, das – nachdem Sie Bekanntschaft geschlossen haben – den Kindern mehr Aufmerksamkeit schenkt als Ihnen." Weichen Sie der Falle aus, in die ich ständig tappe, indem ich den Job so eingehend beschreibe, daß das Kindermädchen gar keine Gelegenheit findet, Fragen zu stellen. Diese Fragen sind oft sehr aufschlußreich. (Wenn das Mädchen sich zu allererst erkundigt: „Darf ich in meiner Freizeit das Auto benutzen?", ist anzunehmen, daß Kinder nicht unbedingt das Wichtigste in seinem Leben sind ...)

Studieren Sie die Referenzen so gründlich wie möglich. Eine quallfizierte, aber unerfahrene Kinderschwester mag wissen, wie man die Badeutensilien des Babys zurechtlegt, kann aber vielleicht nicht mit Babys umgehen. Wahrscheinlich zucken Sie leicht zusammen, wenn sie Ihnen das „Spielprogramm für Babys" zeigt, das auf dem College erarbeitet wurde und das eine zehn Seiten lange, detaillierte und illustrierte Anleitung enthält, wie man „Guck-Guck" spielt. Ich persönlich bevorzuge Mädchen, die instinktiv „Guck-Guck" spielen.

Eine Empfehlung von einer Freundin kann sehr wertvoll sein. Eine Journalistin, die mir immer reichlich sorglos erschien, hatte neun Jahre lang ein und dasselbe Kindermädchen (und mehrere Babys). „Alles was man mir sagte, war: ‚Sie hat extrem saubere Fingernägel und wird nicht mit dem Briefträger davonlaufen.' Beides stimmte." Aber wenn Ihnen das Mädchen völlig fremd ist, müssen Sie die Referenzen um so genauer lesen. Ein guter Tip von Jane Reed: Wenn Sie ein völlig nichtssagendes Empfehlungsschreiben bekommen („Imogen ist ein erfahrenes Kindermädchen, das meine beiden Kinder versorgt hat", etc., ohne ein einziges warmherziges Wort), denken Sie gut nach. Und wenn der letzte Satz lautet: „Ich bin bereit, telefonische Auskünfte zu geben, zögern Sie bitte nicht, mich anzurufen", dann rufen Sie um Himmels willen an! Vielleicht wird man Ihnen etwas Gräßliches über Imogen erzählen, das man aus Angst vor einer Verleumdungsklage nicht im Empfehlungsschreiben erwähnen wollte. Oder Sie hören, das Mädchen hätte etwas Merkwürdiges an sich, das der früheren Arbeitgeberin Unbehagen bereitet hätte, aber sie könnte es nicht definieren ...

Wenn *Sie* ein gewisses Unbehagen empfinden, ignorieren Sie alle enthusiastischen Referenzen, auch dann, wenn Ihre Kinder das Mädchen zu mögen scheinen. Engagieren Sie es nicht.

Wenn Sie die Kinderschwester eingestellt haben, müssen Sie sie erst einmal behalten. Hier ein paar Ratschläge von Agenturen und Eltern:

- Machen Sie ihr klar, welche Pflichten sie erfüllen muß.

- Stellen Sie ihr ein komfortables Zimmer zur Verfügung.

- Respektieren Sie ihre Meinungen.

- Respektieren Sie ihr Privatleben.

- Nutzen Sie ihre Gutmütigkeit nicht aus, vor allem nicht, indem Sie sie abends als Babysitter einsetzen. Sie ist ein alleinstehendes Mädchen und hat das Recht, auszugehen.

- Schreien Sie sie nicht an, um damit Ihren eigenen Frustrationen Luft zu machen. Dafür sind Ehemänner da. Das arme Mädchen darf nicht zurückschreien.

- Schaffen Sie Meinungsverschiedenheiten möglichst bald aus der Welt.

- Machen Sie sie mit allen Leuten bekannt, die ins Haus kommen.

- Nehmen Sie sie manchmal auf Wochenendausflüge mit, wenn sie das will.

- Halten Sie einmal im Monat eine Besprechung ab, um Probleme zu lösen. Manche Mädchen mögen solche Formalitäten nicht und hassen Verträge; andere begeistern sich für solche Gespräche.

- Steigen Sie nach einem Streit von Ihrem hohen Roß runter, wenn Sie im Unrecht waren.

- Überlassen Sie ihr das Baby und vertrauen Sie ihr. Mischen Sie sich nicht unnötig ein.

- Seien Sie großzügig, was die Freizeit betrifft, aber konsequent. Wenn Sie sie zum Beispiel am Freitag früher gehen lassen, wird sich das einbürgern.

- Zahlen Sie ihr mehr, als Sie zunächst vorhatten. Erhöhen Sie das Gehalt einmal pro Jahr, und teilen Sie ihr diese Absicht mit.

Wenn Sie diese Ratschläge befolgen und Ihr Kindermädchen immer noch unzufrieden wirkt, lohnt es sich, nach dem Grund zu fragen. Es ist abscheulich, wenn eine berufstätige Mutter fürchten muß, die Kinderschwester könnte plötzlich an irgend etwas Anstoß nehmen und kündigen, wenn die Mutter gerade eine wichtige Geschäftsreise machen muß und das Baby sich an seine Betreuerin gewöhnt hat. Wir alle wollen uns nicht zu Eltern entwickeln, die fünfmal im Jahr ihr Kindermädchen wechseln. („Das ist ja schlimm für die Kinder! Um ihretwillen sollten die Eltern toleranter sein, was immer ihnen an dem Mädchen nicht gepaßt hat ...") Aber es ist unangenehm, erpreßt zu werden, und auch unnötig. Wenn Sie die Bindung zu Ihrem Kind aufrechterhalten, wird es in keine gefährliche Abhängigkeit von seiner Betreuerin geraten. Als eine unserer Nannys beim Lunch ostentativ die Stellungsangebote in einer Frauenzeitschrift zu lesen und dabei tief aufzuseufzen begann, schrieben wir an eine Agentur und setzten eine Anzeige für lokale und überregionale Zeitungen auf, steckten beide Briefe in frankierte, adressierte Umschläge und legten sie in eine Schreibtischschublade. Dort fungierten sie als Talismane, die uns vor einer überraschenden Kündigung unserer Nanny schützten und uns ermutigten, unvernünftige Forderungen abzulehnen und uns über ihr Schmollen zu beschweren.

Hier ist eine kommentarlose Liste einiger Antworten, die ich von Müttern auf die Frage nach den schlimmsten Fehlern bekam, die man im Umgang mit einem Kindermädchen machen kann. Manche sind widersprüchlich, aber nützlich erscheinen sie mir alle:

- „Man zeigt zuviel Entgegenkommen und räumt die Spielsachen weg, während die Kinderschwester Kaffee trinkt."

- „Man halst ihnen anstrengende Hausarbeiten auf, läßt sie zum Beispiel die Fußböden schrubben; oder man zwingt sie, wenn das Kind krank ist, jede Nacht an seinem Bett zu sitzen."

- „Man will von ihr geliebt werden."

- „Man entwickelt eine unausgesprochene Abneigung."

- „Man erwartet von ihr Intelligenz und Reife, andererseits soll sie sich aber mit einem niedrigen Gehalt zufriedengeben und unterwürfig sein."

- „Man kommt nach ereignisreichen Arbeitstagen

oder Freizeitexpeditionen nach Hause und will sofort die Kontrolle übernehmen und alle Regeln umstoßen, die von der Kinderschwester eingeführt wurden."

- „Man ist eifersüchtig auf ihre Beziehung zum Kind."

- „Man erwartet, sie würde das Kind genauso lieben wie man selbst."

- „Man bringt durcheinander, wo das Verhältnis zwischen Arbeitgeber und Angestellten endet und wo eine Freundschaft beginnt, und das Kindermädchen weiß zuviel über das Privatleben der Familie."

- „Man versäumt es, Tag für Tag zu überprüfen was das Kindermädchen macht. Ich bin entsetzt über Eltern, die ich kenne und die nicht wissen, was im Alltag ihres Kindes passiert."

- „Man erwartet, eine perfekte Beziehung zum Kindermädchen zu entwickeln und vergißt, daß es nur auf die Beziehung zwischen ihm und dem Kind ankommt."

- „Man gibt niemals Anweisungen. Viele Kindermädchen sind sehr jung und ziehen es vor, daß man ihnen sagt, was sie tun sollen."

- „Man gibt zu viele Anweisungen und untergräbt die Autorität des Mädchens."

- „Man vergißt, daß eine sehr normal veranlagte, freundliche junge Frau keine Lust hat, die Abende allein in ihrem Zimmer zu verbringen."

- „Man übersieht, daß es gang und gäbe ist, wenn Kleinkinder aus Unfug erklären, sie würden diese oder jene Leute hassen, nicht sehen wollen, etc."

Die Grundsätze über den Umgang mit Nannys lassen sich in den meisten Belangen auch auf Au-pair-Mädchen anwenden, aber da gibt es wesentliche Unterschiede. Au-Pair-Mädchen haben eine kürzere Arbeitszeit, müssen nicht unbedingt wissen, wie ein neugeborenes Baby aussieht, und erwarten, wie ein Familienmitglied behandelt zu werden. Außerdem kann man nicht immer mit diesen Mädchen sprechen, bevor sie ankommen. Über Au-pair-Mädchen kursieren viele Horrorgeschichten, doch die Aussagen von Familien, die Freundinnen, hilfreiche Hausgäste und beinahe Töchter gefunden haben, sind in der Überzahl. In gewisser Weise ist der obligatorische „Familienstatus" eines Au-pair-Mädchens sehr nützlich; man stellt sich darauf ein und braucht nicht zu überlegen, ob man eine Freundin oder eine Arbeitgeberin sein will. Das Mädchen sitzt mit Ihnen am Eßtisch und damit basta. „Aber", so sagte mir eine erfahrene Mutter, „wenn man glaubt, das Au-pair-Mädchen wäre ein billiges Kindermädchen, ist man verrückt. Eine solche Hausgenossin muß ganz anders behandelt werden. Wenn eine Angestellte Zahnschmerzen bekommt, geht sie zum Zahnarzt, zu dem Zeitpunkt, der Ihnen am unangenehmsten ist. Aber sie wird immerhin für eine Ersatzkraft sorgen. Wenn das Au-pair-Mädchen Zahnweh hat, gehen Sie mit ihm zum Zahnarzt, fungieren als Dolmetscherin, bringen es mit einem Whisky-Toddy zu Bett, führen ein Ferngespräch mit dem Freund der jungen Frau in Stockholm und kaufen ihr einen neuen Nagellack, um sie aufzuheitern."

Es kann sich wirklich lohnen, ein Kindermädchen oder ein Au-pair-Mädchen ins Haus zu nehmen. Während ich dieses Buch schreibe, bin ich zufrieden und zuversichtlich, was dieses Thema angeht. Aber es gab auch Zeiten, in denen ich ein halbes Dutzend der oben erwähnten Fehler beging und Kindermädchen völlig falsch einschätzte, und da war mein einziger schmerzlicher Trost eine angeblich wahre Geschichte, die meine Mutter gern erzählte. Diese handelte von einer streng katholischen Familie, die an dem Tag, an dem die Kinder endlich so groß waren, daß das allerletzte Kindermädchen aus dem Haus ziehen konnte, eine Dankesmesse lesen ließ. Eigentlich müßten die Leute zu diesem Anlaß ein besonderes Gebet gesprochen haben. Und wenn man in der Bibel nach passenden Worten sucht, stößt man vielleicht auf die Sprüche Salomos 5, 3-4.:

„Denn die Lippen der fremden Frau sind süß wie Honigseim, und ihre Kehle ist glatter als Öl, hernach aber ist sie bitter wie Wermut und scharf wie ein zweischneidiges Schwert."

Kleinkinder und Tornados

Vor vielen Jahren hatte ich in Oxford einen Freund mit buschigem roten Bart und launischem Temperament. Er pflegte am offenen Schlafzimmerfenster durch ein Megaphon „Carolina Moon" zu singen und bei massiven Saufgelagen alle Leute zu beleidigen, die er kannte, um danach in Tränen auszubrechen. Mich mochte er sehr und benahm sich manchmal wie ein Engel – war amüsant, ein guter Gesellschafter und steckte voller irischer Lieder. Zu anderen Zeitpunkten beschimpfte er mich auf offener Straße und verdarb meine Dinnerpartys, indem er die Gäste attackierte. Einmal fuhr er zur Konferenz der Jungen Liberalen nach Brighton und kaufte fünfundvierzig verschiedene Porzellanschweine, weil sie ihn alle an mich erinnerten. Die stellte er auf sein Kaminsims; es war sehr rührend.

Eines Nachts brach er nach einem Streit mit seiner Freundin in mein College ein und erschien in den frühen Morgenstunden am Fußende meines Bettes, zusammen mit einem gräßlich betrunkenen Jungen Konservativen, mit dem er sich ebenfalls zankte. Die beiden hatten mir ein Glas Champagner bringen wollen, aber die Flasche zerbrochen, als sie über die Gartenmauer des Dekans geklettert waren. Sie waren riesige Burschen, aber ein scharfes Wort aus meinem Mund (während ich die Bettdecke keusch um meine Schultern drapierte) genügte, und sie trotteten sanft wie die Lämmer davon. Am Morgen war Guy sehr zerknirscht; später gelangte er allerdings zu der Überzeugung, ich hätte ihn gekränkt, und zertrümmerte deshalb alle fünfundvierzig Porzellanschweine mit einem kleinen Hammer.

In diesen letzten Jahren mußte ich oft an ihn denken. Nach der seither verstrichenen Dekade, in deren Verlauf all die sanftmütigen liberal gesinnten, fröhlichen und vernünftigen Leute in mein Dasein traten, die ich anzuziehen scheine, hatte ich nichts außer den Erinnerungen an Guys Eskapaden, um mich auf das Zusammenleben mit einem zweijährigen Kind vorzubereiten. Die Wahnsinnsanfälle, der Charme, die Tobsucht, die in Gelächter und dann in Bosheit übergehen, die Unberechenbarkeit, das unlogische Verhalten, die im allgemeinen so liebenswerte Schrecklichkeit eines Zweijährigen – all diese Züge sind nur in wenigen Erwachsenen zu finden. Wenn man jahrelang mit ruhigen, verständigen Leuten verkehrt hat, ist man auf den Dämon, in den sich das nette Baby für eine Weile verwandelt, überhaupt nicht eingestellt. Alle Eltern würden von einem Schnellkurs profitieren, der sie auf den Umgang mit diesen mutwilligen kleinen Geschöpfen einstimmt. Zum Beispiel wäre es hilfreich, wenn man mit Dylan Thomas in seiner wildesten Periode zusammengelebt, eine welkende sizilianische Primadonna auf ihrer fünften Abschiedstournee begleitet oder im Privatbüro eines Fleet-Street-Bonzen mit zerrüttetem Seelenleben gearbeitet hätte. Falls Sie für zwei Jahre als persönliche Managerin einer drogensüchtigen Punk-Rockgruppe fungieren könnten, würden Sie so ungefähr herausfinden, was auf Sie zukommt.

Alles hilft, solange es Sie daran gewöhnt, mit energischen, launischen Persönlichkeiten fertig zu werden, ohne Ihre Gelassenheit einzubüßen. Unser Leben lang haben Paul und ich Szenen und Dramen vermieden; und nach einem besonders ereignisreichen Wochenende entschieden wir, unser Problem müßte daran liegen, daß Nicholas die stärkste Persönlichkeit und die wenigsten Hemmungen aller Haushaltsmitglieder hatte. Aber Sie brauchen gar kein Hasenfuß zu sein, um von der dämonischen hektischen Persönlichkeit ihres Zweijährigen in den Schatten gestellt zu werden. Ich habe ein extravagantes, willensstarkes, brillantes Elternpaar beobachtet – *beide* Industriemagnaten – , das in einem Cafe saß und versuchte, ihr winziges goldblondes Kind zu beruhigen, das lieber am Boden lag und brüllte, statt sich den Mantel wieder anziehen zu lassen, und das mitten im Winter. Die ängstlichen Gesichter der verzweifelten Eltern wurden von einem wenig überzeugenden Grinsen übertüncht, die wachsende Wut und Frustration hinter gurrenden Lockrufen verborgen, hinter Monologen wie „Komm jetzt, Herzchen" oder „Väterchen Frost soll dich doch nicht beißen". Schließlich flüchtete der weibliche Industriekapitän, das immer noch nicht in seinen Mantel gehüllte, immer noch schreiende Kind unter dem Arm, während der Vater mit verkniffener Miene die Rechnung beglich und alberne Entschuldigungen murmelte. Wir begegneten seinem Blick, wiesen auf unsere beiden eigenen, noch nicht explodierten Bomben und nicken einander mitfühlend zu.

Solche Momente inniger Verbundenheit mit anderen leidgeprüften Eltern kommen häufig vor. Ein Gast, der eines Sonntags mit uns zu Mittag gegessen hatte, stand um acht Uhr abends unerwartet vor unserer Tür, nach einer Zwanzig-Meilen-Fahrt und einem Sprint über den Gartenweg. „Habt ihr irgendwo einen Wollpandabären gesehen?" keuchte er. Wir übergaben ihm das Ding, und er raste ohne ein weiteres Wort und ohne eine Tasse Kaffee zu seinem Auto zurück und brauste nach Hause, wo sich ein kleiner untröstlicher Pandafan vermutlich weigerte, ins Bett zu gehen.

Ein Teil der Verbundenheit besteht darin, daß ein zweijähriges Kind das Urteilsvermögen der Eltern trübt. Nach einer Weile merkt man nicht mehr, wie häßlich gewisse grellbunte Spielsachen wirken, weil man erleichtert beobachtet, wie sich die Kleinen erzieherisch wertvoll beschäftigen und vorerst in Sicherheit sind. Sie vergessen Ihren Schwur, niemals ein Kind im Wohnzimmer aufs Töpfchen zu setzen, denn Sie sind froh, daß es überhaupt darauf Platz nimmt.

Es ist wichtig, diese Phase genau zu definieren, sei es auch nur, weil es sinnlos wäre, sich einzureden, in der eigenen Familie würde dergleichen nicht stattfinden – und wenn Sie mit dem Schlimmsten rechnen, ob es nun zwei oder zwanzig Monate dauert, werden Sie letzten Endes vielleicht angenehm überrascht sein. Das Stadium beginnt, wenn ein Baby, das bisher die Erfüllung aller Wünsche von Ihnen erwartet hat und zufrieden war, wann immer seine Bedürfnisse gestillt wurden, plötzlich anfängt, nicht nur Sie, sondern auch sich selbst zu betrachten. Das Kind entdeckt, daß es verschiedene Möglichkeiten hat – schreckliche, verwirrende, verlockende Möglichkeiten. Es möchte mit Ihnen nach oben gehen, oder es will unten bleiben – es kann sich nicht entscheiden. Und was immer Sie vorschlagen – es schreit trotzig, weil es unbedingt eine andere Wahl treffen muß, ganz einfach, um die soeben erkannte Fähigkeit, Entscheidungen zu fällen, auszuprobieren.

Einen ganzen Vormittag lang gehe ich Nicholas aus dem Weg, worauf sich beim Mittagessen eine furchtbare, inzwischen vertraute Szene abspielt:

„Ich will einen Orangensaft."

„Okay, Herzchen, hier ist ein wundervoller Orangensaft.

„Ich will *Zitronen*saft."

„Wirklich? Nun dann stellen wir den Orangensaft weg. Hier ist Zitronen ..."

„Ich will ORANGENSAFT!"

„Gut, hier hast du ihn ..."

„ICH WILL IHN NICHT! ICH WILL IHN NICHT! ICH WILL IHN NICHT!"

Wir beide sind nahe daran, hysterische Anfälle zu bekommen. Mit einem erzwungenen fröhlichen Lachen stelle ich beide Gläser auf den Tisch. Er wirft beide zu Boden, beginnt zu brüllen und stößt seinen Stuhl um.

„MAMI, GEH WEG! ICH MAG MAMI NICHT! MAMI? BLEIB DA!"

Wie ein Betrunkener in einer Kneipe will er alle bekämpfen, die ihm was servieren – egal, unter welchem Vorwand. In einem jargon-beladenen amerikanischen Buch werden solche Szenen als „Hausaufgaben in Sachen Unabhängigkeit" bezeichnet. Man mag die Ausdrucksweise beklagen, weiß aber, was gemeint ist. Kleinkinder müssen ihre eigene Unabhängigkeit kennenlernen. Und das können sie nur, wenn sie gegen die Mutter opponieren.

Außerdem ist das Kind jetzt kein Baby mehr, das sinnlos herumspielt. Es merkt, daß manche Dinge einen bestimmten Zweck erfüllen, und es will sie benutzen. Aber seine Fähigkeiten sind begrenzt. Beim ersten Mal gelingt es ihm nicht. Seine Geduld hat vielleicht noch enge Grenzen, und es wirft das Spielzeug wütend auf Sie. Dergleichen wird bei guten Spielzeugen berücksichtigt. Sie müssen auch für kleinere Kinder so zu handhaben sein, daß sie dem Besitzer das Gefühl vermitteln, das Ding im Griff zu haben. Schlecht entworfene oder Spielsachen für ältere Kinder können so frustrierend wirken, daß ein Wutanfall manchmal als einziger Ausweg erscheint. So behutsam Sie in der Kindererziehung auch vorgehen mögen – gelegentlich sind Sie zu harten Maßnahmen gezwungen. Als meine Tochter auf die Welt kam, war das „Geschenk" für den zwanzig Monate alten Bruder ein kleiner Holztraktor. Er liebte ihn – liebte ihn so sehr, daß er darin sitzen wollte. Aber das Ding war nur fünfzehn Zentimeter lang ... In seiner Wut brüllte er, daß die Wände der Klinik wackelten – aber nur ein paar Minuten lang. Dann beschloß er auszuprobieren, ob er die Wiegen zum Schaukeln bringen oder in einem Rollstuhl fahren konnte ... Bei Kleinkindern muß man vorsichtig sein. Es ist sinnlos, sie zu früh oder im falschen Moment anzuschreien. Es ist sinnlos, Fragen zu ignorieren, nur weil Sie müde sind. Die helle Stimme neben Ihrem Ellbogen fragt: „Möchtest du eine Suppe, Mami?" und bietet Ihnen einen Aschenbecher voller Zigarettenstummeln und Milch an – vielleicht nicht ganz der Anblick, den Sie ersehnen, nachdem Sie sich zum erstenmal am Tag in aller Ruhe hingesetzt haben. Aber wenn Sie wütend schreien (und völlig unvernünftig, denn wer hat wohl den Aschenbecher auf dem niederen Couchtisch stehenlassen?), brechen Sie ein Spiel ab, das Ihnen – wären Sie darauf eingegangen – eine friedliche Stunde bescheren würde, während Ihr Sohn Suppen- und Teeparty mit weniger ekligen Requisiten spielt. Falls Sie das Schlafengehen zu einem Kampf ausarten lassen, werden Sie diesen Kampf jeden Abend ausfechten müssen. Wenn Sie ihn zwingen, sein Gemüse zu essen, und dabei die Geduld verlieren, machen Sie nicht nur ihn unglücklich; Sie inszenieren einen Dauerkonflikt, der auch Sie in tiefe Verzweiflung stürzen wird. Aus reinem Selbsterhaltungstrieb, wenn schon aus keinen anderen Gründen, müssen Sie taktvoll, heiter und optimistisch sein, wenn Sie ein Kleinkind im Haus haben.

Wenn es zum Schlimmsten kommt, können Sie immer noch schreien. Das scheint alle Kleinkinder zu unkontrollierbarem Kichern zu animieren, lange, ehe sie die Worte verstehen. Trotzdem wiederholen sie diese den ganzen Tag lang. Ich spreche als erfahrene Mutter eines unschuldigen Kindes, das die entsetzte Oma aus Yorkshire ein ganzes Weihnachtsfest lang mit „Saukerl" titulierte.

Man muß den kleinen Rebellen heimlich lenken und leiten. Jeder nächste Schritt muß attraktiv wirken und so, als hätte sich das Kind selbst dazu entschlossen. Bieten Sie ihm verschiedene Möglichkeiten an – alle, bloß nicht die von Ihnen gewünschte. Wenn Sie ein Kind in diesem Alter gewichtige Entscheidungen treffen lassen, wird es wahrscheinlich ausflippen. Es ist einfach noch zu schwer, herauszufinden, ob es spazierengehen oder daheim bleiben möchte. Aber „Sollen wir den Hasen oder den Pandabären mit nach oben nehmen?" oder „Willst du auf der Wickelmatte dein Buch anschauen?" oder „Verwenden wir heute abend das rosa oder das gelbe Shampoo?" sind kalkulierte Fragen, die das Kind zum Nachdenken anregen. In rein zufälligem Gehorsam geht es nach oben oder zur Wickelmatte oder in die Badewanne. Wenn Sie energisch rufen: „Marsch nach oben!" werden Sie mit sechzigprozentiger Wahrscheinlichkeit Ärger kriegen. Wenn Sie andererseits zu viele Alternativen zur Wahl stellen, werden Sie mitten auf der Treppe, die Arme voller Wäsche, festgenagelt, weil sich das Kind anders besonnen hat, was den Hasen und den Pandabären betrifft. Folgen Sie Ihrem Gefühl. Benutzen Sie harmlose Reizmittel, um mit Ihrem Kind einen einigermaßen angenehmen Tag zu verbringen. Die Lieblingsschallplatte auf dem Weg zum Mittagsschlaf, ein Blick auf einen Bagger durch das Küchenfenster, wenn es zu Mittag essen soll. Falls es nicht essen will, tun Sie, was alle einschlägigen Bücher empfehlen – präsentieren Sie die Speisen in neuer Form, aber plagen Sie sich nicht ab, indem Sie Stachelschweine aus Wurstbrät kneten, wenn Sie keine Lust dazu haben. Servieren Sie das Essen auf einem Erwachsenenteller mit Weidenmuster, oder bilden Sie aus Fischstäbchen einen Hut. (Mein Sohn ißt fast alles, wenn möglichst viel darauf gestreut oder geschüttet wurde. Allerdings sehen Geleewürfel auf der Erbsensuppe etwas merkwürdig aus.)

Neben solchen Lockmitteln sind auch Ablenkungsmanöver sehr wichtig. Einmal beobachtete ich fasziniert, wie eine weise alte Ex-Kinderfrau bei einem Spaziergang am steinigen Strand ein störrisches Kind behandelte. „Ich will nicht kommen, ich will nicht, ich will gehen, ich will den Buggy nicht! Ich will GEHEN!" plärrte es, bis Janet eingriff. „Sei still! Du machst so viel Lärm, daß ich die Steine nicht reden hören kann. Die unterhalten sich nämlich. Was sagen sie? Spitz doch mal die Ohren ..." Tief gebeugt, den Blick neugierig zu Boden gerichtet, wanderte das Kind fünfzehn Minuten den Strand entlang. „Wenn man sie in diesem Alter nicht ablenken kann, ist man verloren", meinte die alte Janet selbstzufrieden.

So etwas funktioniert natürlich nur bei Kindern, deren Sprache und Phantasie schon ziemlich weit entwickelt sind – also bei aufgeweckten Zweijährigen oder Zweieinhalbjährigen. Und damit wären wir beim letzten wesentlichen Punkt angekommen. Eine kluge Mutter beobachtet eingehend jedes Stadium ihres Kleinkindes und weiß ihren Nutzen daraus zu ziehen. Zum Beispiel die Sprache.

Zugegebenermaßen kommt in jedem Familienleben der Zeitpunkt, wenn der unbändige Stolz über die ersten Wörter eines Kindes in die resignierte Erkenntnis übergeht, daß es jetzt, wo es sprechen kann, niemals damit aufhört. Aber so entnervend das Geplapper nach einem langen Tag auch wirken kann, niemand ärgert sich ernsthaft darüber. Klar und deutlich sprechen zu lernen – das ist einer der besten Gefallen, den das Kind Ihnen und sich selber tun kann. Endlich vermag es auszudrücken, was es meint, und um das zu bitten, was es haben will, statt in hilfloses Geschrei auszubrechen wie ein Baby. Die Phase vor den ersten Wörtern ist oft am schlimmsten: Willensstarke Babys leiden oft ebenso heftig an Frustrationen wie die Mütter. Ein griesgrämiges, schluchzendes kleines Etwas ist schwieriger zu besänftigen als ein griesgrämiges, schluchzendes Kleinkind, das erklärt: „Milchwagen soll fahren" oder „Brotmesser haben". Die Sprache hilft. Nun können Sie dem Kind wenigstens etwas ähnlich Interessantes anbieten, zum Beispiel den Schneebesen. Wenn sich die Sprache entwickelt, bevor die geistige Rebellion einsetzt, werden Sie es viel leichter haben als im umgekehrten Fall, also machen Sie mit Ihrem Kind möglichst oft Sprechübungen.

Bei einem kleinen Kind geht das ganz einfach – Sie reden. Nicht in der Babysprache. Meine beiden Sprößlinge konnten längst „Katze" sagen, ehe sie ein Wort wie „Miez-Miez" zustande brachten. Eine deutliche Sprechweise führt viel schneller zum Ziel, als wenn Sie ein Kind mühsam veranlassen wollen, Ihnen etwas nachzuplappern. „Sag ‚Ente'. Nun mach schon – sag ‚Ente'." – das ist jedenfalls ein Spiel, das Sie bald langweilen wird. Sobald das Kind ein wenig sprechen kann, sollten Sie ihm nützliche Wörter beibringen, wie „essen", „trinken", „heiß" und „kalt" (und „Töpfchen"). Ebenso brauchbare Begriffe, die es verstehen lernen muß, sind „in einer Minute", „bald", „später" und „eines Tages". Falls ein Kind einen Keks essen will und Sie gerade ein anderes Baby wickeln, benötigen Sie den „In-einer-Minute-Code", um zu erklären, daß sein Wunsch bald erfüllt wird. Wenn Papa nicht zum Tee nach Hause kommt, sagen Sie „später". Sollte das Baby ein Motorrad haben wollen, benutzen Sie die Phrase „eines Tages". „Niemals" zu antworten, ist nur selten eine gute Idee (abgesehen von: „Du darfst niemals mit Streichhölzern spielen" oder „Du darfst niemals jemanden schlagen!"). Mein Mann erteilte mir folgende Lektion: Wir waren mit Nicholas (gerade einundzwanzig Monate alt) in der Werkstatt, und der Junge wollte eine „große elektrische Säge" haben. Ich sagte: „Nein, das geht nicht, nein, nächste Woche auch nicht." Paul verbesserte mich und verhinderte einen Wutanfall mit der Erklärung: „Eines Tages" – eine Phase, die erst in ferner Zukunft beginnt, wie unser Sohn bereits begriffen hatte. Im großen und ganzen sollte man, sobald ein gewisses Verständnis einsetzt und die Forderungen beginnen, öfter positiv als negativ antworten (auch wenn man manchmal alberne Sätze bildet). Wenn ein Kind um ein Messer bittet, erwidere ich fröhlich: „Ja, das ist ein schönes großes Messer, nicht wahr? Und ganz scharf, also lege ich es wohl besser wieder in die Schublade. Ja eines Tages, wenn du siebzehn bist, kannst du dir auch so ein Messer kaufen." Das funktioniert zu fünfzig Prozent, und das bedeutet, daß ich um fünfzig Prozent mehr Ruhe und Frieden erzielt habe, als es mir mit einem klaren „Nein" gelungen wäre. (Trotzdem würde ich das Wort „nein" nicht völlig abschaffen. Schon einem neun Monate alten Baby kann man beibringen, was es bedeutet, und wenn es quer durch ein Zimmer gebrüllt wird, rettet es manchmal ein Menschenleben. Aber gehen Sie differenziert damit um.)

Was Regeln und Verbote betrifft, so scheint es zu helfen, wenn man an eine größere, mysteriöse Welt voller Regeln, Ursachen und Wirkungen appelliert. Das mildert die Willenskämpfe zwischen Ihnen und Ihrem Kind. „Wenn du Rose weiterhin ärgerst, muß ich dir die Wasserpistole wegnehmen" ist besser als „Jetzt nehme ich sie dir weg!". Es impliziert eher eine Wirkung als eine Drohung. Im Winter kann man ein Kind leichter dazu überreden, Schuhe und Wollsachen anzuziehen, wenn man allgemeine Regeln einfließen läßt. „Was werden die Leute sagen, wenn du ohne Pullover aus dem Haus gehst." Das klingt nach knorrigen alten Gouvernanten, aber sehen wir den Tatsachen ins Auge – knorrige alte Gouvernanten erzielen oft die besten Resultate.

In dieser schwierigen Phase ist es empfehlenswert, daß die Eltern nicht als die Quelle aller Wohltaten und Freuden posieren. Ein Kind ist überglücklich, wenn ihm sein Spielzeugpapagei eine Mandarine „bringt" oder wenn eine geheimnisvolle Fee irgendwas Hübsches unters Bett gelegt hat; das stärkt den Glauben an eine gute Welt, was nicht das Schlechteste ist.

Eine übermütige kleine Verschwörung zwischen Ihnen und dem Kleinkind kann nicht schaden. Das Lieblingsspiel meines Sohnes war wochenlang „Erschrecken". Er lief mit irgendeinem Gegenstand (meist etwas Harmlosem wie einem Teelöffel) zu den Leuten und hielt ihn drohend hoch. Worauf das Opfer entsetzt zurückweichen und rufen mußte: „O nein, wie furchtbar!", und Nicholas trabte begeistert davon. Ich muß gestehen, daß ich ihm dieses Spiel beibrachte (das erstemal wurde Papa mit einem Plastikfisch erschreckt), um ihn zu amüsieren und ihm Stolz und Selbstbewußtsein einzuflößen. Sollten sich Schwierigkeiten anbahnen, flüsterte ich ihm zu, es wäre besser, Oma mit einer Duplo-Figur zu erschrecken. Als er diesem Spiel entwachsen war, gingen wir zu anderen Scherzen über. Zum Beispiel konnte ich sein Selbstbewußtsein immer wieder folgendermaßen aufbauen. „O nein! Nicholas hat einen – nein wirklich, einen TURM gebaut! Ein Glück, daß er zu klein ist, um ihn umzustoßen ... Nein! Jetzt hat er's doch tatsächlich geschafft!"

Wenn Sie noch kein Kleinkind haben, werden Sie bei dieser Lektüre zusammenzucken. „Sie bringt dem Kind bei, Leute zu erschrecken! Sie ermuntert es, ständig seine Grenzen zu überschreiten! Gräßlich! Kinder sind von Natur aus freundlich und bestrebt, den Erwachsenen Freude zu machen und in Harmonie mit ihnen zu leben. Man braucht also nur nett und vernünftig mit ihnen umzugehen, um sie zu lehren, auf andere Rücksicht zu nehmen ..." Aber das Problem besteht darin, daß Kleinkinder noch keine verständigen Kinder sind. Sie wollen nicht automatisch brav sein und sie legen monatelang nicht einmal auf Ihre Anerkennung Wert. Liebe – ja! Anerkennung – nein! Vernünftige Argumente sind sinnlos. Freundlichkeit ist notwendig, aber sie sind nicht dankbar dafür. Es wäre ein schlimmer Fehler anzunehmen, das Kind wäre nun, da es gehen und reden kann, reif und verständig. Das ist es *nicht*. Einmal hätte ich meinen Sohn beinahe verloren (und das ist alles, was ich über Sicherheitsmaßnahmen und Kleinkinder sagen werde – Wachsamkeit ist absolut erforderlich, in allen Aspekten des Tagesablaufs, und es ist überflüssig, hier ins Detail zu gehen), als ich einmal seine Hand losließ, um das Gepäck ins Auto zu verfrachten. Er war in guter Stimmung, wußte, daß man den Gehsteig nicht verlassen darf, und ich sagte ihm, er müßte bei mir bleiben. Kaum war er von meinem Griff befreit, rannte er auch schon hinter dem Wagen zur Mitte einer verkehrsreichen Straße und hüpfte kichernd herum. Das sollte ein Scherz sein. Trotz seiner Redegewandtheit und seiner raschen Auffassungsgabe – er war erst zwei Jahre alt und nicht *vertrauenswürdig*. Die Möglichkeit, er könnte sterben oder verletzt werden, ging über sein Begriffsvermögen und war deshalb irrelevant. Hätte ihn ein Auto überfahren, wäre es *meine* Schuld gewesen – weil ich seinen Charakter und seine Entwicklungsstufe für wenige Sekunden falsch eingeschätzt hatte.

Je besser Sie Ihr Kind kennen, desto leichter fällt es Ihnen, für seine Sicherheit zu sorgen und die Tage mit Spielen und Scherzen über die Runden zu bringen. Wenn das Kind zwanzig Monate alt ist, können Sie es beispielsweise trotz seiner Proteste aus der Badewanne locken, indem Sie das Wasser langsam ablaufen lassen, damit es „schlurrrps" macht, und ähnliche Geräusche nachahmen. Dabei trocknen Sie ihm schnell die Ohren ab. Später machen Sie raffinierte Vorschläge wie: „Jetzt ziehen wir uns an und gehen hinunter, um zu sehen, ob Papi schon deine Milch und deinen Keks serviert hat." (Wenn man die Milch und den Keks vor einem jüngeren Kind erwähnt, will es beides *vor* dem Anziehen haben – eine ständige Quelle des Ärgernisses.) Bei einem Dreijährigen können Sie eine ganze Reihe etwas gewagter Gründe anführen, warum er dieses oder jenes tun soll. „Weil du gerade so schön sauber bist, solltest du deinen neuen Pyjama mit den Häschen anziehen", „Weil ‚Tom und Jerry' bald beginnt." Oder sogar „Weil du Mamis braver Junge bist" (worauf ich mich nicht allzusehr verlassen würde).

Wenn das Kleinkind älter wird, können Sie die übertriebenen, unsinnigen Späße allmählich aufgeben und vernünftige Fragen vernünftig beantworten. Trotzdem wird das surreale Element immer wieder auftauchen. Unser Sohn rannte monatelang in der Küche herum und schrie: „Ich stasche gerade. Gleich bin ich wieder da, aber jetzt habe ich zu tun! Gib mir meinen Stascher! Okay!" Wir fanden nie heraus, was „staschen" ist, waren aber der Meinung, daß es uns nichts anging.

Als Nicholas einmal leichtes Fieber hatte, fragte der Arzt, ob er irgendwelche Symptome eines Deliriums zeigen würde. Das war schwer zu sagen. Wenn man ein Kind hat, das sich morgens kerzengerade im Bett aufsetzt und ruft: „Wir dürfen Papis elektrische Säge nicht in die Waschmaschine stekken", kann man kaum zwischen Fieberphantasien und normaler Alltagskonversation unterscheiden. Das Wachstum der kindlichen Einbildungskraft ist sehr praktisch für die Eltern. Mit dem Augenblick, da ein Kleinkind eine Bauernfigur in eine Schachtel stellt und „Traktor" sagt, eröffnen sich neue Welten voller Amüsement. Das alles müssen Sie sehr ernst nehmen. Wenn der zerbrochene Stock auf dem Sofa eine Ruderpinne ist, entfernen Sie ihn um Gottes willen nicht, solange sich das Kind in der Nähe aufhält. Ich mußte einen halben Vormittag lang einen heftigen Tränenausbruch ertragen, weil ich ein Kissen weggeräumt hatte, ohne zu ahnen, daß es ein Heuballen war. Wenn Ihr Kind ein Rad für seinen Wagen braucht, geben Sie ihm einen Plastikteller, aber seien Sie nicht beleidigt, wenn er verschmäht wird. Sollte Ihr Sohn glücklich und selbstvergessen auf dem Vordersitz eines richtigen Autos spielen, und Sie können ihn im Auge behalten, ziehen Sie den Zündschlüssel heraus und lassen Sie ihn in Ruhe. Falls das zu gefährlich ist, nehmen Sie sich eine halbe Stunde Zeit, setzen Sie sich zu ihm, und lesen Sie Zeitung.

Besucher und Nachbarn warfen mir seltsame Blicke zu, als Nicholas achtzehn Monate alt war, weil er sich im Hochsommer weigerte, auf dem Rasen in seinem aufblasbaren kleinen Schwimmbekken mit dem hübschen Wasserball zu spielen. Statt dessen raste er zu seiner einzigen wahren Liebe, dem Land Rover. Ich saß neben ihm, las oder schrieb Buchkritiken, während er hupte, die Scheinwerfer aufflammen ließ und draußen die Sonne strahlte. Wie die Leute uns anstarrten! Nun, ich war im siebenten Monat schwanger und hatte Heuschnupfen, und er war nun mal besessen von unserem Land Rover. Übrigens haben wir mit dieser kleinen Marotte niemandem geschadet.

Noch ein allgemeine Bemerkung über Kleinkinder – und zwar über die Gesundheit. Aus irgendwelchen Gründen scheinen Kinder um den zweiten Geburtstag herum (vermutlich, weil sie nun öfter mit anderen zusammen sind und sich ständig „verausgaben") besonders anfällig für Virusinfektionen. Soviel ich feststellen konnte, ist eine Virusinfektion eine Krankheit, über die der Arzt nichts Genaues weiß, um die er sich keine großen Sorgen macht und auf die er „letzte Woche draußen in Sowieso" mehrmals gestoßen ist. Ein guter Arzt wird das Kind besuchen, so oft Sie wollen, alle Gefahrenpunkte checken (Magen, Augen, Ohren, Hals) und nur selten ein starkes Medikament verschreiben. Sein Job ist es, Ihre Nerven zu besänftigen und sicherzugehen, daß sich keine schlimmere Krankheit hinter der Infektion verbirgt. Die meisten Kinder neigen in solchen Fällen zu Erbrechen, Durchfall, laufenden Nasen, leichtem Fieber und erschreckend schlechter Laune. Die Symptome sind so ähnlich wie beim Zahnen. Ich erwähne dieses Phänomen nur, weil es offenbar weit verbreitet ist und weil es Sie sehr beunruhigen kann, wenn es immer wieder auftritt. Nicholas fühlte sich zehn Wochen lang niemals richtig wohl, und ich beklagte mich schluchzend bei unserem Arzt, weil ich an ein gesundes, robustes, mit Muttermilch ernährtes Baby gewöhnt war und jetzt ein leidendes, chronisch hinfälliges Kind hatte, das einer viktorianischen Salonballade zu entstammen schien (aber nicht so tugendhaft war). Was hatte ich bloß falsch gemacht? Siechte Nicholas dahin weil ich selbstsüchtigerweise noch ein Baby bekommen hatte? War er allergisch gegen das zwanzigste Jahrhundert? So und ähnlich unsinnig lauteten meine Fragen. Tag und Nacht war Nicholas reizbar, mißgelaunt und durch nichts von seinem Kummer abzulenken – teils, weil er ein Kleinkind, teils, weil er ein bißchen krank war. Der Arzt bat um eine Urinprobe, womit er uns grausige Stunden bescherte (an Töpfchenübungen war unter diesen Umständen nicht zu denken). Das Leben erschien uns wie die Hölle.

Aber Nicholas erholte sich, und als ich mich umblickte, stellte ich fest, daß auch alle anderen Winterviruskinder genesen waren. Die Mütter begannen sich wieder zu frisieren und liefen mit beschwingten Frühlingsschritten herum. Diese Qualen gehen also vorüber. Ich kann Ihnen nur wenige Ratschläge geben.

- Wenn Ihr Arzt kein Mitgefühl zeigt, gehen Sie zu einem anderen. (Fragen Sie die Mütter in Ihrer Nachbarschaft um Rat.)

- Tragen Sie eine Tasche oder Schachtel voller verlockender kleiner Dinge mit sich herum –

Pfeifen und Bücher und Luftballons und ein Seifenblasenröhrchen und Klebebilder – das hilft Ihnen und dem Kind über kritische Augenblicke hinweg.

- Halten Sie stets einen Krug mit Orangensaft bereit, wenn möglich frisch ausgepreßt.

- Wenn das Kind keine Milch verträgt, die es normalerweise gern mag, versuchen Sie sie durch Honigwasser zu ersetzen. Ein Teelöffel Honig in ein Glas geben, heißes Wasser darauf gießen, einen Spritzer Zitronensaft beifügen und umrühren. Das ist eine Energiequelle und ein Trost für den empfindlichsten Magen. Trinken Sie's selber auch, mit Whisky drin.

Spielsachen und Spiele für Kleinkinder. Glücklicherweise sind Kleinkinder im großen und ganzen immun gegen den Comic-Quatsch, den geschäftstüchtige Leute auf den Markt bringen, um größeren Kindern das Taschengeld zu entlocken. Also können Sie für Ihre Kleinen hübsche, erzieherisch wertvolle, haltbare Spielsachen kaufen und bleiben für eine Weile von Superman, Fix und Foxy verschont. Das lohnt sich nicht nur aus pädagogischen Gründen, es ist auch ein Vergnügen, Geld für wirklich gutes Mehrzweckspielzeug auszugeben, mit dem sich das Kind lange beschäftigen kann. Außerdem ist es sinnvoll, Second-Hand-Läden zu durchstöbern, um zu sehen, welches heißgeliebte, oft benutzte Spielzeug so lange funktionsfähig bleibt, daß es später noch verkauft werden kann. Es ist erstaunlich, welch eine geringe Anzahl von Massenherstellern in solchen Geschäften vertreten ist. Wenn Sie tatsächlich etwas in einem Second-Hand-Laden kaufen – um so besser.

Kein Kleinkind wird beleidigt sein, wenn es ein Spieltelefon aus dritter Hand bekommt, solange die Glocke immer noch läutet.

Eine etwas lästige Aufgabe, die sich aber für alle Beteiligten ebenfalls lohnt, ist es, vierzehntäglich (okay, allmonatlich) die Spielsachen in Ordnung zu bringen. Wenn Sie unbedingt wollen, stecken Sie alle Steckringe zusammen. Aber viel wichtiger wäre es, die Utensilien für die Küchen- und Puppenhaus-Spiele, gekaufte und improvisierte, in getrennten Körben zu verstauen und die Bausteine in „Familien" einzuteilen (falls Sie verrückt genug waren, mehrere Sorten zu kaufen!).Ich finde, das alles kann man nur tun, wenn die Kinder nicht im Weg sind. Jedenfalls macht es richtig Spaß, wenn man sagen kann: „So, jetzt spielen wir Teeparty", und alles, was man dafür braucht, in einem Korb beisammen hat, statt in einer Schachtel herumzuwühlen, die einen alten Schuh, einen Becher, einen Puppenhut, einen halben Duplo-Kippwagen und die Schneide eines Spielzeugschwerts enthält. Außerdem ist es eine brillante Strategie, gewisse Sachen für einen oder zwei Monate wegzuräumen. Wenn ein Kind zwischen einem und drei Jahre alt ist, kann man ihm mindestens dreimal dasselbe Extra-Überraschungsgeschenk geben. Nach ein paar Wochen langweilt es sich damit, einige Zeit später wird dieses Spielzeug wieder freudig begrüßt.

Ich habe das alles gehaßt, und der Gedanke, durch ein Meer greller Plastiksachen zu waten und schmutzige Puppentellerchen zu sortieren, erschien mir als der Höhepunkt mütterlicher Sklaverei. Aber fassen Sie sich ein Herz – man kann sich richtig dafür begeistern. Meine moralische große Inventur und die Parade der Duplo-Autos zählen zu den Wundern meines Haushalts, und die währen einen ganzen Abend, wenn ich ein Hörspiel im Radio genieße und dabei Feuerwehrautos mit Leitern versehe und den „Mann mit dem blauen Hut" in einen zusammengekrachten Laster setze. Spielzeug zu basteln, gehört zu den großen unerwarteten Freuden der Mutterschaft. Noch besser ist es, den Ehemann dazu zu animieren. Da die Neigung meines Mannes für Holzarbeiten an zahllosen kindlichen Forderungen nach Sägen, Äxten, Hobeln, Schabhobeln und Fräsen schuld war, fand ich es nur fair, daß er seine Werkzeuge benutzte, um auch für Nicholas welche herzustellen. Unsere Spielzeugaxt ist großartig, vor allem die Silberfarbe auf der Schneide. Paul produzierte sie in einer halben Stunde, nachdem ich in den Londoner Geschäften vergeblich nach einem Plastiktomahawk oder etwas ähnlichem gesucht hatte, um den verzweifelten Wunsch zu erfüllen, der von Nicholas allmorgendlich beim Aufwachen geäußert worden war: „Ich will eine Axt fürs Holzhacken." Die Fahndung danach gab ich auf, als mir der arrogante Verkäufer eines Spielwarenladens erklärte: „O nein, wir haben natürlich Indianeranzüge, aber keine Tomahawks, keine Waffen, die zur Gewaltanwendung anregen." Ringsum schimmerten und gleißten Maschinengewehre, Todesstrahler, Atomraketenwerfer aus Plastik und Computerspiele, die ausschließlich dazu dienen, Außerirdische abzuknallen. Und mein armer kleiner Pazifist wollte nur Holz hacken.

Wenn Sie es nicht schaffen, Spielzeug selber herzustellen, können Sie welches improvisieren und billige, originelle Sachen kaufen. Die alltäglichen Bauklötze, Karten und dergleichen will ich nicht erwähnen, dafür aber einige interessante Dinge, die bei Freunden und Bekannten als Spielzeug dienen:

- Alte Schreibmaschinen.

- Wäscheklammern, um etwas zusammenzubauen. (Ein paarmal zwicken sich die Kinder in die Finger, aber dann lernen sie es.)

- Muscheln und Steine – groß genug, daß sie nicht verschluckt werden können – zum Sortieren.

- Papierabfall, Filzschreiber, ein Plastiktischtuch und Nerven aus Stahl ..."

- Eine Schachtel voller alter (unzerbrechlicher) Becher und Rosinen zum „Kochen".

- Die Waschschüssel.

- Alte Illustrierte zum Zerreißen.

- Ein Tuch, das man über einen Stuhl legen oder drumherumwickeln kann, um ein Haus zu bauen. Noch besser – ein altes Leintuch, das in Streifen gerissen wird.

- Ein stumpfes Kartoffelmesser und eine Kartoffel.

- Liederkassetten für Kleinkinder sind sehr beliebt – aber Vorsicht! Auf dem Markt gibt es auch einige mit trister Popmusik, da kann das Kind nicht einmal den Text verstehen. Besser sind klar und deutlich gesungene Lieder mit lustigen Geräuscheffekten. Bereiten Sie sich aber darauf vor, daß Ihr Kind süchtig danach wird. Am Tag, als die „Mrs. Twisty"-Kassette kaputtging, hatte ich es stundenlang höllisch schwer, auch nur eine geringfügige Kooperation zu erzielen. Es dauerte drei Wochen, bis ich eine neue „Mrs. Twisty" bekam. Bis dahin wurde von mir erwartet, daß ich das gräßliche Lied selber singe.

- Floristen verwenden harten Schaumgummi (man gibt Ihnen die Abfälle, wenn man die Ringe für die Arrangements herausgeschnitten hat), den das Kind mit dem Spielzeughammer zertrümmern kann. *Nichts* für Kauer!

- Das Beste für Badewannenspiele – eine lebensgroße Lockente aus dem Sportgeschäft. Dick der Enterich verbrachte ein ganzes Jahr in unserem Badezimmer, und mit seinem schönen Gefieder und der faszinierenden Fähigkeit, „Pipi zu machen" (mittels der Ballaströhre unter dem Bauch), sorgte er für viele vergnügliche Stunden.

- Alte Deckel. Fragen Sie mich nicht, warum. Desgleichen alte Vorhangquasten.

- Pingpongbälle. Dafür gibt es erstaunlich viele Verwendungsmöglichkeiten.

- Im Garten: Kurz nachdem ich dreißig Pfund für eine Plastiksandkiste ausgegeben hatte, kauften Freunde für einen Fünfer einen alten Traktorreifen, schnitten ihn mit einem Brotmesser in der Mitte durch und machten daraus eine wunderbare, viel bessere Sandkiste.

- Wenn Sie ein altes Boot, das sich nicht mehr über Wasser hält, für wenig Geld oder umsonst kriegen – so etwas ist das beste Gartengeschenk für ein Kleinkind, dessen Phantasie sich zu entwickeln beginnt. Stellen Sie einen Mast mit Baumwollsegel hinein, das übertrifft alles, was man in einschlägigen Läden bekommt.

- Ein Schrank voller Dosen. Eine Freundin mit einem berüchtigten, sehr anspruchsvollen Kleinkind sagte: „Ich muß nur murmeln: ‚Ich glaube, jetzt könnte ich etwas Katzenfutter gebrauchen', und schon ist er für eine ganze Weile glücklich."

Das alles verlangt aber nach einem Startzeichen der Mutter, auch wenn sie keine Lust zum Spielen hat. Aus ein paar Minuten mit dem Kind kann sich eine halbe Stunde voller Zufriedenheit entwickeln, und Sie haben Zeit für andere Dinge; leider nicht immer. Als ich einen erfahrenen Vater (einen Anwalt, wie Sie noch erkennen werden) fragte, mit welchen Spielen sich ein zweijähriges Kind ohne fremde Hilfe befassen kann, antwortete er: „Kriminelle Sachbeschädigung, Sabotage, scheinbare Selbstmordversuche, Plünderung des Katzenfreßnapfs, grundloses manisches Gelächter." Eine noch erfahrenere Mutter antwortete auf dieselbe Frage schlicht und einfach: „Masturbation." O Gott!

Ehe wir das Thema „empfehlenswertes Spielzeug" beenden, muß ich noch etwas erwähnen, ohne das kein zweijähriges Kind auskommt: ein Dreirad oder irgendein Gegenstand, auf dem es sitzen und den es mit den Füßen voranbewegen kann. Das ist absolut unersetzlich. Alle Kleinkinder, die ich kenne, hatten lange Dreiradphasen, bereisten in ihrer Phantasie alle Erdteile, unternahmen bizarre Expeditionen, „um Stascher zu besorgen" oder hockten einfach darauf und dachten nach.

Ordnung halten. Während die Zeit verstreicht, droht die bunte Plastiklawine das Haus zu überrollen – gleichgültig, welch feste Entschlüsse Sie gefaßt haben. Am besten läßt sich das Problem auf folgende Arten lösen:

- Rangieren Sie einmal im Monat die Sachen aus, die nicht mehr beliebt sind.

- Große Körbe. („Die sind so ungefährlich", sagte eine Benutzerin, „und man kann sie mühelos von einem Ende des Zimmers zum anderen werfen.") Man braucht einen pro Raum.

- Bunte Beutel, die „wie ausgestopfte Kalbsmägen hinter jeder Tür hängen".

- „Spielsachen, die nicht mehr benutzt werden, muß man skrupellos ausrangieren", meinen mehrere beherzte Mütter. Das ist leicht gesagt. Wenn sich nun herausstellt, daß das Plastikpuppenbein, auf dem ein zerplatzter Luftballon steckt, ein Stascher ist? Wird er uns je verzeihen?

- Funktionieren Sie alle untersten Schrankschubladen in der Küche und in jedem Zimmer zu Schatzhöhlen um. Da können Sie jeden Abend alles Spielzeug hineinwerfen und haben wieder eine Erwachsenenwohnung. Das tut der Moral gut. Am hinteren Ende der Schubladen werden Sie Ihren Fotoapparat wiederfinden, die Scheckkarte, die Puderdose, Gläser, Ihr Tagebuch ...

- Dreiräder und Spielsachen, auf denen man sitzen kann, sind groß und unhandlich. Ich kenne einen Haushalt, in dem an der Lenkstange jedes

Dreirads ein Strick befestigt ist. Allabendlich werden diese an einem Wäschetrockner aufgehängt und zur Zimmerdecke hochgezogen. Während die Leute dinieren, baumeln drei Dreiräder und ein Bus bedenklich über ihren Köpfen, aber sie können wenigstens nicht mehr darüber stolpern.

Kleider. Geschmäcker sind verschieden. Ich persönlich finde, daß sich jede Mutter an eine gesunde egoistische Regel halten soll – niemals ein Kind, das unter drei ist, zum Kleiderkauf mitzunehmen, lieber ein Maßband. Maßbänder langweilen sich nicht, laufen nicht umher und werfen nichts um. Maßbänder kippen keine fremden Sportkarren um und lassen deren heulende Insassen nicht kopfüber in einem Berg von Sonderangebots-Socken liegen. Praktische Kleidungsstücke, die Sie vielleicht noch nicht kennen: Overalls aus dünnem, luftdurchlässigem Nylon, nicht so sperrig wie Regenkleidung (darin können sogar Krabbelkinder auf nassem Gras herumkriechen, ohne die Sachen schmutzig zu machen, die sie darunter tragen); Wollmützen, die Ohren und Hals bedecken, für Kinder, die im Winter ständig ihre Mütze abnehmen. Und Kleider, die eigentlich für ältere Kinder gedacht sind ... Die können sehr gut aussehen. Vielleicht ein bißchen nach Kenzo ...

Töpfchentraining. „Tu's nicht", sagte eine kluge Mutter, „du ahnst gar nicht, welche Wohltat die Windeln sind, bis die Kinder herauswachsen und beim Einkaufsbummel alle fünf Minuten ‚müssen'." Dieser Standpunkt hat etwas für sich. Das „halbtrockene" Baby ist eine Landplage, vor allem fern von zu Hause, wenn es die Teppiche anderer Leute gefährdet. Und es gibt kaum etwas Unangenehmeres, als ständig fragen zu müssen: „Willst du mal? Nein? Bist du sicher? Sollen wir's mal versuchen?" Was jede vernünftige Konversation mit Kindern oder erwachsenen Freunden ausschließt ... Noch schlimmer ist es, wenn man mit Argusaugen auf untrügliche Zeichen lauert und ab wartet, ob das spielende Baby die Knie zusammenpreßt, sich zwischen den Beinen kratzt oder im Gesicht hochrot anläuft. Manchmal glaubt man, die armen kleinen Dinger würden oberhalb der Gürtellinie überhaupt nichts Interessantes mehr tun. Und wenn man nur für eine Sekunde in seiner Wachsamkeit nachläßt, bildet sich schon eine Pfütze. Einmal ging ich in den Garten und traf dort meinen beschämten Ehemann an. „Tut mir leid", sagte er, „ich vergaß ihn zu fragen, und wir schauten uns gerade das Mauerschwalbennest an." Trotz der triefnassen Hosen, Socken und Schuhe konnte ich den beiden nicht böse sein. Vogelbabys sind nun mal wichtiger als Nachttöpfe.

Da diese quälende Ungewißheit stets mit einem verfrühten Töpfchentraining verbunden ist (vor dem zweiten Geburtstag), vertreten viele Leute die Ansicht meiner oben erwähnten Freundin. Eine Frau, die ein späteres Training bevorzugt, erklärte: „Mit zweieinhalb sind die meisten Kinder okay. Wenn Sie nach dem ersten Geburtstag anfangen haben Sie anderthalb unsichere Jahre vor sich, nach dem zweiten müssen Sie sechs Monate leiden, aber nur eine Woche, wenn das Kind erst mit zweieinhalb auf den Topf geht." Das älteste Kind dieser Frau lernte es mit zweieinhalb auf einem Zwölf-Stunden-Flug nach Amerika. „In einem Flugzeug, fast zwanzigtausend Meter über der Erde, zwölf Stunden lang – da kann man sowieso nicht viel anderes unternehmen, als ein Kind alle zwanzig Minuten aufs Klo zu führen."

Mit zweieinhalb haben die meisten Kinder gemerkt, was da passiert, und haben eine gewisse Kontrolle darüber. (Allerdings kann man den Prozeß verlangsamen, indem man die Kinder Tag und Nacht in stark saugfähige, herrlich weiche Wegwerfwindeln wickelt, die einem die Wäsche ersparen und die so angenehm zu tragen sind, daß ein bißchen Pipi unbemerkt bleibt. Erst als wir Mut faßten und die Windeln wegließen – bereit, die Konsequenzen zu tragen – erkannte unser Sohn, was da unten vorging. Bis nach seinem zweiten Geburtstag hatte er noch nicht einmal zufällig ins Badewasser gemacht!) Trotzdem wird man immer wieder dazu gedrängt, schon viel früher auf die Windeln zu verzichten.

Es ist erst ein Jahrzehnt her, daß ein paar Wochen alte Babys übers Töpfchen gehalten wurden, in der Hoffnung, der kalte Porzellanrand könnte Aktivitäten in den Eingeweiden auslösen. Was immer Freud über das Trauma gesagt haben mag, das ein zu frühes Töpfchentraining hervorrufen könnte – es ist weit verbreitet. (Es entzückt mich, daß Jill Freud – mit dem Enkel des großen, finsteren Psychologen verheiratet – ihre Kinder „am Tag drei" zu trainieren begann. „Sehr anti-freudianisch. Ich glaube, ich bin altmodisch.") Obwohl moderne Kinderpsychologen einstimmig meinen, das Töpfchentraining mit Kindern, die unter einem Jahr, sogar unter achtzehn Monate alt sind, wäre infolge der Unfähigkeit des Babys, die richtigen Muskeln zu kontrollieren, völlig sinnlos, verfolgen uns die alten Überzeugungen immer noch. Die Omas machen eifrig Propaganda für das Töpfchen. „Meine Liebe, in diesem Alter dürfte er sich nicht mehr in seinem eigenen Stuhlgang wälzen ..." – „Natürlich habe ich dich schon nach drei Monaten übers Töpfchen gehalten, meine Liebe ..." – „Soll dir die

Oma ein großes, hübsches Töpfchen kaufen?"

Und dann tauchen Freundinnen mit bereits trokkenen Kindern auf, führen die schmalhüftige Nachkommenschaft wie sieggewohnte Rassepferde vor, um Ihre eigenen dickhüftigen kleinen Gewohnheitsverbrecher zu beschämen. Schließlich (das war der ausschlaggebende Grund, der uns veranlaßte, das Training zu beginnen, wenn auch mit einem äußerst desinteressierten und unwilligen Objekt) kann sich das Kleinkind artikulieren und läßt seine Intelligenz erkennen. Es wirkt fast unanständig, wenn ein urbaner Miniaturerwachsener zusieht, wie Sie morgens alles für einen Ausgang einpacken, und sagt: „Vergiß die Zink- und Kastoröl-Salbe nicht Mama, für alle Fälle. Vielleicht brauche ich schon jetzt eine neue Windel. Sollen wir mal nachsehen, ob ich Pipi gemacht habe?" Wenn er so drüber reden kann, müßte er's doch können ... Nein, er kann's nicht.

Bis der Groschen fällt, vergehen mühsame Zeiten. Manche Kleinkinder hassen den Topf, fühlen sich unsicher darauf, und der kalte Rand ist ihnen unangenehm. Einige wollen fast sofort auf die Toilette gehen, auf die man einen Deckel mit kleinerer Öffnung gelegt hat. Andere (besonders Jungs) erleben den großen Durchbruch draußen, hinter einer Hecke. Die wichtigsten Regeln, die ich gesammelt oder selbst aufgestellt habe:

- Fangen Sie im Sommer mit dem Training an, auch wenn das Kind dann vielleicht zu jung oder zu alt ist. Es ist wunderbar, an warmen Tagen ohne Windeln herumzulaufen und überall Pfützen zu hinterlassen, bis man endlich begriffen hat, worauf es ankommt.

- „Trainingshosen" aus Frottee mit Plastikschutz

sind in der Theorie sehr praktisch, aber wenn Ihr Kind sie haßt, führen sie nicht zum gewünschten Ziel. Sie sind ziemlich heiß und steif, die Beinausschnitte oft zu eng.

- Eine Puppe, die Pipi macht, ist tatsächlich hilfreich – vor allem bei Mädchen, die nicht sehen können, was bei ihnen selbst passiert.

- Sobald das Kind weiß, was es tut, schadet es nichts, Lockmittel einzusetzen. Bei jedem Erfolg ein Smartie wird seine Zähne nicht ruinieren. (Und wenn Sie es in diesem Alter an mehr als ein Smartie auf einmal gewöhnt haben, sind Sie selber nicht besonders smart.) Eine Frau, die ich zu diesem Thema befragte, sagte leichthin: „Ich schickte sie für eine Woche zu meiner Mutter, und sie schaffte es durch Bestechung."

- Schimpfen Sie niemals über nasse Hosen. Das wirkt nicht produktiv.

- Eine Mutter von älteren Kindern warnte eindringlich: „Erörtern Sie dieses wenig erfreuliche Thema nicht vor kinderlosen Gästen." Ich dachte, so etwas würde ich niemals tun, aber eine Woche später hörte ich mich überall davon schwatzen. Na und? Wenn Sie kinderlose Freunde haben, die langweilige Monologe über ihr Sexualleben oder ihre Operationen halten, sollten Sie's ihnen heimzahlen. Im Grunde ist das Töpfchentraining sehr interessant: Also, meine Kinder ... Nein, wirklich, Ihre auch? Aufs Sofa?

- Ignorieren Sie alle Omas. (Es sei denn, sie sind bereit, das Kind für eine Woche bei sich aufzunehmen und zu bestechen.)

Fern von Zuhause. Eine findige Firma brachte unlängst einen Artikel für reiselustige Töpfchentrainer auf den Markt – einen aufblasbaren Nachttopf. Wie brillant! Wie konsumentenfreundlich! Aber gewisse Fragen bleiben unbeantwortet – zum Beispiel, wie lange braucht man, um das Ding in Notfällen aufzublasen, und wer will es nach der ersten Benutzung noch an die Lippen halten? Die Designer sollten sich lieber noch mal an den Zeichentisch setzen. Aber das Problem, was man unterwegs mit einem halb- oder neutrainierten Kind, das eine kleine Blase hat, tun soll, ist beträchtlich. Bei einer Meinungsumfrage stieß ich auf eine große militante Gruppe, die in Notsituationen den Rinnstein empfiehlt. „Und wenn Sie von den Leuten böse angestarrt werden – zum Teufel mit ihnen, denn die führen ihre Dänischen Doggen zu dem gleichen Zweck spazieren." Eine weitere militante Gruppe weist darauf hin, daß „es in jedem Geschäft eine Toilette für die Angestellten gibt. Wenn man kein Entgegenkommen zeigt, trichtern Sie Ihrem Kind ein, es soll sich mitten in den Laden stellen und schreien: ‚Mami, das Pipi kommt!' Dann wird man sofort spuren." Und eine zufriedene Minderheit mit Söhnen riet: „Nehmen Sie einfach einen großen leeren Nachtcremetopf mit, und dann gießen Sie den Inhalt heimlich durchs Kanalgitter."

Im Auto können Sie Ihren Seelenfrieden erhalten, wenn Sie stark saugfähige Wegwerfwindeln auf den Kindersitz legen und ein Handtuch darüber breiten. Eine trickreiche Freundin erweiterte dieses Prinzip noch, indem sie ein Frotteekissen mit Wegwerfwindeln ausstopfte und auf Busfahrten und zu Einladungen mitnahm – „als Spezialsitzkissen meines Kindes". (Es bereitete ihr einige Schwierigkeiten, mit dieser Gepflogenheit aufzuhören, als das Training des Kindes zu Ende war. Trotzdem ist die Idee gut.) Ihre Tochter verstand den Zweck des Kissens nicht ganz und versuchte sich weiterhin daran zu erinnern, in bestimmten Augenblicken nach einem Topf zu fragen; und die Mutter war vor peinlichen Situationen sicher, wann immer das Kind im Bus oder an einem Tisch saß. (Sie schwebte sogar in noch schlimmeren Gefahren als die meisten Mütter, denn ihre zweijährige Tochter war so groß und so aufgeweckt, daß alle Leute dachten, sie wäre mindestens vier. Was ein weiterer Grund für viele verzweifelte Versuche ist, schon früh mit dem Töpfchentraining zu beginnen. Ein „vierjähriges" Kind in Windeln sieht wirklich ein bißchen albern aus.)

Tränen und Wutanfälle. Je klüger ein Kind wird und je besser es sich ausdrücken kann, desto ärgerlicher sind seine Wutanfälle. „Unvernunft – als Vernunft getarnt" – so könnte man das Problem auf einen Nenner bringen. Mein Sohn stand einmal neben einem Schwimmbecken und weigerte sich, das einzige trockene Handtuch herzugeben, obwohl sein Kindermädchen und ich – vor Kälte zitternd – höflich darum baten. (Nach Möglichkeit sollte man ein Kleinkind zu nichts zwingen und seine Würde und Unabhängigkeit respektieren ... Ah, diese alten Ideale ...) Wütend, mit rotem Gesicht stand das kleine Wesen da, die winzigen Finger um das Handtuch gekrallt, stampfte mit dem Fuß auf und schrie: „VIRGINIA SOLL ES NICHT KRIEGEN! VIRGINIA SOLL NASS SEIN!" (Das war sie wirklich.) Dann versuchte er auf den Kopf seiner Schwester zu steigen und warf sich laut schluchzend zu Boden, als hätten wir ihn geschlagen. Für so ein Gebrüll, für solche Wut und Tränenausbrüche gibt es keine vernünftige Erklärung.

Niemand wird ein Kind eines unsinnigen Gebrülls bezichtigen, wenn es aus Angst vor einem aggressiven Hund schreit, vor Schmerzen nach einem Sturz oder aus Zorn, weil es gegen seinen Willen festgehalten wird. Das Problem besteht darin, daß Kinder in der Primadonnen-, Dylan-Thomas-im-Suff- und Wahnsinnsphase jedes kleine Ärgernis so aufbauschen, als würden sie von Wölfen gejagt oder angekettet in einem Keller schmachten.

Über diese Anfälle gibt es zwei Theorien. Penelope Leach meint, man sollte sich auf gleiche Höhe mit dem Kind hinabbegeben und es in den Armen halten, bis die Aufregung nachläßt. Die andere, von einem etwas derben australischen Kinderarzt propagiert, empfiehlt, den kleinen Schreihals in seinem Zimmer einzusperren, bis der Zorn verraucht ist. Das erste System basiert auf der Tatsache, daß sich die Kinder mit ihrer Wut selber Angst machen können und Liebe dringender brauchen als alles andere. Das zweite auf dem ebenso wahren Faktor, daß auch Eltern frustriert und nervös werden, wenn ein solcher Anfall stattfindet, und selber Zeit brauchen, um sich zu beruhigen. Außerdem wird ein älteres Kind, wenn es kein Publikum mehr hat, schneller zu toben aufhören. Die schlechteste Therapie ist ganz sicher ein Zimmer voll besorgter Leute, die das Kind mit Süßigkeiten zu bestechen oder auf andere Weise abzulenken versuchen oder die Kakophonie noch steigern, indem sie im Chor Ermahnungen und Drohungen ausstoßen.

Ich an Ihrer Stelle würde mich an keine der beiden Theorien halten. So wie hinsichtlich der Frage, wie die Trennungen zwischen Mutter und Kind am besten durchzustehen sind, müssen Sie Ihren Sprößling sehr gut kennen und wissen, wie weit Sie gehen dürfen, ohne den Bogen zu überspannen. Lassen Sie es gar nicht erst zu einem Wutanfall kommen, wenn Sie ihn unterbinden können. Achten Sie auf die weinerliche helle Stimme, während der Zorn wächst. Versuchen Sie das Kind möglichst früh mit einem Scherz zu überrumpeln. Die folgenden Aussprüche, möglichst laut und deutlich geäußert, haben schon mehrmals kindliche Wut in hilfloses Gekicher verwandelt:

„Sei nicht so ein DICKSCHÄDEL."

„Halt den Mund, du VERRÜCKTES HUHN!"

„Du kleiner RRRRRACKER!"

„Wo ist denn unser WILDER INDIANER?"

„Du kleiner BRUMMBÄR!"

Damit gewinnen Sie Zeit, um das Kind auf andere Gedanken zu bringen. Manche kann man mit einem energischen „Hör auf!" stoppen, aber erst, wenn sie alt genug sind – fast drei – um zu begreifen, was sie tun. Kleinere Kinder reagieren rein emotional und müssen zum Lachen gebracht oder mit etwas abgelenkt werden, das ihr Interesse weckt. Bedauerlicherweise muß ich sagen, daß sogar physische Kräfte wirksam sind. Keine Schläge, die funktionieren nicht. Aber man kann das Kind hochheben, blitzschnell aus dem Zimmer tragen, herumwirbeln oder kitzeln, bis es hysterisch kichert. Daß so etwas effektiv ist, zerstört alle meine Lieblingstheorien über die „Vernunft, der Kinder zugänglich sind, über ihre Würde, die man respektieren muß". Aber – in kleinen Dosen angewandt – erzielt man mit der zuletzt angeführten Methode traumhafte Erfolge, wenn man einen drohenden Wutausbruch abwenden will.

In einem besonders kritischen Stadium half uns ein Trick, den Anfall zu bremsen, ehe er sich richtig entwickeln konnte. Wir veranlaßten das Kind, seinen Zorn auf ein Spielzeug zu konzentrieren. Ein langbeiniger, krummer, schlappohriger Stoffhase eignete sich ideal dafür. Ich packte und schüttelte ihn und schrie mit schriller Stimme: „Ich will dich nicht, ich mag dich nicht! Baaaah:" Nicholas war entzückt, als ihm bewiesen wurde, daß andere Leute unter den gleichen Anwandlungen litten wie er und lernte sehr bald, in leisem, knurrendem, mahnenden Ton zu schimpfen: „Hase! Beeeenimm dich!" Und wenn unser Sohn wieder einmal zu brüllen anfing, schauten wir uns ängstlich um und taten so, als glaubten wir, es wäre der Hase. Darauf fiel er fast immer herein und rannte fröhlich los, um die Wut aus dem schlaffen Tier herauszuschütteln.

Falls der Zorn unweigerlich wächst, gibt es ein paar Therapien (teilweise widersprüchlich, aber alle getestet), die von einigen Müttern angewandt wurden. Im richtigen Moment, beim richtigen Kind, bewirken alle Ruhe und Frieden.

- „Tun Sie so, als würde gar kein Wutanfall stattfinden."

- „Ahmen Sie das Kind nach, und bringen Sie es zum Lachen."

- „Sofort ins Bett mit ihm, ehe es noch einen Atemzug tun kann. Ohne Publikum verfliegt die Wut sehr schnell."

- „Knien Sie sich hin. Ein Augenkontakt ist höchst effektvoll."

- Ein rascher Szenenwechsel: „Komm, schauen wir uns die Enten an!"

- „Wir haben eine große Schachtel voller bunter Knöpfe und nehmen einfach einen nach dem anderen heraus, ganz langsam, bis sich das Kind hinreichend dafür interessiert, um damit zu spielen."

- „Bleiben Sie gelassen, zeigen Sie Mitgefühl, und gehen Sie nicht auf die Wut des Kindes ein. Ich habe ganz ruhig mit ihm gesprochen, als würde ich das ohrenbetäubende Geschrei gar nicht hören, und das hat gewirkt."

- „Heben Sie das Kind hoch und tragen Sie es in die Toilette." (Der Vorschlag einer Lehrerin.) „Drehen Sie alle Hähne auf. Rauschendes Wasser kann durchaus mit Tränen und Gebrüll konkurrieren."

- „Tun Sie etwas Absurdes, um die Neugier des Kindes zu wecken. Legen Sie sich ein Kissen auf den Kopf, oder quieken Sie wie eine Maus."

- „Brechen Sie in schallendes Gelächter aus." (Vorsicht, damit können Sie ältere Kinder tödlich beleidigen!)

- „Gehen Sie mit energischen Schritten davon."

- „Setzen Sie sich mit einer Limonadenflasche und Schokoladenkeksen zu dem Kind. Beides wird mit Wut- und Hohngeschrei abgelehnt, wenn Sie es anbieten, aber zehn bis fünfzehn Minuten später schüchtern und unter Tränen akzeptiert."

- „Laufen Sie herum, singen Sie aus voller Kehle, hüpfen Sie auf und ab. Vor lauter Überraschung wird das Kind seinen Zorn vergessen."

- „Sagen Sie: ‚Da kommt noch ein Schrei – ich

sehe ihn aus deiner Stirn kommen. Schnell, schau in den Spiegel, dann siehst du ihn auch ... Oh, jetzt ist er anscheinend verschwunden. Versuch's noch mal, schrei ganz laut, und wir schauen zu ... "

- „Legen Sie das Kind auf den Boden, fern von allen Gefahrenzonen, und warten Sie. Sobald der Lärm verstummt ist, gehen Sie schnell zu ihm und erklären Sie, wie lieb Sie es haben."

- „Sagen Sie: ‚Komm wieder, wenn du dich ordentlich benehmen kannst', und sperren Sie das Kind aus dem Zimmer aus." (Nur, wenn es schon etwas älter ist und wenn Sie hören und sehen können, was für schreckliche Dinge es draußen treibt.)

- „Geben Sie niemals, niemals, niemals nach! Ignorieren Sie die Wut des Kindes und plazieren Sie es außerhalb Ihres Blickfeldes, bis das Gebrüll verstummt."

- „Setzen Sie sich auf den Boden, nehmen Sie Ihr Kind fest in die Arme, und blasen Sie ihm sanft ins Ohr."

Den letzten Vorschlag habe ich befolgt. Wenn Sie wollen, kann ich Ihnen die Bißnarben an meiner Schulter zeigen. Viel Glück! Eine Bemerkung, die Clement Freud, Vater von fünf Kindern, einmal machte, als sie noch klein waren, hilft mir, mich zu beherrschen. „Wie *tapfer* sie sind!" sagte er bewundernd. „Wir sind viel größer und stärker, aber sehen Sie doch, wie diese kleinen Geschöpfe dastehen und uns herausfordern!" Wenn Sie sich für einen Augenblick als Goliath betrachten, zu dem Davids kleines, verzerrtes Gesicht trotzig aufblickt, bringen Sie vielleicht die nötige Liebe und Geduld auf, um ihn nicht zu schlagen. Vor allem muß man stets bedenken, daß Zweijährige keine Erwachsenen sind. Deshalb sind sie nach dem Anfall nicht verlegen und zürnen weder Ihnen noch sich selbst. Die Sonne beginnt sehr schnell wieder zu scheinen; diesem Tempo müssen Sie sich anpassen und so tun, als wäre gar nichts passiert. Eines Tages wird es Abend, und Sie merken, daß tatsächlich nichts passiert ist.

Schlafenszeit. Mit etwas Glück können Sie das sanfte Schema, das Sie bei Ihrem größeren Baby eingeführt haben, einfach fortsetzen. Die Rituale werden etwas komplizierter, entwickeln sich sogar zu kleinen Festen. Wir zündeten Kerzen im Wohnzimmer an, und unser Sohn blies sie alle aus oder versuchte es zumindest. Schon den ganzen Nachmittag freute er sich darauf.

Die Hoffnung, ein Kind würde einschlafen, sobald es ins Bett geht, muß man aufgeben. Solange es glücklich und wohlbehalten daliegt, ist es einzig und allein *seine* Sache, ob es schläft oder nicht. Während ich diese Zeilen schreibe, gurgeln und kreischen meine beiden Sprößlinge sich an, diskutieren zusammenhanglos über Katzen und Kuchenbacken – eine volle Stunde, nachdem sie zu Bett gebracht wurden. Ich sage mir einfach, dies wäre die „stille Phase, in der sie sich vor dem Einschlafen beruhigen müssen", die in jedem einschlägigen Buch empfohlen wird und die wir aus irgendwelchen Gründen nie zustande brachten. Statt dessen machen sie einen Riesenwirbel, und zum Abschluß werfen wir dann noch ein paar Kuscheltiere in die Betten, während sich die Kinder kichernd herumwälzen. Und dann schlafen sie langsam ein. Das mag eine Methode sein, die vielen Leuten mißfallen würde, aber sie ist durchaus vernünftig. Ich kenne eine Zweijährige, die sofort einschläft, nach einer halben Stunde aufwacht, etwa eine Stunde lang mit ihren Teddybären spielt und wieder einschläft. Ihre Eltern betrachteten das anfangs als Schlafstörung und verbrachten ganze Abende damit, abwechselnd die Treppe zum Kinderschlafzimmer hinauf- und hinunterzulaufen. Immer wieder versuchten sie ihre Tochter zu „beruhigen". Dann sagte der Vater eines Tages. „Sie weint nicht. Ich glaube, sie ist okay." Und so ließen sie das Kind in Frieden. Es kicherte und sang eine Stunde lang, dann döste es ein und schlief tief und fest bis um acht. So macht sie es immer noch.

Wenn das Kind mühelos aus dem Gitterbettchen klettern kann oder bereits in einem großen Bett schläft, ist das Problem dieser nächtlichen Aktivitäten etwas schwieriger. Die Mutter eines Kleinkinds, das nach dem Schlafengehen immer wieder aufstand, hatte keine Lust, die Abende gurrend am Bett zu verbringen und ihre ohnehin vollkommen glückliche Tochter zu besänftigen. Sie löste das Problem, in dem sie ein vollkommen sicheres Kinderschlafzimmer herrichtete (mit abgedeckten Steckdosen und vergitterten Fenstern) und dafür sorgte, daß keine Spielsachen herumlagen, an denen sich das Kind verletzen konnte, keine Schnüre und Plastiktüten. An der Tür hing eine lautstarke Warnglocke. Die Mutter fand das Kind nur hin und wieder *unter* dem Bett, mit Decken und allem Drum und Dran, weil es vergessen hatte, wieder hineinzuklettern. Oder aus der Babyalarmanlage drangen seltsame Geräuscheffekte und Geplapper. Ernsthafte Probleme gab es nicht. (Wenn ein jüngeres Baby im selben Zimmer schläft, muß man die zugänglichen Spielsachen und Möbel natürlich noch genauer überprüfen. Aber Babys schlafen auch im größten Wirbel bemerkenswert gut, besonders, wenn er von Geschwistern veranstaltet wird.)

Gruppen. Während ich dieses Buch schreibe, bringt eine Bekannte ihr zweieinhalbjähriges Kind vormittags in den Kindergarten, bevor sie einkaufen geht. Eine andere fährt ihre gleichaltrige Tochter dreißig Meilen weit zum Suzuki-Violinunterricht, ein drittes Mädchen besucht eine Ballettgruppe, ein viertes einen Gymnastikkurs für Kinder unter fünf Jahren. Ab dem dritten Geburtstag nehmen die meisten an zwei Vormittagen pro Woche an Spielgruppen teil, und andauernd wird in irgendeiner Zeitungsredaktion ein weiterer Artikel über Kinder mit Vorschulerziehung geschrieben, die später viel bessere schulische Leistungen erzielen als die anderen und heranwachsen, um einmal die Welt zu regieren.

Das alles wirkt entmutigend auf Eltern, deren Sprößlinge sich energisch weigern, von Mama bei einer Spielgruppe zurückgelassen zu werden, und sei es auch nur für zehn Minuten. Oder deren liebe Kleinkinder dort so aggressiv auftrumpfen, daß sie nach zwei chaotischen Vormittagen hinausgeworfen werden wie Betrunkene aus einer Kneipe.

Nicht nur die gefürchtete Rivalität zwischen den Müttern bohrt Stacheln in Ihr Herz, wenn sich Ihr Kind mit drei Jahren noch immer nicht in eine Gruppe einfügen kann, auch Ihre eigenen Überzeugungen bedrücken Sie. Ich halte sehr viel von Spielgärten und Turnstunden und Tanzen und Suzuki. Aber mein Sohn hat was dagegen. Er will nicht hingehen, tanzt nur zu Hause und sitzt stocksteif da, wenn andere Kinder dabei sind. Und er würde keiner Kindergärtnerin erlauben, seine Spielpläne zu durchkreuzen oder seinen Knetgummi zu benutzen. Wenigstens balgt er sich mit niemandem herum. Ich kenne andere Familien – freundlich und kultiviert, vernünftig und diszipliniert – , deren Kleinkinder sich in gewalttätige Monstren verwandeln, sobald sie mit einem Dutzend anderer in ein Zimmer gesteckt werden, die um sich schlagen und treten und beißen, als wären sie bisher in der Gosse aufgewachsen und hätten um jeden Happen kämpfen müssen. Da können Sie nichts weiter tun, als im Hintergrund zu bleiben, die Teilnahme am großen Wettbewerb abzulehnen und die allgemein anerkannten Vorteile der Spielgruppen, Kindergärten und Vorschulerziehung anzuzweifeln. Solche Gruppen sind sehr in Mode gekommen, doch Sie könnten genausogut argumentieren, für ein Kind unter sechs Jahren wäre es am natürlichsten, sich in seinem Familienkreis zu entwickeln, umgeben von Eltern, Geschwistern, Nachbarn und ein oder zwei anderen Kindern. Wenn Sie einige Kinder beobachten, werden sie feststellen, daß sie auf ihrer gesellschaftlichen Stufe – zwischen älteren und jüngeren Kindern – tatsächlich glücklicher sind als in einer Gruppe von Altersgenossen. Eigentlich gibt es keinen besonderen Grund, warum ein Dreijähriger (noch weniger ein Zweijähriger) den Wunsch verspüren sollte, mit Kindern zusammenzusein, die genauso alt sind wie er. Manche betrachten Gleichaltrige sogar mit gewissem Entsetzen („Was, ich bin nicht der einzige?") und empfinden sie als Bedrohung. Daher rührt vielleicht die Gewalttätigkeit und die Neigung, sich an den Eltern festzuklammern. Wenn Ihr Kind nicht gern in der Gruppe spielt, so ist das möglicherweise nicht seine Schuld, sondern es handelt sich um die falsche Gruppe. Manche Pädagogen vertreten sogar die gewagte Meinung, Kinder könnten viel mehr lernen, wenn sie den ganzen Tag daheim bei ihren Müttern blieben.

Was die Mütter natürlich nicht wollen! Abgesehen von all den neuen Eindrücken, die das Kind dort gewinnen kann, verschaffen Kindergärten und Spielgruppen den Müttern vielleicht die erste Freizeit nach drei langen Jahren. Andere Lösungen müssen gefunden werden. Manche Familien schließen sich zusammen, zu zweit oder zu dritt, und engagieren einen guten Babysitter, der an ein paar Vormittagen pro Woche eine Minispielgruppe leitet. Wenn genügend Material zum Zeichnen, Malen und Modellieren vorhanden ist und an jedem Vormittag eine der Mütter vorbeischaut, erfüllen solche kleinen Gruppen denselben Zweck wie größere. Wenn Sie allein oder pleite sind, können Sie trotzdem einen Kinderaustausch für ein bis zwei Vormittage in der Woche organisieren, auch mit älteren Kindern. Es gibt viele Möglichkeiten für Sie und Ihr Kind, die Kluft zwischen der Baby-Isolation und dem Gesellschaftsleben der Erwachsenen zu überbrücken.

Freunde, die nicht mit diesem Dilemma konfrontiert werden und deren Kinder gern in Spielgruppen und Kindergärten gehen, empfehlen ein paar Vorsichtsmaßnahme zu ergreifen, ehe der neue Lebensabschnitt beginnt:

- Bringen Sie dem Kind die Lieder der Spielgruppe schon zu Hause bei. Bitten Sie die Kindergärtnerin um die Texte.

- Informieren Sie sich über die Aktivitäten, die in der Spielgruppe üblich sind und üben Sie sie daheim mit Ihrem Kind.

- Packen Sie dem Kind eine vertraute Flasche mit Becher für seinen Vormittagsimbiß ein.

- Kommen Sie anfangs nicht einmal eine Minute zu spät, um Ihr Kind vom Kindergarten abzuholen.

- Bringen Sie ihm schlichte, allgemein übliche Wörter für Töpfchen und Toilette bei. Zögern Sie nicht, den Topf des Kindes mitzubringen, versehen Sie ihn mit einem Namensschild, und weisen Sie die Kindergärtnerin darauf hin. So peinlich das auch sein mag, wenn die anderen Kinder wie Zehnjährige auf fremde Toiletten gehen – es ist besser, als den ersten Schritt Ihres Sprößlings in die Unabhängigkeit zu verderben (und *Ihre* ersten freien Vormittage seit Jahren, indem Sie dem Kind den vertrauten, bei gewissen Bedürfnissen benötigten runden Rand um den kleinen Po entziehen).

Kinder, die sich an die Eltern klammern. Dieses Problem ist weit verbreitet und taucht manchmal auch zu Hause auf. Die Ratgeber teilen sich wieder einmal in zwei Gruppen. Die einen sagen etwa: „Lassen Sie das Kind schreien, es wird begreifen lernen, daß Sie in ein paar Minuten ins Zimmer zurückkehren." Die anderen empfehlen: „Nehmen Sie das Kind mit, sogar auf die Toilette, das gibt ihm Zuversicht."

Viele Mütter gestehen, ihre Kinder würden darauf beharren, in die Toilette mitzugehen; irgendwie ist das symbolisch für die völlige Vereinnahmung des mütterlichen Lebens. „Ich mußte zehn Jahre warten, bis ich endlich wieder allein pinkeln durfte!" rief eine junge Frau dramatisch. Andere geben zu, das Kleinkind hätte in der Toilette monatelang auf ihren Knien gesessen. Eine altmodische Mutter, deren Kindern nun erwachsen und sehr aufgeschlossen sind, erzählte: „Ich sah, wie sich diese vier kleinen Hände unter der Badezimmertür hereinschoben, und • wäre am liebsten draufgetreten!" So etwas treibt natürlich alle Mütter hin und wieder zur Verzweiflung. Welchen Rat man befolgen soll, ist ein Rätsel. Vielleicht wäre ein Kompromiß am besten. Nehmen Sie das Kind häufig in die Toilette mit, lassen Sie es gelegentlich aber auch draußen, und erklären Sie: „Ich bin gleich wieder da." Wenn sonst noch jemand da ist, veranlassen Sie ihn, das ebenfalls zu versichern. Fallen Sie manchmal über das Kind her, wenn es gerade *nicht* schmusen will, überschütten Sie es mit unwillkommenen Küssen und Liebesbeteuerungen. Es ist unmöglich, einem Kind in diesem Alter zu oft zu sagen, daß es von der Mami geliebt wird. Denn wie eine Mutter sagte: „Wenn es sich anklammert, drückt es seine Liebe aus und fordert Gegenliebe." Sogar unbequeme Liebe ist es wert, respektiert zu werden.

Natürlich können Sie auch das Purves-System anwenden und auf der Toilette oder im Kohlenkeller oder wo immer Sie gerade sind, laut singen, damit die Kinder wissen, daß Sie immer noch in der Nähe sind. Die Nationalhymne würde sich zum Beispiel eignen.

Die zweite Runde des Kampfes – Geschwister

Ich war einmal auf einer Weihnachtsparty ausschließlich mit Leuten zusammen, die sich im selben Stadium der Kinderproduktion befanden wie wir. Mehrere schwangere Bäuche segelten umher, kleine Kinder krabbelten oder kletterten über Stühle und mausten Leckerbissen und zupften wütend an den Hosenbeinen oder Röcken der falschen Eltern und verlangten nach ihren Töpfchen. Als ich für ein paar Minuten Ruhe fand und mir einen Drink genehmigen konnte, traf ich in einer Ekke einen jungen Vater, der ebenfalls gerade ein bißchen Freizeit hatte. Wir alle waren Altersgenossen, hatten ernsthaft über die Geburt diskutiert, Hebammen verglichen, Klistiergeschichten ausgetauscht, über das Stillen gestritten und unsere Babys zusammen aufwachsen und sich gegenseitig von den Dreirädern stoßen sehen. Gemeinsam waren wir durch die Tretmühle gegangen. Aber ich zählte zu den ersten Pionieren in dieser Clique, die bereits auf die nächste Leitersprosse gestiegen waren. Nicht nur Nicholas trieb sich fröhlich am anderen Ende des Raumes um eine Schüssel mit Knabbergebäck herum, auch Rose – fünf Monate alt – saß in einer seltenen Anwandlung stummer Glückseligkeit am anderen Ende auf den Knien ihrer Oma.

Der junge Vater beobachtete seine hochschwangere Frau und stellte die naheliegende, gefährliche Frage: „Sag mal – wie ist es denn, wenn man *zwei* hat?"

Da dachte ich erst einmal nach und erinnerte mich an die frühen Morgenstunden, die komplizierten Zwei-Phasen-Bäder, die asynchronen Fütterungen, die konstanten Kämpfe, die ständig laufenden Nasen. Vorsichtig bewegte ich meine Schulter, die etwas in Mitleidenschaft gezogen war, weil ich beide Kinder auf einmal die Treppe hinaufgetragen hatte, schaute in sein unbefangenes, unschuldiges Gesicht und sagte: „Ich glaube, das erzähle ich dir lieber nicht." Dabei beließen wir es, und zwei Monate später fand er selber heraus, wie es ist.

Eltern von zwei oder mehr Kindern unter fünf Jahren weisen mehrere gemeinsame Züge auf – unter anderem eine gewisse Ungeduld mit den Leuten, die stöhnen und klagen, obwohl sie nur ein Kind haben. Das geht konform mit der belustigten Verachtung, die eine frischgebackene, an schlaflosen Nächten leidende Mutter für ihre schwangere, analytisch geprägte, hoffnungslos idealistische Freundin empfindet. Jetzt, da ich selbst zwei Kinder habe, sehe ich jene Verachtung gelegentlich in den Augen von Freundinnen mit drei oder vier Kindern aufflackern. Zweifellos hält Mrs. Victoria Gillick, zwölffache Mutter, uns alle für Jammerlappen und Schwächlinge, die keine Ahnung vom Leben haben.

Es hat keinen Sinn, noch lange wie die Katze um den heißen Brei herumzustreichen – ein zweites Kind verändert alles von neuem, gerade, wenn sich das Zusammenleben mit dem ersten einigermaßen eingespielt hat. Gerade, wenn Sie glauben, es wäre überstanden ... Angenommen, Sie entscheiden sich für den beliebten Abstand von einem bis drei Jahren zwischen zwei Babys, passiert folgendes: Sie haben ein Kind, das gerade auf die Beine gekommen ist, mit Ihnen spazierengeht, bezaubernde Fragen nach den Enten im Park stellt, auf dem Töpfchen sitzt und Sie zu imaginären Kaffeegesellschaften einlädt – und plötzlich werden Sie zurückgestoßen in die warme, verschwommene Welt voller Windeln, Hilflosigkeit und unberechenbarer Forderungen. Gerade haben Sie sich dran gewöhnt, Geschäfte abzuschließen. („Ich habe noch fünf Minuten zu tun, dann gehen wir in den Park und spielen am Teich mit deinem Segelboot.") Und auf einmal ist wieder ein winziger, unerbittlicher Ayatollah da, der SOFORT! AUGENBLICKLICH! gestillt werden will, bevor Sie Ihre Blusenknöpfe öffnen, geschweige denn die Knetgummifigur für das ältere Kind fertigstellen können. Gerade wenn beide Elternteile zu ihrem Wochenendrhythmus gefunden haben, um einander ein bißchen Freizeit zu verschaffen, indem sie aufregende Spaziergänge mit dem Einzelkind unternehmen, müssen Vater und Mutter plötzlich gleichzeitig Dienst tun, wenn der eine nicht vor Erschöpfung zusammenbrechen und das größere Kind seine aufregenden Spaziergänge nicht versäumen soll.

Wenn Sie eine berufstätige Mutter sind, verwandelt sich das dreigleisige Leben (Kind, Arbeit, Sie selbst plus Ehemann) in ein viergleisiges (Kind, Kind, Arbeit – und der Himmel möge Ihnen selbst und Ihrem Mann helfen). Der Stil Ihrer Mutterschaft könnte sich ändern. Wenn es bis jetzt keine Ohrfeigen gab – warten Sie mal den ersten absichtlichen, boshaften, gefährlichen Angriff auf das hilflose Neugeborene ab, und beobachten Sie, wie Ihre Hand wie aus eigenem Antrieb zu dem schlimmen Kleinkind hinüberschwingt. Wenn Sie die Bestechungstaktik noch nie anwandten – warten Sie, bis Sie das Baby nur stillen können, wenn der große Bruder Smarties bekommt. Wenn Sie alle Techniken der „egoistischen Kuh" verachten, die ich Ihnen anbot, damit Sie ein bißchen Zeit für sich selbst finden, werden Sie das vielleicht noch einmal lesen – um ein bißchen Zeit für das kleine Baby zu haben.

Wahrscheinlich werden Sie Hallelujah singen und gleichzeitig Seifenblasen produzieren, während Sie dem Baby verstohlen Brei in den Mund löffeln; denn Sie wissen, daß Sie nicht aufhören dürfen, das Kleinkind zu amüsieren, weil es sonst unruhig wird und schreckliche Dinge mit dem restlichen Brei tun könnte, wenn Sie dem Baby gerade schmeicheln, damit es den Mund aufmacht.

Wenn Sie Ihre Babys kurz hintereinander bekommen, wird das ältere vielleicht nicht eifersüchtig – ein Einjähriger empfindet ein Neugeborenes als Wunder. Andererseits müssen sie sich endlos lange mit zwei Windelpaketen abplagen und werden an die Grenzen Ihrer Belastbarkeit getrieben. (Viele Ärzte beklagen sich über die Frauen, die zwischen zwei Schwangerschaften weniger als achtzehn Monate warten.) Beträgt der Abstand etwa zweieinhalb Jahre, sind Sie in einer besseren Verfassung und dürfen hoffen, daß Ihr erstes Kind schon einigermaßen unabhängig ist – aber mit zweieinhalb befindet es sich auf dem Höhepunkt der Trotzphase, und das können Sie kurz nach einer weiteren Geburt nur schwer verkraften. Wenn Sie noch länger warten, bis nach dem dritten Geburtstag des ersten Sprößlings, haben Sie ein körperlich unabhängiges, kluges, vielleicht sogar schon hilfsbereites Kind. Doch es war drei Jahre lang der einzige Mittelpunkt und die große Freude im Leben seiner Eltern. Um es milde auszudrücken – es mag ihm schwerfallen, einen runzligen, langweiligen kleinen Rivalen zu akzeptieren. Mit anderen Worten – es gibt keinen perfekten Zeitabstand zwischen zwei Babys, also hören Sie besser auf, sich deshalb Sorgen zu machen.

Bei mir betrug der Abstand zwanzig Monate, was

einerseits richtig und andererseits falsch sein kann. Nach einem Jahr spielen die beiden manchmal miteinander, und wenn wir Glück haben, wird das immer öfter vorkommen. Aber wir hatten ein volles Jahr lang zwei Windelpakete im Kinderzimmer und morgens, abends und nach dem Mittagschläfchen eine Non-Stop-Parade schmutziger Popos. Und mindestens zehn Monate lang mußten wir beide die Treppe hinauftragen, weil das Kleinkind ins Babystadium zurückfiel.

Übrigens war sein Rückfall gar nichts, verglichen mit meinem: Es ist ein großer, viel zu wenig beachteter Schock für die mütterliche Psyche, in die Klinik zu gehen, das ältere Kind immer noch als „Baby" zu betrachten und einige Tage später mit einem anderen Baby nach Hause zu kommen, das nun diesen Titel beansprucht. Ich hatte, von der Geburt noch genervt, tränenreiche Alpträume, in denen mein richtiges, erstes Baby geraubt und durch diese eher langweilige neue Version ersetzt wurde. Und wenn ich erwachte, war das erste Baby immer noch da, doch hatte es inzwischen die enorme Schuhgröße 23 erreicht und trug riesengroße Lederschuhe, welche die winzigen Zehen verbargen, die ich einst gezählt hatte. Beim Anblick dieser Füße brach ich wochenlang in Tränen aus. Sogar ein Schuh, der auf der Treppe liegengeblieben war, brachte mich zum Weinen. Jetzt ist es mir immer noch peinlich, an diese Phase zu denken, aber ich schildere sie widerstrebend, um zu zeigen, in welchem Ausmaß ein zweites Baby alles verändert. Mütter pflegen ihre Kinder für jünger zu halten, als sie sind, und der Schock über ein Geschwisterchen führt ihnen schmerzlich vor Augen, daß Kinder heranwachsen und eines Tages auf großen Füßen davongehen werden.

Wegen der Schuhe zu weinen, ist allerdings ein

Luxus. Das geht bald vorbei, wenn die harten Tatsachen des Lebens mit zwei Kindern (im Gegensatz zum Leben mit einem heißgeliebten Kind) spürbar werden. Fangen wir mit den einfachen logistischen Problemen an:

Zeiteinteilung und Routine. Der bequeme, vertraute, dem Kleinkind angepaßte Alltag unterscheidet sich beträchtlich vom willkürlichen, unberechenbaren Leben eines Babys, das gefüttert werden muß, sobald es Hunger hatt. Die ersten Monate sind – offen gestanden – chaotisch. Da hilft nur eins (abgesehen von wirklicher Hilfe, die Sie vielleicht nur selten bekommen werden) – das Neugeborene muß den Mittelpunkt aller Dinge bilden, in einem Korb in der Küche oder irgendwo in einem Kinderwagen, so daß Sie keine Spiele oder Arbeiten unterbrechen müssen, um es zu versorgen. Es kann einen ganz schön frustrieren, wenn das Kleinkind zu jung ist, um für fünf Minuten alleine unten zu bleiben, wenn man wählen muß zwischen einem Sprint hinauf zum Baby und dem Versuch, dem anderen Kind gut zuzureden, und es schließlich nach oben trägt, um dort Windeln zu wechseln.

Viele Eltern eifersüchtiger Kinder empfehlen, das Baby zu stillen und mit ihm zu schmusen, wenn das ältere schläft oder für zwanzig Minuten bei der Nachbarin spielt. Vom kindlichen Standpunkt aus gesehen, ist das ein guter Vorschlag, aber dabei wird die Tatsache ignoriert, daß die Mutter, von einer Pflicht zur anderen gejagt, niemals Zeit findet, um aufzuatmen, zu essen oder sich allein und in Ruhe mal hinzusetzen. Das spielt keine große Rolle, wenn man die Abende genießen kann. Aber nur wenige drei bis vier Monate alte Babys schlafen abends, und ein Tag, der von sechs

Uhr morgens bis gegen Mitternacht dauert, ist einfach grauenvoll. In meinem Fall kam die ersehnte Wende, als es mir gelang, die Mittagschläfchen beider Babys auf denselben Zeitpunkt zu verlegen. Sobald ich diese eineinhalb Stunden gewonnen hatte – wenn ich sie auch damit zubrachte, das Chaos vom Vormittag zu beseitigen – war wieder alles möglich.

Nach sechs Monaten hatte sich eine angenehme Routine entwickelt: Das Baby schlief vormittags, was meinem Sohn zu seinem Recht verhalf; der Lunch wurde gemeinsam eingenommen (wobei ihn ein besonders köstlicher Pudding von der Mutterbrust ablenken mußte, die das Baby stillte); zwischen eins und drei schliefen beide. (Dann brach im Durcheinander der Badezeiten alles wieder zusammen, aber das ist eine andere Geschichte.)

Mit Kindern unterwegs. Wenn das größere Kind noch kein verläßlicher Passant ist, nimmt man bei Fußmärschen Risiken und Ärger auf sich. Die konventionellen Lösungen dieses Problems:

- Tragetuch und Buggy – am billigsten, erfordert aber kräftige Rückenmuskeln. Wie man mir erklärte, „hat das ältere Kind, eine Armlänge von der Mutter entfernt, das Gefühl, das Baby im Tragetuch würde ihm seinen angestammten Platz wegnehmen". Womöglich müssen Sie auch noch das Kleinkind und den Buggy tragen, einkaufen, eine Rolltreppe hinabfahren und mit einem Wutanfall fertig werden. Denken Sie mal drüber nach.

- Kinderwagen mit angebautem Sitz. Ich sah schon viele Leute, die so etwas heiter und voller Selbstvertrauen benutzten. Das hängt vermutlich vom Kind auf dem Sitz ab. Mein Versuch endete damit, daß das Baby in die Luft katapultiert wurde, während Nicholas auf seinem phantastischen Kinderthron umhersprang. Eine Freundin, die einen solchen Wagen monatelang benutzt hatte, berichtete: „Eine Katastrophe – wenn ich aus einem Laden kam, fand ich meistens drei hysterische Kinder vor, weil das Ding umgekippt war." Und was den Wagen ohne angebauten Sitz betrifft – eine andere Freundin erzählte: „Obwohl ich meinem Mann dringend davon abgeraten hatte, versuchte er unseren Sohn am Fußende in den Kinderwagen zu setzen, worauf das siebzehn Tage alte Baby auf der Straße landete, also sei gewarnt!"

- Doppelbuggy. Wenn Sie ein einzeln verstellbares Modell bekommen, können Sie es ab dem Zeitpunkt benutzen, wo das Baby zwei Monate alt ist. Dies ist zweifellos die beste von mehreren schlechten Möglichkeiten. Aber suchen Sie das gute Stück sehr sorgfältig aus. Manche Doppelbuggys sind nicht breiter als ein normaler Rollstuhl und können durch die Türen der meisten Geschäfte geschoben werden. Das klappt nicht, wenn sie um fünfzehn Zentimeter breiter sind. Einige sind so schwer (wegen aufwendiger Griffe und Mechanismen, mit deren Hilfe man die Doppelbuggys nach allen Richtungen verstellen kann, etc.), daß sie in zusammengeklapptem Zustand kaum hochzuheben sind. Und alle sind schwer zu manövrieren – besonders, wenn ein lebhafter Dreijähriger auf der einen Seite sitzt. Ein teures Modell „brach tatsächlich auseinander, weil zuviel Druck darauf ausgeübt wurde, als ich den Doppelbuggy um Kinderwagen, Leute und Körbe mit Schuhen herumbugsierte, die vor den Läden aufgestellt waren, und die schwere Seite dabei in der Luft hing". Alle Buggys lenken mißbilligende Blicke von seiten der Passanten auf sich und werden anscheinend als tückische Maschinen betrachtet, die man nur produziert hat, um ihnen Löcher in die Fußknöchel zu stoßen. Auf holprigen Wegen ist kein Doppelbuggy so gut wie ein einfacher. Aber sie wecken immerhin die Kontaktfreude. Die Geschwister fangen schon früh miteinander zu plaudern an. Und wenn das dreijährige Kind gehen will, kann man die Einkäufe in seinem Sitz verstauen.

- Babygeschirr. Selbst wenn Sie dagegen sind, Kinder an der Leine zu führen – es kann sehr nützlich sein, dem Kleinkind ein leichtes Geschirr anzulegen, vor allem in jenen kritischen Augenblicken, wo man versucht, den Buggy zusammenzuklappen, das Baby und die Einkäufe festzuhalten und dem Busfahrer, der ungeduldig mit den Füßen auf den Boden trommelt, ein strahlendes Lächeln zu schenken.

Transport mit dem Auto. In den alten Tagen, bevor die Verkehrssicherheit erfunden und als ein Auto, das hundert Stundenkilometer zustande brachte, noch ein Rennwagen war, verfrachtete man die Kinder einfach auf den Rücksitz und schimpfte, wenn sie den Fahrer an den Haaren rissen. So fuhren sechsköpfige Familien in VW-Käfern herum, ohne sich groß Gedanken zu machen. Nun bekommen wir alle Schuldgefühle, wenn wir ein Kind ohne Kindersitz beziehungsweise Sicherheitsgurt oder wachsamen Erwachsenen an der Seite irgendwohin fahren. Die Ankunft eines zweiten und dann auch noch eines dritten Kindes wirft schwerwiegende Probleme auf. Tragetaschen nehmen den Platz von zwei sitzenden Personen ein, seien es Kinder oder Erwachsene. In unserer kleinen Familienlimousine paßte die Tragetasche gerade neben den Kindersitz, und ein drittes Kind müßte vorn sitzen, was bedeuten würde, daß wir weder Papa, Oma noch das Kindermädchen mitnehmen könnten. Im Heck kleinerer Autos sind Tragetaschen keineswegs gesichert (ein kritischer Blick auf das „Schrumpfzonen"-Design des Herstellers wird Ihnen verraten, warum). Und wenn man die Tragetasche der Länge nach hineinklemmt, könnte sich das Baby bei einem Aufprall der vorderen oder hinteren Stoßstange oder bei plötzlichem Bremsen den Kopf anschlagen. Im Tragetaschenstadium kann man nicht viel machen, außer einen Landrover zu kaufen. Dann geht es um die Frage, wie man die Kindersitze anbringt. Sogar in kleine Autos paßt ein Modell mit Stahlrahmen und zwei Gurten in die Mitte und zwei konventionelle an beide Seiten. Aber lassen Sie sich von meiner Freundin, einer dreifachen Mutter, warnen: „Ich habe den Babysitz in der Mitte befestigt. Meine Tochter kann ihre zwei Brüder gleichzeitig an den Haaren reißen, und mein Fahrstil wird vom Geschrei der beiden und fröhlichem Babygelächter beeinflußt." Es gibt neue Autositze für Babys, die zwischen einem und vier Monate alt sind (statt Tragetaschen zu verwenden). Sie werden am Vordersitz angebracht und das Baby schaut nach hinten. Diese Sitze werden das Problem vielleicht teilweise lösen.

Eifersucht. Alle diese logistischen Probleme sind nur eine Frage des Managements, des Erfindungsgeistes und des Geldes. Die größte Bedrohung, die seit dem Augenblick über der Familie schwebt, in dem der dunkle Ring im Teströhrchen die zweite Schwangerschaft ankündigt, kann durch keines dieser drei Hilfsmittel beseitigt werden, nämlich die Eifersucht. Wird Baby I die Ankunft von Baby II verkraften? Wird sie sein Leben zerstören? Wird Baby II geschlagen oder vernachlässigt werden oder im Schatten des Erstgeborenen aufwachsen? Werden sich die beiden miteinander anfreunden?

Gräßliche alte Omas und Nachbarinnen sagen schreckliche Dinge wie: „Na, junge Dame, wenn erst das neue Baby da ist, geht nicht mehr alles nach deiner Nase", oder fast genauso schlimm: „Bald hast du ein Brüderchen, mit dem du spielen kannst." (Wird sie nicht bekommen. Wenn sie mit einem Spielkameraden rechnet, wird sie über ein Jahr lang bittere Enttäuschungen erleiden.) Freunde erzählen Geschichten von älteren Geschwistern, die das Baby gekratzt, grün und blau geschlagen oder zu ersticken versucht haben. Sogar die bekannte Babybuchautorin Penelope Leach vergleicht den Schock des Kindes mit dem Ihren, wenn Sie heimkämen und feststellen müßten, daß Ihr Mann eine Zweitfrau ins Haus geholt hat und erwartet, Sie würden Freundschaft mit ihr schließen. (Diese Behauptung machte mich hysterisch, bis meine Vernunft wieder die Überhand gewann. Ein Baby ist keine erwachsene Frau, geschweige denn eine Ehefrau. Die Beziehung wird ganz anders sein – stark ausgeprägt, aber anders. Immerhin ist ein Kind im Unterbewußtsein darauf programmiert, daß es eines Tages ohne Sie leben wird; auf eine Ehefrau trifft das nicht zu, außer vielleicht in „Denver".)

Manche Familien haben überhaupt keine Probleme mit geschwisterlicher Eifersucht. Sicher, später kommt es zu einigen Kämpfen, wenn das Baby nach den Spielsachen des größeren Kindes grapscht; aber nicht zu jener heftigen, verzweifelten Eifersucht auf die Aufmerksamkeit von Vater und Mutter, die angeblich unvermeidlich ist. „Wir haben uns so bemüht, das zu verhindern, daß jetzt das jüngere auf das ältere Kind eifersüchtig ist!" sagte eine Mutter. „Wir haben keine Schwierigkeiten, ehrlich", erzählte eine andere. „Sie liebte das Baby vom ersten Tag an, das Baby war brav und still und schlief viel, und später betete es seine Schwester an. *Ich* war eifersüchtig!"

Allgemeinen Erfahrungen zufolge kann man das grünäugige Monstrum auf mehrere Arten bekämpfen:

- Wenn Sie dem Kleinkind erklären, in Ihrem Bauch wäre ein Baby, sagen Sie, es wäre auch seines.

- Legen Sie bei seinem ersten Krankenhausbesuch ein Geschenk aufs Bett – „vom Baby".

- Beziehen Sie den älteren Bruder oder die Schwester in die tägliche Routine ein, wenn das Baby gebadet und gewickelt wird. „Oh, gib mir rasch eine Windel! Danke!" rufen Sie und packen das arme Baby in eine viel zu große Wegwerfwindel für Kleinkinder, um die Gefühle des Spenders nicht zu verletzen. Rose konnte manchmal nicht mehr über den Rand ihrer Windel schauen.

- Sorgen Sie dafür, daß taktlose Besucher bloß nicht auf die Idee kommen, das Baby anzuhimmeln und das Kleinkind zu ignorieren. Und wenn Onkel oder Patentanten unbedingt Rasseln mitbringen müssen, sollen sie dem älteren Kind auch eine Kleinigkeit schenken.

- Schmusen Sie mit Ihren Ältesten, bewundern Sie sie, und starren Sie nicht den ganzen Tag in die blauen Augen des Babys.

Wenn Sie alle diese Ratschläge befolgen, sind Sie auf dem richtigen Weg.

Aber was immer Sie tun – die Eifersucht ist eine Tatsache des Lebens, und ein Kleinkind lebt im konstanten Wirbelwind unkontrollierbarer Gefühle; der ältere Bruder nimmt nicht mehr den Status des einzigen Kindes ein, und er genießt *wirklich* weniger Aufmerksamkeit als zuvor – gerade zu dem Zeitpunkt, an dem er dringend Zuwendung braucht. Es wäre sinnlos, so zu tun, als gäbe es das Problem nicht. Sich selbst dürfen Sie das am allerwenigsten einreden. Ein guter Rat stammt von einer Freundin, die fünf Kinder großgezogen hat. „Ich glaube, man kann ein Kind nicht daran hindern, eifersüchtig zu sein, denn das ist es nun mal. Aber ich würde nicht zögern, ihm klarzumachen, daß es dieses Gefühl nicht am Baby auslassen und es keinesfalls schlagen darf. Ich würde mich dabei nicht um Takt bemühen – ebenso wenig, wie ich taktvoll wäre, wenn ich das Kind festhalte, ehe es vor die Räder eines Autos läuft. Gutes gesellschaftliches Benehmen ist eine Lebensnotwendigkeit, die das Kind besser zu früh als zu spät begreifen lernt, dann tut es sich viel leichter."

Diese robuste Einstellung hat den Vorzug, daß ihr jener Faktor fehlt, der alles kompliziert und den mütterlichen Umgang mit der Eifersucht oft so herzzerreißend beeinträchtigt (ich spreche aus leidvoller Erfahrung). Dieser Faktor ist unser alter Freund – das Schuldgefühl. Es ist in der Tat möglich, sich schuldig zu fühlen, weil man ein zweites Kind bekommen und das erste so schwer enttäuscht hat. Dann fühlt man sich schuldig, weil man das zweite nicht genug liebt ... Von dieser Spirale dürfen Sie sich nicht zu tief nach untenziehen lassen. Sagen Sie sich Jills Worte wie ein Mantra vor: „Gutes gesellschaftliches Benehmen ist eine Lebensnotwendigkeit, die das Kind besser zu früh als zu spät begreifen lernt." Meiden Sie für einige Zeit Ihre Freunde, die brave, nette, ausgeglichene Einzelkinder haben, halten Sie sich lieber an unglückliche Eltern mit größerer Nachkommenschaft.

Hier sind ein paar Tricks, die Ihren Kindern helfen, von Anfang an miteinander auszukommen. Einige funktionieren, im Verein mit blindem Glauben:

- Das größte Talent eines fukelnagelneuen Babys besteht darin zu gaffen. Wenn Sie dem Kleinkind erklären: „Das Baby schaut dich an", wird es sich freuen. Es ist ein Exhibitionist. Der Säugling, in seinen Babystuhl auf dem Küchentisch verfrachtet, ist außer Reichweite, aber das ältere Kind kann ihm Spielsachen zeigen und sich vor ihm produzieren. Nicholas wurde immer wütend, wenn Rose wegsah; monatelang war sie sein Publikum und seine wichtigste Bewunderin.

- Ein weiteres Talent des Babys ist der Schlaf. Auch tagsüber schläft es stundenlang, und dann ignorieren Sie es nach Möglichkeit.

- Wenn Sie von dem Baby sprechen, sagen Sie immer: „Nicholas' Schwester" oder „Arthur ist Isabelles kleiner Bruder", damit die Älteren stets im Rampenlicht stehen.

- Schenken Sie dem größeren Kind ein kleines

Haustier, – eine Rennmaus, einen Goldfisch oder ein Häschen –, um es vom endlosen Babygerede im Haushalt abzulenken.

- „Beißen Sie die Zähne zusammen", sagte eine Mutter von zwei Kindern, „und schmusen Sie mit dem älteren, so oft es nur geht, auch wenn es Ihnen übertrieben lange vorkommt."

- Erklären Sie dem älteren Bruder, das Baby würde ihn lieben. Verlangen Sie nicht, er müßte diese Liebe erwidern, das ist irrelevant für ihn. Aber wenn ihn das gaffende, vielleicht mittlerweile schon lächelnde Baby anlächelt, weisen Sie ihn darauf hin.

- Wenn das Baby nach Gegenständen zu greifen beginnt, behaupten Sie, es wäre „schlimm" und „übermütig". Mein Sohn lächelte seine Schwester zum erstenmal ungezwungen und ohne Mißtrauen an, als sie ein Glas Milch zu Boden warf und lachte. „Was für einen *Dreck* Rose macht!" meinte er in glückseliger Ehrfurcht.

- Machen Sie dem Älteren klar, daß das Baby immer größer wird und bald dieselbe Disziplin lernen muß wie er selbst. Es ist zwar offensichtlich, wird aber leicht vergessen daß ein Zweijähriger ein unterentwickeltes Zeitgefühl hat und nichts vom Heranwachsen eines Kindes weiß. Eines Tages sagte Nicholas: „Vielleicht wird Rose ein *richtiges* Baby." Erst da wurde mir bewußt, daß ich nie mit ihm darüber gesprochen hatte. Nun erzähle ich ihm täglich, bald würde ich auch mit Rose schimpfen, weil sie unordentlich oder eine Landplage ist oder Wutanfälle bekommt. Er kann es kaum erwarten.

- Halten Sie Ihre Gäste unter Kontrolle. Es ist unverzeihlich, in ein Haus zu kommen und ein Baby zu umschwärmen, während ein weniger attraktives Kleinkind mit Rotznase unglücklich zuschaut. Manche Leute bringen das ältere Kind dazu, ihnen das Baby „vorzuführen"; ernsthaft eifersüchtige Kinder lassen sich auf diese Weise keinen Sand in die Augen streuen, und es gibt nur eine einzige Möglichkeit: Prahlen Sie vor den Besuchern mit den Leistungen Ihres älteren Sprößlings, und falls es nötig ist, entreißen Sie das Baby ihren rührseligen Händen. Die Gefühle eines kleine Babys kann man nicht verletzen. Nutzen Sie das aus, so lange es geht ...

- Loben Sie Ihr älteres Kind über den grünen Klee, wenn es mit dem Baby zu spielen versucht. Greifen Sie taktvoll in diese Spiele ein. Wir vergnügen uns mit einem idiotischen Spiel in der Badewanne. Rose nimmt einen Pingpongball aus Nicholas' Plastikboot, und ich rufe: „Wer hat dir erlaubt, dieses Ei zu stehlen?" (Ein Lieblingsbuch handelt von einem Fuchs, der Eier klaut.) Dann gebe ich Nicholas den Ball zurück, und so geht es endlos weiter. Würde ich nicht mitmachen, wäre dieses Spiel ein Kampf. So, wie wir es betreiben, sind beide glücklich. Eines Tages – bitte, lieber Gott – wird meine eher gleichförmige Sprechrolle hoffentlich aus dem Szenario gestrichen werden ...

- Mißverstehen Sie die Pläne des älteren Kindes absichtlich falsch. „Oh, du willst Rose deinen Hammer zeigen? Wie nett! Er gefällt ihr sehr gut. Ja, du könntest ihr einen Klaps geben, der guten alten Rose, sie ist ja nur ein dummes Baby, aber eigentlich ist sie okay, nicht wahr?

Bring den Hammer jetzt lieber wieder weg, denn für so was ist sie noch zu klein, meinst du nicht auch?" Für Zuhörer hat das eindeutig komische Untertöne – eine gurrende, optimistische Mutter, die einen wütenden Hammerangriff abwehrt und so tut, als wäre der gar nicht beabsichtigt. Aber seltsamerweise wirken solche Tricks. Jeder will immer nur das Beste von sich selber glauben.

- Zeigen Sie dem älteren Kind, daß Sie seine Gefühle verstehen. „Rose ist eine Landplage" – so ein Ausspruch kann manchmal Wunder wirken.

- Wenn Geschwister im selben Zimmer schlafen, ändert sich die Situation manchmal über Nacht. Morgens wachen sie auf, sehen keinen Erwachsenen in der Nähe, um dessen Gunst sie wetteifern müssen, und jeder freut sich an der Gesellschaft des anderen. Endlich hat das Kleinkind Publikum für sein Repertoire an Quietschlauten und den Vortrag von „Alle meine Entchen".

Am allerwichtigsten – VERHINDERN SIE GEWALTAKTIONEN. Ein Kind, das ein Baby zum Weinen gebracht hat, ist keineswegs glücklich; es fühlt sich elend. Wenn Sie Ausschreitungen zulassen, wird sich die Situation auf Monate hinaus verschlechtern. Mit den folgenden Methoden können Sie die kindliche Gewalttätigkeit eindämmen:

- Geben Sie dem Kind eine Babypuppe, die es schlagen kann. Mir mißfällt das, aber viele Leute schwören darauf.

- Lassen Sie die beiden niemals, nicht einmal für ein paar Minuten allein, ehe Sie mit Sicherheit wissen, daß nichts passieren wird.

- Machen Sie dem Älteren klar, daß es nur zu rufen braucht, wenn das Baby in zerstörerischer Absicht (was fast immer der Fall ist) zu seinen Spielsachen krabbelt, und daß Sie es dann entfernen werden. Sollten Sie Ihr Wort nicht halten, riskieren Sie Vergeltungsmaßnahmen, die den kahlen kleinen Kopf des Angreifers treffen könnten. Und es ist schwierig, ein Kind zu bestrafen, das sich rächt, weil soeben sein großes Lego-Schloß zusammengefallen ist.

- Stellen Sie die Regel auf, daß Sie jede Waffe oder jedes als Waffe benutzte Spielzeug für den ganzen Tag verschwinden lassen, wenn das Baby (oder sonst jemand) damit geschlagen wird. An diese Regel habe ich mich seit dem ersten Schlag mit einem beliebten Plastikschraubenschlüssel strikt gehalten, und das funktioniert. Die Regel kann man auch bei halbabsichtlichen Attacken anwenden. Ihr Sinn liegt darin, daß ein Kind mit bloßen Händen nicht allzuviel Schaden anrichten kann. An den Schaden, der durch eine Waffe entstehen könnte, denkt es kaum. Ich habe (obwohl das in diplomatischer Hinsicht etwas heikel ist) auch Kindern, die zu Besuch gekommen sind, ihre Spielzeugwaffen weggenommen, um Nicholas davor zu schützen. Natürlich mußte ich auch dem Baby jede Rassel, die es dem Jungen in die Augen bohren wollte, sofort entreißen, um zu zeigen, wie ernst ich die Regel nahm.

- Was immer Sie tun – bleiben Sie gelassen. Die Heftigkeit Ihres mütterlichen Zorns (auch wenn Sie das ältere Kind immer noch insgeheim bevorzugen) könnte Sie selbst überraschen. Wenn Sie das Baby wütend verteidigen, strapazieren Sie die Nerven aller Leute in Ihrer Umgebung. Versuchen Sie, sich nicht wie eine Tigerin aufzuführen, die ihr Junges beschützt. Versetzen Sie sich lieber in die Rolle eines leicht gelangweilten, sehr erfahrenen, im Grunde seelensguten Polizisten am Rand eines Fußballplatzes. Außerdem funktioniert Ihr Verstand besser, wenn Sie Ihre Gefühle kontrollieren. Eine Mutter gab den Rat an mich weiter, den sie von einem sanftmütigen mexikanischen Au-pair-Mädchen bekommen hatte: „Ein Kampf mit einem kleinen Kind ist traurig und unnötig. Die Mutter ist stärker und klüger und kann immer Mittel und Wege finden, um so etwas zu vemeiden." Und das sollte sie wirklich tun, nicht zuletzt, weil das Kind mit seinen Gewaltakten nur um Liebe bettelt.

Feiertage und Ferien

In einem Stechkahn kam mir eine tiefgründige Wahrheit zu Bewußtsein. Wir waren zu siebt an Bord: ein Ehemann, der das Boot stakte, zwei Mütter mit acht Wochen alten Babys in Tragetüchern, ein Junge und ein Mädchen, beide zweiundzwanzig Monate alt, in Babygurten, deren Leinen an den Handgelenken der Mütter befestigt und straff gespannt waren, weil sich die Kleinen über das Wasser beugten und nach Krebsen Ausschau hielten. Wir Mütter beobachteten die Kinder mit unermüdlichen Argusaugen und versuchten ruckartige Bewegungen zu vermeiden, um die schlafenden Babys nicht zu wecken. Der Mann meiner Freundin stakte das Boot verbissen durch den Schlamm und träumte wehmütig von den alten College-Tagen, als es Erdbeeren und Champagner statt Zwieback und Limonade gegeben und als sich die Mädchenschar in zarten weißen Sommerkleidern verführerisch zurückgelehnt hatte, statt sich angstvoll über Babys zu neigen und nach schaler Milch zu riechen.

Dann passierten drei Dinge. Die Kleinkinder hatten es gleichzeitig satt, Krebse zu suchen, und begannen heftig an ihren Gurten zu zerren. Die zwei Babys erwachten und brüllten. Und es fing zu regnen an. Mit jener grimmigen, resignierten mütterlichen Standhaftigkeit, die schon seit einer Million Jahren den Fortbestand der menschlichen Rasse sichert, knöpften wir die Blusen auf, um die Babys zu stillen, während der Regen zwischen unseren Brüsten hinablief. Über die vier kleinen, mit weichem Flaum bedeckten Köpfe zogen wir wasserfeste Kapuzen, auf unsere eigenen schlaffen Haare prasselten die Tropfen ungehindert herab. Michael stakte das Boot widerstrebend zum Ufer und blickte sich vorsichtig um für den Fall, daß ihn ein Bekannter mit dieser beängstigenden Menagerie an Bord entdecken könnte. Irgendwo schrie ein Golfer: „Achtung!", und es fielen lästerliche Bemerkungen über unsere vier strammen Brüste.

Irgendwann sagte einer von uns (ich habe vergessen, wer): „Wie hübsch es hier ist!" Und die anderen stimmten ohne jede Ironie zu. Und in diesem Augenblick wurde mir eine profunde Wahrheit bewußt: Wenn man kleine Kinder hat, muß man die *Ansprüche herunterschrauben*, die man an normale Vergnügungen stellt. Wären wir anderer Meinung gewesen, hätten wir den Ausflug gräßlich gefunden – vom Regen durchnäßt, von Babys in unserer Bewegungsfreiheit behindert, von Kleinkindern genervt, nur zu bruchstückhaften Gesprächen fähig. Aber so, wie wir das alles betrachteten, gefiel es uns großartig: Kein Kind weinte, alle waren in Sicherheit, wir genossen einen Szenenwechsel, fern von unseren Küchen, und fanden eine Gelegenheit, anzügliche Witze über Golfer und Titten zu machen. Während all diese kleinen Freuden an einem einzigen Vormittag zusammenkamen, spielte es kaum eine Rolle, daß aus mindestens drei von vier Windeln im Stechkahn verdächtige Gerüche aufstiegen. Triefnaß gingen wir an Land und traten den Heimweg an, in der beglückenden Gewißheit, daß zumindest die Kleinkinder todmüde waren und nach dem Mittagessen schlafen und uns ermöglichen würden, die Sonntagszeitungen zu lesen. Das sind bescheidene, wichtige Amüsements.

An diese kleinen Wonnen muß man sich halten, wenn man zwei Kinder unter sechs hat. Man sollte stets mit dem Schlimmsten rechnen und sich damit abfinden, daß man eine Konditorei, ein Boot oder ein Wochenendhaus vorerst nicht mehr in Würde verlassen kann. (Wenn wir die Tür erreichen, fühlen wir uns immer an Napoleons Rückzug von Moskau erinnert. Entweder schreit das eine Baby vor Wut, weil es noch nicht gehen will oder das andere brüllt, *weil* es gehen will.)

Einen Trip ans Meer muß man planen wie eine Fahrt in den Weltraum und philosophische Ruhe bewahren, wenn es den Kindern am Ziel nicht gefällt. Ich habe alle Eltern verachtet, die fünf Jahre lang ununterbrochen daheim bleiben oder nur Reisen unternehmen, bei denen sie ausschließlich auf das Wohl der Kinder Rücksicht nehmen. Jetzt verstehe ich ihren Standpunkt. Ohne den Entschluß, die eigenen Ansprüche herabzusetzen, erscheint der Versuch, mit Kindern im Schlepptau einem eigenen Zeitvertreib nachzugehen, nicht der Mühe wert. Manchmal dachte ich, man dürfte – mit Sprößlingen belastet – *niemals* jene Expeditionen wiederholen, die man aus früheren, kinderlosen Zeiten in besonders angenehmer Erinnerung hat. An einem schönen, windigen Tag saßen wir in unserem Boot, während dem Baby schlecht war und Nicholas wegen seines Babysicherheitsgurts einen Schreikrampf bekam, und fanden, es wäre tausendmal besser, sich nicht mit Erinnerungen an frühere, richtige Segelausflüge zu quälen.

Aber manche Eltern behalten ihre einstigen Gewohnheiten bei. Ich kenne eine Rennfahrerin, die ihr Baby zu allen Rennen mitnimmt (und es mit speziellen Ohrpfropfen vor dem Lärm schützt). Jachtbesitzer schnallen Babys in Kojen fest und Kleinkinder an Deck, wo sie mit einem Eimer voller Steine spielen können, während das Boot bei Windstärke 7 dahinbraust. Kleine Gestalten in Buggys beobachten verwundert Pferderennen,

Tennispartien, Segelregatten und das Leben und Treiben auf einem Flohmarkt. Einmal sah ich einen Elternteil im Segelflugzeug dahingleiten, während der andere am Boden das Baby betreute und wartete, bis die Plätze getauscht wurden. Ich sah Babys in den Himmel starren, auf Mami, die an einem großen Fallschirm hing, und (auf eher irdischer Ebene) Eltern, die abwechselnd in einem großen Pool schwammen beziehungsweise im seichten Wasser mit dem Baby planschten, das im Gummiboot saß. Mit Hilfe von Willenskraft, Organisationstalent und (hierin liegt in vielen Fällen das große Problem) Kompromißbereitschaft beider Eltern kann das alles funktionieren.

Es gehören nämlich *zwei* dazu, wenn irgendeiner in der Gesellschaft kleiner Kinder seinem Vergnügen nachgehen will. Wenn Mami die Kinder versorgt und zusieht, wie Papi Tennis spielt, ist das schön und gut, aber (es sei denn, Mami ist ein leidenschaftlicher Tennisfan) es macht für sie kaum einen Unterschied zur häuslichen Szene. Sie sollte lieber mit den Kindern in den Park gehen und dann den verschwitzten, siegreichen Papi zum Nachmittagskaffee treffen. Andererseits, wenn Sie beide für dieselbe Sportart schwärmen und sich abwechselnd um die quengelnden Babys kümmern, gehen Sie *beide* triumphierend nach Hause. (Natürlich gibt es in jeder Ehe Situationen, wo sich gewisse Verstimmungen zu einem gesunden Krach entwickeln. Mein schlimmster Wutausbruch fand statt, als ich inmitten einer Hitzewelle neben dem Auto vor den königlichen Stallungen von Sandringham im Staub saß und ein sieben Monate altes Baby mit kaltem Hammelfleisch und Graupen fütterte. Inzwischen schlenderte Paul drinnen herum und diskutierte mit den Stallknechten des Herzogs über die Besonderheit von Kutschenpferden. Aber dann ruderte ich die Themse hinab, während er ein zahnendes Baby und ein aufgedrehtes Kleinkind versorgen mußte, und rächte mich.)

Nun zu den praktischen Erwägungen: Wenn man Babys und Kleinkinder in solche Expeditionen einbeziehen will, sind zwei Dinge unerläßlich – die richtige Vorbereitung und die Zeitplanung. Was die Vorbereitung betrifft, erübrigen sich nähere Erklärungen. Wenn Sie ohne Windeln, Wischtücher, Fläschchen, Fruchtsaft, feuchten Lappen, Kleider zum Wechseln, leere Plastikbeutel, in denen man namenloses Grauen sicher verstauen kann, Spielsachen, Buggys, Sonnenhüte oder winterliche Strickmützen etc., etc. losfahren, riskieren Sie alle möglichen Ärgernisse.

Die Notwendigkeit eines genauen Zeitplans ist weniger offensichtlich. Wenn Sie zum Beispiel ein Baby haben, das ohne Schläfchen nach dem Frühstück rebellisch wird, müssen Sie dafür sorgen, daß Sie um diese Stunde im Auto fahren oder daß es ungestört im Buggy sitzen kann. Wenn Ihre Kinder um zwölf Uhr fünfzehn ohne Mittagessen quengelig werden, müssen Sie sie um zwölf Uhr fünfzehn irgendwo stillen oder genug Kekse und Obst mitnehmen. Wenn Ihr Kleinkind ungern Auto fährt, können Sie nichts Schlimmeres tun, als es im Wagen anzuschnallen und ins Haus zurückzulaufen, um irgendwas zu holen, den säumigen Partner anzutreiben, sich in ein Telefongespräch verwikkeln zu lassen und den Aufbruch um eine Viertelstunde hinauszuzögern. Das Kind gerät in Wut und wird sich während der ganzen Fahrt nicht mehr beruhigen lassen. Diese terminlichen Schwierigkeiten entmutigen Väter und Mütter manchmal so sehr, daß Sie auf Familienausflüge verzichten. Wenn Sie in Ihrer Jugend spontane Pläne verwirklichen und nach Hause kommen konnten, wann Sie wollten, wenn Sie es gewöhnt waren, aus einer Augenblickslaune heraus in eine Kneipe zu gehen und nur dann zu essen, wann Sie Lust hatten, sind kleine Kinder erst mal ein Schock für Sie. An Ferientagen hört man oft eheliche Diskussionen, wenn ein Elternteil die Prinzipien eines Ausflugs mit Kindern nur unvollkommen verstanden hat.

„Wir brauchen uns nicht wie die Eisenbahn an Fahrpläne zu halten! Ich will das nächste Rennen sehen!" – „Okay, aber was glaubst du, was passieren wird, wenn Debbie nicht bald was zu essen kriegt? Bevor Arthur einschläft? Denn wenn er jetzt schläft, wird er dann im Auto schreien, und *sie* wird nicht schlafen, und wir haben nicht mehr genug Milch für später ..." – „Gut, was immer du willst, fahren wir alle nach Hause, erschießen wir uns, warum machen wir uns überhaupt die Mühe?" "Du bist der dümmste, selbstsüchtigste Typ, den ich je ..."

Aber vergessen wir diese schmerzlichen Szenen. Hier sind ein paar Beobachtungen, die unternehmungslustige Eltern gemacht haben:

Autofahrten. Musikkassetten sind eine große Hilfe. Das gilt für alle Altersstufen, ab der Geburt. Auch Spielsachen (die an den hinteren Haltegriffen über den Fenstern hängen, damit sie nicht hinunterfallen und Wutanfälle verursachen können) wirken Wunder. Ich fürchte, die beste Lösung des Problems ist ein Erwachsener, der im Fond sitzt. Ein Freund mußte ein Jahr lang auf seinen Führerschein verzichten und erkannte plötzlich – während seine Frau verstohlen lächelte –, daß ihm der Richter die schlimmste aller Strafen aufgebrummt hatte. Genausogut hätte der Mann seinen schwarzen Hut auf setzen und sagen können: „Sie werden zwölf Monate lang im Fond Ihres Autos sitzen und für das Amüsement Ihrer beiden jüngsten Kinder sorgen." *Zwölf Monate!* Die Moral dieser Geschichte: Sehen Sie zu daß Sie immer am Steuer sitzen.

Wenn Sie der einzige Erwachsene im Auto sind, kleben Sie mit Saugnäpfen einen zusätzlichen Rückspiegel an die Windschutzscheibe und stellen Sie ihn so ein, daß Sie das süße Gesichtchen Ihres kleinen Fahrgastes sehen können. Es ist gefährlich, sich umzudrehen, sei es auch nur für eine Sekunde. Babys lernen erstaunlich schnell, die Aufmerksamkeit der Fahrerin mit gurgelnden, würgenden, zähneknirschenden Geräuscheffekten auf sich zu lenken. (Mein Sohn brachte schon mit zwölf Monaten ein sehr überzeugendes Todesröcheln zustande, wann immer ich aufhörte, „Ukulele Lady" zu singen, um mich auf den Verkehr zu konzentrieren.)

Bootsfahrten. Ein kleines Boot ist für Kinder, die zwischen neun und achtzehn Monate alt sind, ein denkbar ungünstiger Aufenthaltsort. Neugeborene und ruhig sitzende Babys sind kein Problem, solange sie betreut werden und nicht an Übelkeit leiden. Aber das mobile neugierige Geschöpf auf Knien oder wackligen Beinen ist ein Graus. Es schmollt, wenn es festgehalten wird, stellt eine schreckliche Gefahr dar, wenn es in Bewegung ist, und kommt auf großen Booten nicht mit der Leine seines Laufgeschirrs zurecht, die hinter ihm über die Planken schleift. Der Durchbruch findet irgendwann zwischen achtzehn Monaten und zweieinhalb Jahren statt, wenn sich die Phantasie entwickelt, wenn es plötzlich aufregend ist, auf „Papis großem Boot!" zu sein oder auf „einem richtigen Boot!". Im schwierigen Alter gibt es nur eine einzige Hoffnung. Wenn Sie unbedingt Boot fahren müssen, nehmen Sie ein faszinierendes, möglichst neues Spielzeug mit, so daß das Kind unten auf den Planken eine Beschäftigung hat. Und besorgen Sie eine ganz feste Leine für den Babysicherheitsgurt. Schwimmwesten sind unverzichtbar, aber es kann schwierig sein, ein Kind unter zweieinhalb zu veranlassen, so etwas zu tragen. Es müßte die Schwimmwesten im Laden anprobieren. Einige Modelle bieten mehr Bewegungsfreiheit.

Wandern. Ich kenne ein Ehepaar, das mit dem Baby im Rucksack über Englands Mittelgebirge gewandert ist. Leichthin erklärten sie, der einzige Nachteil hätte darin bestanden, daß ein Elternteil die gesamte Ausrüstung für alle drei hätte schleppen müssen. In den Jugendherbergen war man sehr entgegenkommend. Die Wanderer riefen mehrmals vorher an, worauf rechtzeitig ein Gitterbettchen besorgt wurde. Wenn das nicht möglich war, legte man eine Matratze auf den Boden und improvisierte eine Art Rahmen drumherum.

Camping. Am wichtigsten ist ein „Reisebettchen mit undurchsichtigen Wänden, damit das Baby nicht sieht, daß Sie im selben Zelt liegen, und um fünf Uhr morgens aufstehen will". Die Eltern, von denen dieser Rat stammt, fanden auch heraus, daß ein Kleinkind auf einer gewöhnlichen Liege herumkrabbelt und im Schlaf herunterfällt. Deshalb gingen Sie zu Schaumgummimatratzen über. Und „Man braucht keine Kinderschlafsäcke. Ein normaler, dessen Fußende unter die Matratze gesteckt und oben zugebunden wird, damit das Kind nicht zu tief hineinrutscht, genügt vollkommen."

Sport. Man muß rechtzeitig feststellen, ob es bei den Sportanlagen Toiletten, Schatten, ein Dach über dem Kopf und Getränke zu kaufen gibt. Pakken Sie alles ins Auto, was sie für Notfälle brauchen. Und bedenken Sie, daß die täglichen Bedürfnisse eines kleinen Kindes langweilige Ruhephasen einschließen. Bereiten Sie sich also darauf vor, für eine Weile im Auto sitzen, Bücher lesen oder Musik hören zu müssen. Es ist zu empfehlen, Kleinkinder in grelle Farben zu kleiden und ihnen auffällige Sonnenhüte aufzusetzen, damit Sie etwaige Ausreißer sofort entdecken. Manche Leute versehen ihre Kinder mit Armbändern, auf denen der Zuname und die Adresse stehen. (Niemals den Vornamen hinzufügen! Das macht potentiellen Entführern das Leben zu leicht.) Ich persönlich benutze lieber ein Laufgeschirr ...

Gasthäuser. Die werden langsam besser, wenn ich auch einmal gleich in der Tür (eine Kneipe am Meer, im Tragetuch mein Baby, während ich an einem schrecklichen Stilldurst litt) mit einem einzigen Wort begrüßt wurde: „Raus!" Nicht: „Tut mir leid, wir haben keine Räume für Kinder. Könnten Sie Ihren Drink draußen nehmen?" Nein, nur ganz einfach: „Raus!" Nachdem ich alle Möglichkeiten und die Tatsache bedacht hatte, daß ich allein und meilenweit von allen anderen Möglichkeiten entfernt war, auch nur einen Schluck Wasser zu bekommen, antwortete ich liebenswürdig: „Geben Sie mir einen Drink, oder ich schreie so laut, daß die ganze Kneipe zusammenkracht", und ging mit weichen Knien hinaus. Schließlich brachte mir der Kerl ein Glas Wasser, für das ich die verlangten zehn Penny nicht bezahlte. Aber in den meisten Lokalen, in denen man Wert auf den Besuch junger Familien legt, hat man inzwischen Platz für Kinder geschaffen, selbst wenn es nur eine düstere Ecke im geschlossenen Speiseraum ist. Jedenfalls lohnt es sich, danach zu fragen. Viel empfehlenswerter sind:

Konditoreien. Das beste Möbelstück, das wir jemals in einem solchen Lokal fanden, war ein Babystuhl, fest an einem massiven Tisch verankert. Das erspart es einem, das Baby auf den Schoß zu nehmen. In späteren Phasen sollten Sie die Leine des Laufgeschirrs an einem Sessel befestigen (wenn das Kind bereits sitzen kann, aber manchmal vergißt, wo es ist, und seitlich hinunterfällt). Und während Sie vor Stolz platzen, wenn ihr achtzehn Monate alter Sprößling manierlich vor seinem Orangensaft sitzt, muß er sich an die goldene Regel halten: „In einem Lokal das Glas immer mit zwei Händen anfassen!" Sowohl in Gasthäusern als auch in Konditoreien ist es wichtig, Etablissements mit flinker Bedienung auszusuchen. Wenn Sie Zweifel haben und Ihr Mann dabei ist, soll er zuerst hineingehen und schon mal die Bestellung aufgeben, während Sie mit dem Kind noch einmal um den Block wandern. Übrigens kam ich erst letztes Jahr darauf, daß es keinen biologischen Grund gibt, warum die Mutter immer mit den Kindern am Tisch sitzt, während sich der Vater (der Jäger im Manne) in aller Ruhe an der Theke anstellt.

Schwimmen. Ein beliebter Sport für Babys, die erst wenige Monate alt sind, mit Schwimmflügeln und in warmem Wasser. Wenn Sie ein Kleinkind in ein Gewässer locken wollen, das ihm zu kalt vorkommt, gibt es einen brillanten Trick: Nehmen Sie ein Röhrchen, mit dem man Luftblasen erzeugen kann. Da das nur im Wasser möglich ist, wirkt diese Methode Wunder; bei uns war es jedenfalls so.

Partys. Einer alten konventionellen Regel zufolge

sollten Kinder weder dem Lärm, dem Rauch, dem Alkoholdunst und der Dekadenz einer Erwachsenenparty ausgesetzt noch am Eßtisch gesehen oder gehört werden. Dadurch fühlten sich die Eltern sehr eingeengt. Die *neue* Regel besagt, daß Kinder überall und jederzeit willkommen sein und bei intellektuellen Abendeinladungen zu Füßen der Eltern spielen müssen. In gewisser Weise finde ich das genauso schlimm. „Oh, haben Sie das Baby nicht mitgebracht? Wir würden es so gern sehen!" Es ist schrecklich, mit diesen Worten begrüßt zu werden, wenn man gerade frohlockend aus dem Haus geschlichen ist und das schlafende Baby in der Obhut des Babysitters zurückgelassen hat, der die Wäsche bügelt. In solchen Augenblicken kommt man sich wie eine furchtbar herzlose Mutter vor.

Natürlich werden und wurden beide Bräuche mißachtet. In den prüden fünfziger Jahren nahmen tapfere Mütter ihre Babytragetaschen auf Cocktailpartys mit und speisten gelegentlich mit dem Kleinkind auf den Knien zu Abend. Und heutzutage erklären sogar die fortschrittlichsten Paare ihren zum Abendessen geladenen Gästen, der liebe Zweijährige und das süße, sechs Monate alte Baby wären daheim bei einem Babysitter besser aufgehoben. Schlafende Säuglinge kann man zwar fast überall deponieren, und jeder liebt ein etwas älteres Baby fünf Minuten lang, aber es gibt Probleme, wenn man mit ihnen einen ganzen Abend in fremder Umgebung verbringt. Die Gastgeberin wird über Gebühr beansprucht. (Einmal versuchte ich vergeblich, ein Ehepaar, das zwei Kinder mitgebracht hatte, zu beruhigen und zu unterhalten. Aus Angst vor Katastrophen in der Zimmerecke konnten sich die beiden nicht entspannen.) Außerdem wird die tägliche Routine des Kindes gestört. Einige Babys und Kleinkinder lassen sich bereitwillig in fremde Betten legen, um Mitternacht wieder herausholen, nach Hause fahren und widerstandslos in die eigenen Bettchen verfrachten; aber nicht alle. Ein Kleinkind könnte darauf bestehen, bei den Erwachsenen zu bleiben. Ein größeres Baby schreit vielleicht, sobald es allein gelassen wird, und brüllt aus Müdigkeit und Verwirrung immer weiter, wenn man es ins Partyzimmer gebracht hat. Verschiedene Familien haben gute Erfahrungen mit den folgenden Hilfsmitteln gemacht:

- „Ein Schafsfell, das nur zum Schlafen benutzt wurde. Wo immer wir es hinlegten – er wußte, daß er unbesorgt darauf schlafen konnte."

- „Eine Tasche mit vertrauten Bilderbüchern und eine vertraute Fruchtsaftflasche."

- „Ein sehr, sehr langer Mittagsschlaf und ein Haufen Spielsachen in der Ecke des Eßzimmers."

- „Eine Tragetasche. Sogar mit zwei Jahren zwängte sie sich noch hinein und war zwei Stunden lang restlos glücklich. Ich glaube, die Tasche war eine Art Ersatz für den mütterlichen Bauch."

Eine sehr reiche, sehr pompöse Familie engagiert sogar einen Babysitter, wenn sie Partys gibt. Die Gastgeberin braucht nichts weiter zu tun, als die Kinder daran zu hindern, im Erdgeschoß zu erscheinen und die Erwachsenen zu stören. Ein anderes Ehepaar nimmt das Baby samt Kindermädchen zu Abendeinladungen mit und funktioniert einen Raum im Haus der Gastgeber für einen Abend zum Kinderzimmer um. Das Amüsement wird nur unterbrochen, wenn das Kindermädchen diskret an die Tür klopft, um Mama mitzuteilen, es sei an der Zeit, den Säugling zu stillen. Aber das sind Methoden für die oberen Zehntausend. Die meisten von uns bewegen sich in tiefer gelegenen Gefilden und können nur das Babyalarmgerät in mehrstöckige fremde Häuser mitnehmen.

Hotels. Es lohnt sich, vor der Ankunft ein langes Telefongespräch mit der Hotelrezeption zu führen, um herauszufinden, was das Haus zu bieten hat. Wenn Sie einen großen Wagen und ein Babyreisebettchen haben, nehmen Sie es mit, das ist einfacher, als Hotelkinderbetten von allen Gefahrenmomenten zu befreien. Manche Modelle (vor allem im Ausland) sind mörderisch (der Kopf des Babys kann unter einer Stange am oberen Ende des Betts steckenbleiben), und einige ungefährliche knarren entsetzlich, wann immer sich das Baby bewegt. Einmal hielt ich in einem Hotelzimmer die ganze Nacht den Pfosten des Metallbettchens fest, um das Klirren zu unterbinden, das uns alle drei wach gehalten hätte.

Die Böden von Hotelbadezimmern sind meistens rutschig, und die eigene Gummimatte mitschleppen zu müssen, ist deprimierend. Eine brillante Mutter nahm eine Rolle Kreppband mit und klebte es kreuz und quer über den Fliesenboden, der auf diese Weise für ein paar Tage rutschfest blieb.

In manchen Hotels gibt es „Baby-Abhör"-Systeme. Sie legen einfach den Telefonhörer neben die Gabel, und das Personal lauscht alle zehn Minuten auf verdächtige Geräusche. Es lohnt sich, die Leute am Empfang mehrmals daran zu erinnern und ihnen vorher ein glucksendes, grinsendes Baby zu zeigen, um der Gefahr vorzubeugen, daß sie es vergessen und das Kind womöglich zwanzig Minuten lang unbemerkt schreit. Das könnte bedeuten, daß ein älteres Baby vor Nervosität nicht einmal schlafen kann, wenn Sie ins Zimmer zurückgekommen sind. Falls Sie das Hotel verlassen wollen, müssen Sie einen Babysitter engagieren. Ich lasse mir von Kindermädchenagenturen jemanden vermitteln oder von ortsansässigen Bekannten vertrauenswürdige Personen empfehlen.

Nachworte

Seit Jahrhunderten werden die Mütter von Babybüchern in verschiedenem Ausmaß unterstützt, geängstigt und deprimiert. Manche „Expertinnen" waren nicht ganz bei Trost. In den zwanziger Jahren propagierte man erfolgreich die Meinung, Mütter dürften niemals mit ihren Babys schmusen, sondern müßten deren gutes Benehmen belohnen, indem sie ihre Köpfe tätschelten oder ihnen die Hände drückten. Einige behaupteten, man sollte Kleinkindern nichts zeigen, sonst würden sie übermäßig stimuliert werden, und es könnte zuviel Blut in die Gehirne fließen, die sich aufs Zahnen konzentrieren müßten. Vielleicht bin ich selber in mancher Hinsicht nicht ganz bei Trost, obwohl ich dieses Buch in der Kohlengrube der Mutterschaft geschrieben habe und nicht im klimatisierten Büro vor dem Schachteingang. Deshalb will ich zum Schluß gar nicht das letzte Wort haben. Es gibt kein letztes Wort in dieser seltsamen Babywelt, deren Bewohner eben noch Teile der mütterlichen Körper waren, im nächsten Augenblick fremdartige, anspruchsvolle, verwirrende Individuen sind und drei Jahre brauchen, um einigermaßen Vernunft anzunehmen (und fünfzehn weitere, um endgültig vernünftig zu werden).

Die letzten Worte dieses Buchs müssen von mehreren Müttern stammen, von den Freundinnen, deren Beistand, deren Ratschläge und vernichtende Kritik der Autorin von Anfang an halfen. Ich fragte sie, was sie schon vor der Entbindung gern gewußt hätten oder welcher Tip sich als besonders nützlich erwies. Und da antworteten sie:

- „Ich wünschte, ich hätte gewußt, daß zweistündiges Stillen normal und daß es nach sechs Monaten Zeitverschwendung ist, irgend etwas zu sterilisieren."

- „... daß es keine Rolle spielt, wie viel ein Baby ißt. Es wird nicht verhungern, und je größere Sorge die Mutter bezüglich des Essens zeigt, desto weniger Freude wird es dran finden."

- „... daß alles so schnell geht. Sobald die Schule anfängt, ist das Kind praktisch verschwunden."

- „... daß man nicht unbedingt einen Babystuhl braucht."

- „... daß Babys viel zäher und widerstandsfähiger sind, als man es glauben möchte, wenn man so ein winziges, zartes Bündel zum erstenmal im Arm hält."

- „... daß es *überleben* wird, wenn es manchmal so lange schreit, bis es einschläft."

- „... daß Babybücher und Schwiegermütter wie Fallstricke wirken können."

- „Was einem hilft? Nur Geld und eine große Familie."

- „Es ist hilfreich, wenn man nicht immer auf Vollkommenheit besteht. Wenn man den Ehemann dazubringt, irgendwas zu tun – die Vorhänge zuzuziehen, die Windeln zu wechseln und das Kind zu kämmen, sollte man einfach danke sagen, ansonsten den Mund halten und falls nötig, gewisse Versäumnisse später korrigieren. Und jeder Elternteil sollte ohne Schwierigkeiten zurechtkommen, wenn er mit dem Baby allein ist."

- „Man hilft sich selber, wenn man nicht versucht, alles an einem Tag zu tun. Meine Oma hatte einen Waschtag, einen Backtag, einen Einkaufstag, und so weiter. Sie besaß keine Haushaltsgeräte, aber sie nahm sich Zeit und mutete sich nicht zuviel zu."

- „Oh, wenn ich mich nur entspannen könnte! Warum sonst sind erstgeborene Kinder so oft ängstlich und pflichtbewußt, während die zweiten alles viel leichter nehmen?"

- „Eine Mutter darf sich nicht als Märtyrerin fühlen, oder – noch schlimmer – sie sollte keine exklusive Liebesaffäre mit dem Baby haben. Statt dessen muß sie ihr eigenes Leben führen."

- „Schafft euch einen Ehemann an, der Dosensuppen liebt oder kochen kann. Geht einmal pro Tag aus, bei jedem Wetter. Räumt immer alles weg. Wenn das Haus ein einziges Chaos ist und ihr Gäste kommen seht, schaltet den Staubsauger ein und werft einen Putzlappen irgendwohin. Das wirkt so, als würdet ihr gerade etwas gegen das Durcheinander unternehmen."

- „Denkt über alle eure Ideen noch einmal nach. Die meisten sind fragwürdig – zumindest meine."

- „Kämpft niemals gegen irgend etwas an, wenn es nicht sein muß. Warum soll ein kleines Mädchen nicht tagsüber Pyjamas tragen und nachts Kleider?"

- „Einer Mutter muß bewußt sein, daß sie die Karte ist, die ihr Kind gezogen hat. Darauf muß sie sich bis zu einem gewissen Grad einstellen. Später merkt sie, daß ihre Kinder die Karten sind, die *sie* gezogen hat, und der gleiche Vorgang nimmt seinen Lauf."

- „Ein engagierter Vater macht einen großen Unterschied. Das muß man ihm deutlich erklären."

- „Lacht! Weint manchmal – aber lacht vor allem!"

- „Es gibt viele, viele Methoden, eine gute Mutter zu sein. Man muß nicht unbedingt genauso denken wie die Nachbarin, die Schwester oder die Babybuchautorin."